MANDELBLÜTENMORD

Christina Gruber ist freie Journalistin, Autorin, Dozentin, PR- und Medienberaterin. Sie ist mit einem Polizisten verheiratet und lebt in Köln, wenn sie nicht gerade mit ihrem Mann die Welt bereist. Zwischen Timbuktu und Beirut, Feuerland und Dakar, Kalahari und Fidschi geht es immer wieder auf die Lieblingsinsel Mallorca. Ihr Romandebüt »Mandelblütenmord« ist der Gewinnertitel des Mallorca-Krimiwettbewerbs, ausgeschrieben von der Mallorca Zeitung, der Literaturagentur Lianne Kolf und dem Emons Verlag.

Mallorca Zeitung   Verlagsagentur Lianne Kolf
LITERARISCHE AGENTUR SEIT 1982

CHRISTINA GRUBER

MANDELBLÜTENMORD

Mallorca Krimi

emons:

Bibliografische Information der Deutschen Nationalbibliothek
Die Deutsche Nationalbibliothek verzeichnet diese Publikation
in der Deutschen Nationalbibliografie; detaillierte bibliografische
Daten sind im Internet über http://dnb.d-nb.de abrufbar.

© Emons Verlag GmbH
Cäcilienstraße 48, 50667 Köln
info@emons-verlag.de
Alle Rechte vorbehalten
Umschlagmotiv: age fotostock/Lookphotos
Umschlaggestaltung: Franziska Emons-Hausen, nach einem
Konzept von Leonardo Magrelli und Nina Schäfer
Umsetzung: Tobias Doetsch
Gestaltung Innenteil: César Satz & Grafik GmbH, Köln
Lektorat: Susann Säuberlich, Neubiberg
Druck und Bindung: sourc-e GmbH, Köln
Printed in Europe 2025
Erstausgabe 2018
ISBN 978-3-7408-0289-9
Mallorca Krimi
Originalausgabe
2. Auflage

Unser Newsletter informiert Sie
regelmäßig über Neues von emons:
Kostenlos bestellen unter
www.emons-verlag.de

Für Thomas

Prolog

Johanna Miebach schob ihren Rollator vorsichtig über den Carrer del Mirador und schloss zu ihrer Reisegruppe auf. Sie trug heute eine reichlich wild geblümte Nylonbluse in verstörendem Violett, dazu eine hellbraune Dreiviertelhose und Gesundheitsschuhe. Der Touristenführer hatte die deutsche Seniorengruppe gerade durch das große Tor in den Innenhof des Bischofspalastes von Palma gescheucht.

»Nicht bummeln«, herrschte er seine Schäflein an und scharte sie um eine große Statue im Hof. Der rüstige Mittsechziger in Funktionsweste und Wandersandalen wedelte mit einer zusammengerollten Ausgabe der »Zeit«.

Ehemaliger Geschichtslehrer, mutmaßte Johanna und schob ihren Rollator voran. Sie sah sich kurz um, löste sich langsam aus der Gruppe und schob die Gehhilfe durch eine der offenen Türen ins Innere des Gebäudes. Sie hatte den Lageplan im Kopf.

Sie schaltete ihr Smartphone auf Liveaufnahme, ließ es in die Halterung am Körbchen ihres Rollators gleiten und stöpselte die Kopfhörer ein, die einem Hörgerät glichen. Dann ging sie etwas mühsam vor dem Körbchen in die Hocke, hielt ihre Armbanduhr vor den Mund und flüsterte: »Check. Bin drin.«

»Oma!«, rief Gemma Miebach, Johannas einundzwanzigjährige Enkelin, die dreihundert Meter weiter in einem Straßencafé die Aufnahme an ihrem Laptop verfolgte. Johanna hörte Gemma laut aufstöhnen. »Oma, den Scherz machst du jedes Mal.«

Johanna hob unbeirrt wieder das Handgelenk und raunte: »Roger. Ich sehe mich jetzt um. Ende und aus.«

Sie setzte sich in Bewegung. Immer wenn sie in der Rolle der senilen Touristin aus der Seniorenreisegruppe ermittelte, bekam Johanna James-Bond-Allüren, sie konnte nicht anders. Die Mission begann. Von Gemmas Unentspanntheit abgesehen lief es ganz hervorragend.

Nach einer halben Stunde wurde Johanna von besorgten Mitarbeitern aus den Privaträumen des Bischofs geleitet. »Huch, ach Gottchen, wo ist meine Gruppe? Wo sind sie denn?«, wimmerte sie mit hoher Altfrauenstimme. »Ach da! Ich habe sie gefunden!« Johanna schüttelte die Kirchenleute ab und schob den Rollator zielsicher in Richtung Reisegruppe, die gerade den Bischofssitz verließ.

Die Senioren wandten sich langsam nach links zu den Parkplätzen der Reisebusse.

Johanna schob ihren Rollator hinterher, scherte dann nach rechts aus und verschwand in einer Seitengasse. Rasch klappte sie den Rollator zusammen, klemmte sich die Gehhilfe unter den Arm, schritt flott geradeaus und flüsterte in ihr Smartphone: »Alles klar. Wir haben die Bilder.«

1

Der Streit hatte schon am Flughafen von Palma begonnen, auf dem Weg vom Gate zum Mietwagenschalter. Es war neun Uhr morgens an einem sonnigen Februartag, und Claudia Groth hatte das deutliche Gefühl, dass ihre Ehe mit Matthias ein Fehler gewesen sein könnte.

Doch Claudia Groth wusste nicht, dass sie heute noch sterben sollte. Und so nahm sie sich ausreichend Zeit, um sich erst leise, dann immer lauter mit Matthias zu zanken. »Warum muss immer alles groß und protzig sein?«, fragte sie genervt, während sie ihren grauen Rollkoffer ärgerlich hinter sich herzerrte. »Warum?«

Sie hatte einen kleinen Flitzer reserviert, einen Fiat 500 mit Verdeck. Sie mochte die wendigen Wägelchen und fand, sie wirkten von innen viel größer, als man von außen meinen sollte. Doch Matthias hatte die Buchung heimlich auf die größte und teuerste Limousine geändert, die die Mietwagenfirma im Angebot hatte. Das hatte er ihr gestanden, während sie an der Kofferausgabe warteten.

»Wir sind nur zu zweit, was sollen wir bitte mit diesem Monster von Auto?«, zischte Claudia. »Wo willst du damit parken? Wir wollen doch Ausflüge machen.«

Matthias blickte mürrisch geradeaus. »Ich gurke doch nicht mit so einer Zwergenkarre durch die Gegend, das solltest du wissen. Dein Spartick grenzt schon an Geiz.«

»Du weißt genau, dass ich mit diesen großen Dingern nicht gern fahre«, flüsterte Claudia. »Hier ist alles voller enger Gassen und winziger Sträßchen, da kommt man doch kaum durch.«

»Wenn man Auto fahren kann, kommt man da durch.«

Der junge Angestellte der Autovermietung verfolgte den Streit gelassen und nutzte die Gelegenheit, um noch eine vollkommen sinnlose Zusatzversicherung auf der Rechnung unterzubringen.

»Unterschreiben Sie hier, hier und hier. Die Kreditkarte bitte.«

Claudia riss ihre Platin-Card aus dem Portemonnaie und schob Matthias den Autoschlüssel in die Hand. Sie fühlte sich elend und älter als ihre achtundvierzig Jahre.

Schweigend fuhren sie über die Landstraße Ma-19A vom Flughafen in Richtung Llucmajor, vorbei an Wiesen voll saftig gelbem Sauerklee und prächtig blühenden Mandelbäumen. Es hatte viel geregnet in den vergangenen Wochen. Jetzt schien die Sonne, die Insel erstrahlte in Blüten und frischem Grün. Der Frühling kam.

Schon beim Anflug auf Palma hatte Claudia aus dem Fenster des Flugzeugs nach den rosa Blütenwolken Ausschau gehalten. Sie liebte Mallorca zur Mandelblüte. Die zarten Farbtupfer gaben der Insel etwas Poetisches und Geheimnisvolles, als hätte eine Fee die Felder und Hügel in ein Märchenreich verwandeln wollen, zumindest für einige Wochen im Jahr.

Der Anblick reichte leider nicht aus, um sie froher zu stimmen. Ein Gefühl der Trauer beschlich sie. Sie vermisste Richard so sehr, dass es wehtat. Seit sieben Jahren war er fort. Sieben lange Jahre. Rette mich, dachte sie verzweifelt, Richard, komm und rette mich. Ihr schossen Tränen in die Augen. Sie wandte sich ab und tat, als bewunderte sie die grüne Landschaft.

Matthias bremste so scharf, dass Claudia nach vorn geworfen wurde, dann fuhr er den schicken Jaguar XF rechts auf einen kleinen Parkstreifen. Der Autofahrer hinter ihm musste ausweichen und hupte empört.

»Hör mal, jetzt heul nicht auch noch«, sagte Matthias und wirkte angestrengt ruhig. »Wir haben die Finca seit zwei Jahren und waren bisher kaum da. Wir müssen immer noch Einrichtung für unser Haus kaufen, Pflanzen für den Garten, einen Sichtschutz für den Zaun, lauter solches Zeug. Wolltest du das in dieser Minikugel transportieren?«

Claudia schluckte ihre Tränen herunter. »Wenn du Baumaterial durch die Gegend fahren willst, hättest du lieber gleich einen Lieferwagen gemietet«, schnappte sie zurück, verschränkte die Arme und sah wieder aus dem Fenster.

»Unser Haus«, hatte er gesagt. Sie hatte immer mit Richard eine Finca auf Mallorca haben wollen. Sie hatten sich das Grundstück, das Gebäude, den Garten, den Pool in allen Einzelheiten ausgemalt. Unzählige Male waren sie in den Ferien mit einem kleinen Mietwägelchen über die Insel geholpert, über steinige Feldwege und durch schmale Gassen. Bei jedem Haus, jeder Finca, jedem Grundstück, das ein »En venta«-Schild vor dem Tor stehen hatte, waren sie stehen geblieben.

Manchmal hatten sie sich sogar nach dem Preis erkundigt, das Haus besichtigt, getan, als wollten sie es sich überlegen. Dabei wussten sie beide genau, dass sie sich mit ihren kleinen Einkommen kein solches Haus würden leisten können.

Niemals hätte Claudia gedacht, sich auch nur erhofft, mit ihren Büchern eines Tages so viel Geld zu verdienen. Sie waren auch so zufrieden gewesen. Richard arbeitete als Gitarrenlehrer, Claudia saß halbtags als Sekretärin in einem Büro und schrieb abends Krimis, die viele Jahre lang niemand drucken wollte. Ihre Finca existierte nur in der Phantasie, und sie nahmen sich viel Zeit, es sich gemeinsam auszumalen, wie es wäre, ein eigenes Haus auf Mallorca zu besitzen.

»Wir brauchen Mandelbäume!«, hatte Claudia gerufen. »Mandelbäume, Orangenbäume und Hochbeete für das eigene Gemüse.«

Richard hatte dann gelacht und in seiner tiefen, leisen Stimme gebrummt, er habe alles genau vor Augen. Claudia emsig im wunderbaren Garten, er gitarrespielend auf der Terrasse. Ein Traum, sanft berankt von Bougainvillea und Jasmin.

Genau diesen Traum von einem Haus hatte Claudia dann in der Nähe von Llucmajor gefunden. Die Finca sah bis zum letzten Olivenbaumblatt so aus, wie sie es sich ausgemalt hatten. Doch da war Richard schon weg, und Matthias sagte »unser Haus«. Es war *ihre* Finca, *sie* hatte alles bezahlt. Und sie hatte noch viel mehr als das getan.

Es half alles nichts. Die Ehe mit Matthias war ein Fehler

gewesen, den sie so schnell wie möglich wieder korrigieren sollte.

Ihr tat der Kopf fürchterlich weh, jeder Knochen. Ich bekomme eine Grippe, dachte sie. Hoffentlich ist es nur eine Grippe.

»Lass mich bitte beim ›Hiper‹ raus«, bat sie kühl. »Ich kaufe für heute Abend ein und gehe noch schnell die schöne Küchenuhr holen, die wir beim letzten Mal gesehen haben.«

Matthias warf ihr einen kurzen Blick zu. »Willst du dich nicht erst umziehen und frisch machen?«

Sie spürte einen Stich. Das machte er in letzter Zeit immer wieder – ihr das Gefühl geben, sie sei unpassend gekleidet oder nicht gut genug zurechtgemacht.

Sie sah an sich hinunter. Bequeme Sneaker, weiche Leggings, ein XL-Pulli, so lang wie ein Minikleid, von dem sie hoffte, er kaschiere die Hüften und die Speckröllchen. Sie fühlte sich plötzlich hässlich. Und dann diese Müdigkeit, die Gereiztheit, die Schmerzen. Es war ihr in den vergangenen Wochen immer schlechter gegangen. Eine böse Ahnung hatte sie ergriffen, ein namenloses Grauen. Es durfte so nicht sein. Es konnte nicht sein. Sie bildete sich alles nur ein.

»Nein, ich gehe ja nur rasch einkaufen.«

Matthias nickte. Er bog bei der Plaça Mare de Déu de Gràcia rechts ab und fuhr durch den Kreisverkehr bis zum »Hiper Centro Supermercado« an der Ronda de Migjorn. »Ich bringe die Koffer ins Haus und hole dich in einer Stunde wieder ab«, sagte er und stieg aus, um ihr den Rucksack zum Einkaufen aus dem Kofferraum zu reichen.

Claudia stieg ebenfalls aus und schüttelte den Kopf. »Lieber in zwei Stunden, ich möchte nicht hetzen.« Sie sah ihm nach, wie er zurück zur Fahrertür ging, einstieg und wegfuhr.

Ein schöner Mann, dachte sie. Groß, breite Schultern, muskulös. Dunkelblonde Haare, die an den Schläfen bereits grau wurden. Er war fünf Jahre jünger und sah besser aus als sie. Sie betrachtete sich im Schaufenster des Supermarkts. Blass, hellblond, runde Hüften, unscheinbar. Graue Maus, dachte sie, betrat den »Hiper« und griff nach einem Einkaufskorb. Getränke hatten sie ausreichend in der Vorratskammer, also lief sie durch die Gänge und kaufte für ein kaltes Abendessen ein.

Cremig-weißen Provolone, schwarze Oliven, zwei Lagen würzigen blutroten Ibèrico-Schinken, der lächerlich teuer war. Und schließlich die aromatischen getrockneten Tomaten, für die der »Hiper« in Llucmajor bekannt war und die eine Geschmacksexplosion aus Süße und milder Säure auf der Zunge verursachten. Dann stellte sie sich an der kleinen Backtheke am Eingang an und erstand einen Laib *pan moreno* – das dunkle ungesalzene Bauernbrot, das die Mallorquiner so lieben – und eine große *ensaïmada*.

Sie verstaute alle Einkäufe in ihrem Rucksack, riss ein Stück von der *ensaïmada* ab. Das zarte Gebäck zerging im Mund und hinterließ einen feinen Film aus Schmalz und Puderzucker auf ihren Lippen.

Ich schmecke kaum noch etwas, dachte sie bedrückt, es ist ganz sicher eine Grippe.

Sie schulterte mühsam ihren Rucksack, ging den Passeig de Jaume III entlang und bog in den Carrer del Bisbe Taixequet ein.

Claudia kam schon seit über zwanzig Jahren immer wieder nach Llucmajor und freute sich jedes Mal aufs Neue, wie schön der Stadtkern in den vergangenen Jahren geworden war. Die alten Stadthäuser waren saniert und hergerichtet worden, in der Stadtmitte und auf der Plaça Espanya war eine gepflasterte Fußgängerzone entstanden, mit vielen Cafés, Restaurants und hübschen Läden.

Sie lief am Tabakladen vorbei und hielt einen Moment atemlos inne. Der Boden schwankte unter ihr, ihr Puls hämmerte. Was ist nur los?, dachte sie verzweifelt. Dann holte sie Luft und betrat ein kleines Ladengeschäft, das Kunsthandwerk und mallorquinische Spezialitäten im Schaufenster zeigte. »Gecko Galdent«, stand in großen Lettern über der Eingangstür. Die Eigentümerin, eine ältere Dame, war sehr freundlich, doch

Claudia war so nervös, dass sie kaum einen geraden Satz hervorbrachte. Was wollte sie hier? Warum hatte sie die Dame aufgesucht? War nicht alles nur Einbildung, Überspanntheit, ja, Wahnsinn?

Claudia sprach gehetzt, warf alles durcheinander und verlor vollends den Faden, als ein Lieferant mit Olivenöl hereinkam. »Ich komme morgen wieder«, stieß sie hervor und ergriff die Flucht.

»Hatten sie die Uhr nicht mehr?«, fragte Matthias, als Claudia am Treffpunkt in den Wagen stieg.

Sie sah ihn verwirrt an und fuhr sich nervös durch das kurze blonde Haar. »Ach, die habe ich ganz vergessen. Weißt du, ich war so lange im ›Hiper‹ ...«

Matthias lachte ungläubig. »Du warst über zwei Stunden im Supermarkt. Klar.« Doch er fragte nicht weiter, fuhr vorsichtig über die Landstraße, die zum Randa-Berg führte, und bog rechts in einen schmalen Weg ab. Der Höhenzug Puig de Galdent schimmerte in der Spätwintersonne.

Der Anblick der schönen Finca machte Claudia nur noch trauriger. Sie hatte das Haus mit dem großen Grundstück unbedingt haben wollen. Doch jetzt erinnerten sie die hell verputzte Bruchsteinfassade, die Orangen- und Mandelbäume, der wild wuchernde Oleander und die hübsch gewachsenen Zwergpalmen immer nur daran, dass Richard nicht mehr da war. »Hätte ich dieses Ding doch nie gekauft«, flüsterte sie. Es stand von Anfang an alles unter einem schlechten Stern, fügte sie voll Reue in Gedanken hinzu.

Matthias reagierte nicht. Er war ausgestiegen, um das schwarze Eisentor für den Wagen zu öffnen. Langsam fuhr er den Jaguar auf den gekiesten Hof.

Claudia hievte ihren Rucksack aus dem Wagen, stellte ihn vor der Terrasse ab und warf zuerst einen Blick in den meerblau gefliesten Pool, der in einer ehemaligen Zisterne untergebracht war. Das Wasser war trüb und grün.

»Was hat dieser Menke die ganze Zeit gemacht?«, rief sie

wütend. »Wofür bezahle ich den Mann überhaupt?« Sie hatte vor der Reise extra angerufen, damit der Hausmeister, den sie stundenweise engagierten, den Pool in Ordnung brachte.

»Kein Mensch springt im Februar in den Pool. Es ist doch viel zu kalt«, kommentierte Matthias, während er die Einkäufe aus dem Rucksack nahm und ins Haus trug.

»Mir reicht es! Ich schmeiße den raus, den Menke!«, schrie Claudia, ihre Stimme kippte. Sie war über alle Maßen wütend und konnte sich diesen Ausbruch kaum erklären. So war sie doch sonst nicht.

»Hast du keine *sobrasada* mitgebracht?«, fragte Matthias aus der Küche. Er liebte diese würzige luftgetrocknete Streichwurst, Claudia mochte sie nicht.

Ich kaufe schon so ein, als ob er gar nicht hier wäre, dachte sie. Ich habe die Entscheidung bereits getroffen. Dabei war sie vor vier Jahren, als sie Matthias kennenlernte, so verliebt gewesen. Und auch ein bisschen stolz, dass sich ein so gut aussehender Mann in sie verliebte. Doch sie war sich nie ganz sicher gewesen, welche Rolle ihr Vermögen bei dieser Liebe gespielt hatte.

Und nun dieser schreckliche Verdacht. Claudia schwankte zwischen Furcht und schlechtem Gewissen. Sie pickte einige Blätter von der Terrasse und rief schließlich in die Küche: »Wollen wir heute Abend ein bisschen am alten Leuchtturm von Santanyí spazieren gehen?«

Matthias murmelte etwas, das nach einer vagen Zustimmung klang, während er Getränke in den Kühlschrank füllte. Dann klirrte es, und Matthias fluchte. »Mir ist die Milchflasche kaputtgegangen!«, brüllte er.

Claudia schlenderte nachdenklich über das große Grundstück. Ihre Mandelbäume hatten erst wenige Blüten, dafür hingen die Orangenbäume voller Früchte. Der Oleander musste beschnitten werden.

Vorn am Zaun bewegte sich etwas. Eine Katze? Claudia ging näher und sah, wie sich der Umriss eines Menschen, eines Mannes, im grellen Gegenlicht abzeichnete. Jemand hatte sie beobachtet.

»¡Hola!«, rief sie. »¿Quién está ahí? Wer ist denn da?«

Der Mann blieb kurz stehen, wandte sich um und verschwand.

Claudia fingerte nervös die Schlüssel zum Tor aus ihrer Jackentasche, öffnete den linken Flügel und lief auf den kleinen Schotterweg, der an ihrem Grundstück entlangführte. Es war niemand zu sehen. Sie bekam Angst. War er das gewesen? Hatte er sie gefunden? Oder sah sie schon Gespenster?

»Matthias!«, rief sie, und ihre Stimme überschlug sich. »Hier ist ... hier war jemand!«

Matthias hatte ein Bier in der Hand und lehnte an der Terrassentür. »Ein Spaziergänger«, mutmaßte er.

»Nein, nein. Jemand hat mich beobachtet.« Claudia lief auf die Terrasse und spähte wieder zum Tor. Sie ballte die Fäuste. »Ich habe ja gleich gesagt, dass wir einen Sichtschutz brauchen, hier kann jeder reingucken. Aber nein, das musstest du ja *ständig* aufschieben!« Den letzten Satz schrie sie wieder.

»Was bitte ist mit dir los?« Nun war auch Matthias wütend. Er knallte die halb volle Bierflasche auf den Terrassentisch. »Du meckerst schon den ganzen Tag. Jetzt brüllst du hier herum, weil ein Spaziergänger durchs Tor sieht und ein paar Blätter im Pool schwimmen? Du hast sie doch nicht mehr alle!«

Er marschierte zur Einfahrt und riss den zweiten Torflügel auf, dann sprang er in den Jaguar, touchierte beim Wenden eine Zwergpalme und gab so viel Gas, dass der Kies spritzte.

Claudia rannte hinter ihm her. »Nein, bitte bleib hier!«, rief sie verzweifelt. Doch Matthias war schon weg.

Es ist lächerlich, dachte sie. Erst wünsche ich den Mann zur Hölle, dann soll er dableiben und mich beschützen. Sie schloss das Tor ab, nahm sich eine Decke und setzte sich auf die Terrasse. Beobachtete das Tor. Versuchte, sich wieder zu beruhigen. Bestimmt war das nur ein Spaziergänger gewesen. Bestimmt kam Matthias gleich zurück. Bestimmt hatten diese E-Mails nichts zu bedeuten.

Sie versuchte, sich abzulenken, ging ins Wohnzimmer und

zog das Manuskript ihres neuesten Romans aus dem Rucksack, den sie auf Reisen immer als Handgepäck nutzte.

Als sie die Finca gerade gekauft hatte, hatte sie sich einige wenige schöne Möbel in einem kleinen Design-Geschäft in Palma bestellt. Geschmackvoll, im mediterranen Stil, nichts Protziges. Sie hatte das Wohnzimmer möbliert, das Schlafzimmer, danach hatte sie keine Lust mehr gehabt. Das Haus hatte vier Zimmer, davon standen zwei leer und beherbergten nichts als Wollmäuse.

Claudia suchte sich einen Stift aus dem Rucksack und setzte sich wieder auf die Terrasse.

Sie ging das Manuskript durch. Die Geschichte klang unglaubwürdig, fand sie. Übertrieben. Banal. Je nachdem, wie man es betrachtete. Zum Glück zeigte sie ihre Manuskripte nie Matthias. Was hätte er sonst über sie gedacht? Was hätte er dann getan?

Claudia nahm eine Kopfschmerztablette. Sie fühlte sich grauenhaft. Als ihr Smartphone klingelte, fuhr sie so zusammen, dass sie dabei fast das Telefon vom Terrassentisch gefegt hätte. »Hallo?«, krächzte sie in den Hörer.

Es war Carmen, ihre Agentin. »Wir haben den Deal!«, rief die raue Stimme.

Claudia musste einen Moment überlegen, wovon Carmen sprach, dann wurde es ihr klar. Carmen hatte gerade die Filmrechte für ihren Roman »Der Affenkopf« verkauft. »Schön. Hast du gut gemacht«, erwiderte sie etwas lahm. Dann brach es aus ihr heraus. Hemmungslos schluchzte sie in den Hörer und redete wirr drauflos.

Nach fünf Minuten unterbrach Carmen ihr Gestammel. Sie klang alarmiert. »Du bist ja völlig durcheinander. Eine E-Mail? Dich hat jemand bedroht? Wo ist denn Matthias?« Claudia weinte nun laut, und Carmen schien ernsthaft besorgt. »Was ist denn bloß los? Pass auf, ich setze mich morgen früh gleich in den Flieger und komme. Keine Widerrede. Mach dir einen Tee und beruhige dich.« Dann legte sie auf.

Claudia zog zitternd die Wolldecke zurecht und versuchte,

sich zu entspannen. Sie ließ den Kopf hängen, schloss die Augen und zählte ihre Atemzüge. Ein, aus. Eins. Ein, aus. Zwei. Ein, aus. Drei.

Sie dachte an Richard. »Ruhig, mein Engelchen«, hätte er gesagt. »Ich bin da, es wird alles gut.« Doch Richard war nicht da. Und nichts wurde gut.

Claudia Groth starb um vierzehn Uhr fünfunddreißig durch einen Schuss in den Kopf. Die Kugel drang in den Hinterkopf ein, zerfetzte ihr Gehirn und trat am linken Auge aus. Claudias letzter Gedanke galt der trüben grünen Brühe im Pool.

2

Es war der Skandal des Jahres, ach was, des Jahrzehnts. Palmas *alta sociedad* war in heller Aufregung. Señora Emilia Flores hatte gerade eine geschlagene Stunde mit ihrer Freundin Inéz telefoniert und eilte nun auf der Suche nach ihrem Gatten von der elegant möblierten Dachterrasse zurück in die ebenso elegant ausgestattete Wohnung. »Sergio!«, brüllte sie. »Sergio!«

Ihr Mann kam ihr blutüberströmt aus dem Bad entgegen.

»*Dios mío*, wie kann man sich beim Rasieren nur immer so zurichten?«, rief Emilia und brachte sich und ihre weiße Chanel-Bluse vor den Blutspritzern in Sicherheit. Sie rannte in die Küche, fingerte drei Pflaster aus dem Erste-Hilfe-Kasten und verarztete Sergio. Dann zog sie ihn zu der Sitzgruppe auf der schattigen Terrasse, knallte eine Tasse Tee vor ihn auf den Tisch und setzte sich.

»Rat mal, was passiert ist ...«

Sergio seufzte, schüttelte den Kopf und tupfte mit der Serviette Blutstropfen und verschütteten Tee vom blanken Mahagonitisch. »Was weiß ich? Du hast mit Inéz telefoniert, und die weiß doch immer alles als Erste.«

»Teresa Martí. Die ach so schöne, wundervolle Teresa Martí. Hat. Eine. Affäre!«

Sergio zuckte mit den Achseln. »Wundert mich nicht. Hab mich immer gefragt, wie sie es mit diesem Idioten von Esteban aushält. Langweiler, finde ich.«

Emilia kippelte auf ihrem Stuhl. Männer! Reagieren immer vollkommen falsch.

»Frag sofort, mit *wem* sie die Affäre hat!«

Sergio beugte sich dem Drehbuch seiner Frau, sonst ginge das noch stundenlang so weiter. »Gut, mit *wem*?«

Emilia schlug mit der flachen Hand auf den Tisch. »Mit ihrem Chef!«

Sergio starrte seine Frau an. Er setzte die Teetasse mit einem Ruck ab. »Das glaube ich einfach nicht«, stammelte er.

Denn Teresas Chef, und das wusste jeder auf der Insel, war der Bischof von Palma.

Emilia hatte schon seit geraumer Zeit neugierig Theorien entwickelt, warum eine erfolgreiche Unternehmerin wie Teresa Martí plötzlich auf die verwegene Idee kam, Privatsekretärin eines Bischofs zu werden.

»Was führt sie nur im Schilde?«, hatte sie immer wieder gefragt, und Sergio hatte sich redlich bemüht, ihren waghalsigen Theorien zu folgen. Er war ein guter Mann, aber nicht besonders phantasievoll.

»Na ja, sie ist doch streng katholisch, also warum nicht?«, hatte er mitunter eingeworfen.

»*Que va!*«, hatte Emilia dann geschnappt. »Unfug. Teresas Gott heißt *el dinero*. Sie leiert dem Bischof irgendwas aus der Tasche, pass auf.«

Sie sollte, wie immer, recht behalten. Denn wer, wenn nicht die spanische Kirche, besaß auf Mallorca noch nennenswerte Immobilienschätze? Große Grundstücke am Meer, schöne alte Gebäude, weite unbebaute Flächen.

Als Teresas Ehemann Esteban de Moyá plötzlich seinen Einstieg ins Hotel- und Investorengeschäft angekündigt hatte, läuteten bei Emilia alle Alarmglocken. Man suche nun nach einem geeigneten historischen Objekt für ein luxuriöses Landhotel mit Spa, hieß es in der Pressemitteilung von de Moyás nagelneuer Firma. Wie von Zauberhand war dieses Objekt dann aufgetaucht; ein altes Kloster. Besitzer: das Bistum Mallorca.

»Da siehst du es!«, hatte Emilia damals empört gerufen und die Zeitung auf den Tisch geworfen.

Sie waren beide nicht umhingekommen, die schöne Teresa Martí um ihre Cleverness zu beneiden. An ein solches Gebäude war auf dem normalen mallorquinischen Immobilienmarkt praktisch nicht heranzukommen. Doch irgendwas war danach offenbar schiefgegangen.

Sergio angelte sich eine saubere Serviette vom Tisch, hielt

sie an das immer noch blutende Kinn und sah seine Frau an. Ihm fiel auch nach den vielen Ehejahren immer wieder auf, welch zeitlose Eleganz sie ausstrahlte: groß und sehr schlank, das dunkle Haar im Nacken zu einem perfekten Knoten geschlungen, auch Emilias große gebogene Nase wirkte klassisch. Sie war fünfzig und sogar noch schöner als früher, reifer. Sich selbst hingegen empfand Sergio als eher unattraktiv und ein wenig bäurisch. Er hatte nicht die geringste Ahnung, dass die Freundinnen seiner Frau ihn mit George Clooney verglichen.

Er runzelte die Stirn. »Nun, den alten Kerl ein bisschen umgarnen, um an ein altes Kloster zu kommen, das mag ja angehen. Aber gleich eine Affäre mit ihm anfangen? Der ist doch über siebzig, oder? Das scheint mir doch etwas arg übertrieben zu sein.«

»Mein Lieber, du hast offenbar keine Vorstellung, was Menschen auf dieser Insel alles für Geld und Immobilien zu tun bereit sind«, sagte Emilia kühl und stand auf.

Sie lehnte nachdenklich am Geländer der Dachterrasse. Die Wohnung lag direkt am Parc de la Mar in Palma, bot einen Panoramablick auf das Meer und die Kathedrale La Seu und hätte auf dem freien Markt ein Vermögen gekostet.

Sergio betrachtete sie misstrauisch. »Du musst es ja wissen, was Menschen alles für eine Immobilie zu tun bereit sind«, murmelte er. »Du bist schließlich Mallorcas Topmaklerin.«

Emilia antwortete ihm nicht.

Sergio räusperte sich. »Woher weiß Inéz das mit dieser angeblichen Affäre überhaupt?«

»Von Mariano«, antwortete Emilia.

Sergio nickte. Mariano war einer der unzähligen Cousins von Inéz und arbeitete für das Erzbistum in Valencia.

»Mariano hat ihr erzählt, dass Esteban doch tatsächlich Privatdetektive auf seine Frau und auf den Bischof angesetzt hatte«, fuhr Emilia fort. »Und die müssen ganze Arbeit geleistet haben. Fotos und Videos von heimlichen Treffen, sogar aus dem Inneren des Bischofssitzes. Keine Ahnung, wie das geht. Auszüge aus E-Mails, WhatsApp-Chats, alles. Und die ganze

Akte hat der gehörnte Gatte dann dem Erzbistum vor den Latz geknallt.« Emilia rieb sich das Kinn. »Ich möchte nur zu gern wissen, warum Esteban das so öffentlich gemacht hat –«

Sergio unterbrach sie. »Der Bischof benutzt WhatsApp?«

»Ist das die einzige Frage, die dir da einfällt?« Emilia zog ärgerlich ihren Terrassenstuhl weiter in die Sonne und setzte sich wieder. »Welche Privatdetektei war das wohl?«, grübelte sie. »Vielleicht die aus der Agentur Molina? Von denen hört man viel Gutes. Oder diese eine berühmte Detektei in der Altstadt? Wie heißen die noch? Die sollen auch die Tochter der Ortegas wiedergefunden haben, du weißt schon, die mit diesem Drogentypen abgehauen war.«

Sergio brummte. »Auf jeden Fall hat der Kerl *cojones*. Sich mit der Kirche anzulegen, das traut sich nicht jeder.«

Emilia lachte. »Und sich mit Teresa Martí anzulegen, das traut sich erst recht nicht jeder. Muss ein echter *mallorquí* sein.«

3

Johanna Miebach und ihre Enkelin Gemma waren gerade auf dem besten Weg, sich zu Tode zu langweilen. Seit dreißig Minuten hielt Dr. Gerd Bosbach einen Dauermonolog. Dabei ging es im Großen und Ganzen darum, dass drei Bäume seiner Nachbarin die Frechheit besaßen, den Blick von seiner Villa aufs Meer zu beeinträchtigen. Das taten die schönen alten Kiefern im Übrigen schon seit Jahren. Doch jetzt waren sie Dr. Bosbach, dem ehemaligen Chefarzt einer Schönheitsklinik, ein Dorn im Auge.

»Wissen Sie eigentlich, wie viel das Grundstück mehr wert wäre mit komplett freiem Meerblick?«, rief er erbost. »Was ist, wenn ich das Objekt verkaufen möchte? Und diese blöde Kuh will die paar Bäume nicht fällen!«

Die »blöde Kuh« war Dr. Bosbachs Nachbarin Tanja Bretlow, eine bekannte deutsche Fernsehmoderatorin mit viel Herz für Tiere und für die Umwelt und mit ausgezeichneten Anwälten.

Gemma hatte bereits begonnen, halb abwesend auf ihr MacBook einzuhacken, Johanna drehte Däumchen. Sie trug ihr Haar heute in weichen weißen Wellen, dazu einen ebenso weichen hellblauen Wollpulli. Niemand, absolut niemand wäre auf die Idee gekommen, dass es sich bei der netten, vierundsiebzigjährigen Johanna Miebach aus Köln um die härteste und erfolgreichste Ermittlerin von ganz Mallorca handeln könnte. Sie selbst nannte die Tätigkeit, die sie ausübten, schlicht »Probleme lösen«.

Offiziell betrieben Johanna und Gemma in Llucmajor ein kleines Geschäft für Kunsthandwerk und Spezialitäten wie edle Speiseöle, Gourmetessig und Gewürze, das »Gecko Galdent«. Nur Eingeweihte wussten, dass es noch ein zweites Geschäftsfeld gab – doch manchmal funktionierte die Mundpropaganda etwas zu gut, wie die Anwesenheit Dr. Bosbachs bewies. Er war während der Mittagspause aufgetaucht und hatte so lange an die geschlossene Ladentür gehämmert, bis Johanna ihm geöffnet hatte. Die Siesta nicht einzuhalten ist sehr unhöflich, hatte sie gedacht.

Johanna räusperte sich leise. »Nun, Sie wissen ja sicherlich ... Diese Bäume stehen unter Naturschutz«, sagte sie ebenso vorsichtig wie freundlich. Sie warf einen Blick durch die Tür des Hinterzimmers in den Laden. Es war gerade eine Kundin eingetreten. Ich habe vergessen, hinter Bosbach die Tür abzuschließen, dachte sie ärgerlich. »Ihre Nachbarin würde sich strafbar machen, wenn sie sie fällen ließe.«

Da alle drei vor ihrem geistigen Auge bereits sahen, wie Dr. Bosbach selbst die Axt schwang, setzte Gemma trocken hinzu: »Lassen Sie das lieber. Die Bretlow verklagt Sie bis zum Jüngsten Tag. Dann könnten Sie ihr gleich die ganze Villa schenken.«

Bosbach sah Oma und Enkelin giftig an. »Sie sagen mir immer nur, was alles *nicht* geht. Mir wurde erzählt, Sie beide seien so toll. Dann lösen Sie mal mein Problem, dafür bezahle ich Sie.«

Johanna schenkte sich den Hinweis, dass Dr. Bosbach noch keinen Cent gezahlt hatte. Sie wollte gerade etwas erwidern, als Gemma das MacBook zuklappte und sich vorbeugte. »Dr. Bosbach. Wir lösen gern die Probleme unserer Klienten. Sie haben aber kein Problem mit Bäumen. Sie haben ein Problem mit Ihrer Spielsucht.« Sie klappte den Rechner wieder auf und warf einen kurzen Blick auf den Screen. »Wenn Sie so weitermachen, sind Sie spätestens in einem Jahr pleite, außerdem gibt es da noch eine hohe Forderung von einer Bank.« Gemma klickte weiter. »Sie spielen Onlinepoker. Und zwar äußerst dilettantisch.« Sie klickte auf »Drucken«.

Dr. Bosbach war puterrot geworden. »Das ist ja kriminell!«, rief er.

»Hier ist die Adresse einer Selbsthilfegruppe für Spielsüchtige in Palma«, sagte Gemma und reichte ihm den Ausdruck. »Regelmäßig hingehen, nicht mehr pokern, Problem gelöst.

Und lassen Sie die Kiefern in Ruhe. Die zu erwartende Strafzahlung ist höher als die mögliche Wertsteigerung des Grundstücks. War es das?« Im Gegensatz zu ihrer Großmutter war Freundlichkeit nicht Gemmas Kernkompetenz, außerdem mochte sie Bäume.

Nachdem Dr. Bosbach das »Gecko Galdent« wutschnaubend verlassen hatte, ging Johanna in den großen, hellen Verkaufsraum, um die Siesta nun auch offiziell zu beenden. Sie verkaufte der Kundin zwei Flaschen Olivenöl, dann lehnte sie sich in die Tür zum Hinterzimmer und sah Gemma mit leisem Tadel an. »Wenn du immer so mit unseren Klienten umgehst, haben wir bald keine mehr. Nicht jeder möchte die einfachste Lösung eines Problems präsentiert bekommen. Und seit wann redest du in diesem Behördendeutsch? ›Zu erwartende Strafzahlung‹, also bitte. Sonst höre ich von dir immer nur ›voll krass‹ und solche Sachen.«

»Oma, sorry, aber was wollte der von uns? Dass wir die schönen Bäume heimlich für ihn abhacken? Der Typ ist doch dämlich«, sagte Gemma knapp.

Johanna betrachtete sie nachdenklich. Aus Gemmas Blickwinkel war so ziemlich jeder andere Mensch dämlich. Einmal hatte Johanna versucht, ihr einen Intelligenztest unterzuschieben. Gemma hatte den halben Test innerhalb von zehn Minuten ausgefüllt, dann war ihr langweilig geworden, und sie hatte die Bogen beiseitegeschoben. Als Johanna nachsah, waren alle Fragen richtig beantwortet – in einem Drittel der vorgegebenen Zeit. Sie hatte damals hochgerechnet, war für Gemma auf einen IQ von hundertsechzig gekommen und hatte das Thema fallen lassen. Was allerdings Gemmas Einfühlungsvermögen betraf, befürchtete Johanna arge Defizite.

»Weißt du, wer heute Vormittag hier war?«, wechselte sie das Thema und gab gleich selbst die Antwort: »Claudia Groth.«

»Soll ich die kennen?«

»Oh, du kennst sie«, sagte Johanna geheimnisvoll. »›Affenkopf‹, ›Leere Räume‹, ›Heute morgen bin ich tot‹ …«

Gemma zuckte die Achseln. »Das sind doch die Krimis, die du liest. Von Tess Turner oder so.«

»Das ist ein Pseudonym, mein Kind. Die Autorin heißt Claudia Groth und war heute leibhaftig hier im Laden.«

»Und, was wollte diese Krimischreiberin? Tipps, wie man das perfekte Verbrechen begeht?«

»Oh nein. Das würde ich auch niemandem verraten«, antwortete Johanna so ernst, dass Gemma sie misstrauisch ansah. »Sie wirkte sehr durcheinander. Bleich, irgendwie angegriffen. Und nervös. Ich weiß nicht, vielleicht sind Schriftsteller ja immer so …«

Gemma zog die Augenbrauen hoch. »Warum war sie denn nun da? Wollte sie uns engagieren?«

»Tja«, begann Johanna. »Wenn ich das so genau wüsste. Sie hat von ihrem Haus gesprochen und dass sie es nicht hätte kaufen sollen. Keine Ahnung, warum sie mir das erzählt hat, ich bin ja keine Immobilienexpertin. Und irgendwas war da mit ihrem Mann.«

Johanna setzte sich auf den Stuhl hinter der Kasse und dachte nach. »Es war seltsam, sie hat ihren Mann einmal Matthias und dann wieder Richard genannt. Dann hat sie gesagt, alles sei ihre Schuld, sie hätte nicht noch einmal heiraten und auch nicht die Finca kaufen sollen. Es ging komplett durcheinander.« Sie spielte mit einem Brieföffner und runzelte die Stirn. »Es klingt vielleicht komisch, aber ich hatte den Eindruck, sie hatte Angst. Aber wovor? Vor ihrem Haus? Vor ihrem Mann? Und wenn ja, vor welchem Mann? – Na ja, auf jeden Fall sagte Claudia Groth dann, es sei besser, sie käme morgen noch einmal wieder. Sie guckte dauernd auf die Uhr und hatte es anscheinend eilig. Ach, sie war einfach ziemlich gereizt, ganz zittrig und fahrig.« Johanna sah Gemma unglücklich an. »Und ich habe das Gefühl, als hätte sie etwas Wichtiges gesagt, irgendetwas Seltsames, aber ich komme einfach nicht mehr drauf.« Sie seufzte. »Vielleicht hätte ich mir mehr Zeit nehmen sollen? Weißt du, es kam gerade der Lieferant mit dem neuen Olivenöl, und ich habe dann einfach nur gesagt, ja, kommen Sie morgen wieder. Sie hatte ja auch keinen Termin und nichts.«

Gemma nickte nur, und Johanna grübelte weiter. Nervöse Klienten hatten sie eine Menge, und die meisten hatten bessere Gründe dafür als Bäume.

Johanna verkaufte mehrere Geckos aus Metall an eine ältere Urlauberin, während Gemma Kisten mit Olivenöl und Orangenessig ins Lager räumte.

Warum nur gehen Geckos so gut?, fragte sich Johanna nicht zum ersten Mal. Sie verkaufte Geckos aus Holz und Metall, mit Geckos handbemalte Teller, Aschenbecher und Tassen, gestickte Geckos auf T-Shirts, Taschen und Kappen. Vor allem die deutschen Touristen rissen ihr alles mit Gecko-Deko geradezu aus den Händen.

Es war einfach rätselhaft. Die Viecher waren nicht gerade ein Fall für den Streichelzoo. Johanna hatte oft von befreundeten Ferienvermietern gehört, dass sich nicht wenige Urlauber vor den Tierchen sogar fürchteten, wenn sie im Schlafzimmer der Ferienwohnung auftauchten. Exakt dieselben Urlauber gingen am nächsten Tag hin und kauften sich einen Gecko aus Holz fürs Wohnzimmer.

Kann etwas furchterregend und niedlich zugleich sein?, fragte sich Johanna und sah Gemma zu, die schwer atmend aus dem Lager zurückkehrte und sich neben sie auf einen Stuhl warf.

»Wir brauchen mehr Paprika«, keuchte Gemma und stemmte sich wieder hoch, um weitere Kartons mit neuer Ware in den hellen Holzregalen zu verstauen.

Johanna musste zugeben, dass ihre beiden Geschäftsfelder, der Laden und das »Problemlösen«, wesentlich besser liefen, seitdem Gemma da war. Nachdem sie im Sommer vor sieben Jahren bei ihr eingezogen war, hatte sich Gemma zunächst das Lager- und Bestellsystem des »Gecko Galdent« vorgenommen. Sie hatte eine Woche mit ihrem Laptop vor Johannas Buchhaltung gesessen und vor sich hin gebrummt und gemurmelt wie ein kleiner Bär. Johanna hatte nicht gewagt, überhaupt zu fragen, was da passierte. Nach einigen Tagen präsentierte ihr Gemma dann ihre »Umstrukturierung« mit allen Posten, die sich lohnten, und Posten, die sich nicht lohnten. Mit Zahlen untermauert in einer hübschen, ordentlichen Tabelle.

Also hatte Johanna ihr Sortiment umgestellt: Die billigen Andenken flogen raus, die beliebten handbemalten Geckos zogen ein, die Kühlschränke mit Zuckersnacks und Softdrinks wurden abgeschafft, stattdessen bestellte sie edle Öle, feinen Essig und lokal hergestellte, hochwertige Gewürze. Das »Gecko Galdent« wandelte sich vom günstigen Andenkenkiosk zum edlen Feinkost- und Kunsthandwerkladen und steigerte seinen Umsatz im ersten Jahr um erstaunliche dreihundert Prozent. Gemma hatte bis auf die Kommastelle ausgerechnet, welche Waren Umsatz brachten und welche nicht. Welche im Sommer gut liefen, welche im Winter. Zudem hatte sie vollkommen zu Recht darauf hingewiesen, dass es letztlich auch für die Gesellschaft und die Umwelt besser sei, wirklich gute Produkte von lokalen Herstellern zu verkaufen als Wegwerfmist aus Großkonzernen.

Für Johannas Ermittlungstätigkeit hatte sich Gemma ebenfalls als Glücksfall erwiesen. Sie hatte nicht nur Köpfchen und einen Computer, sondern auch Phantasie und Mut – Eigenschaften, die für Privatermittlerinnen immens wichtig waren. Johanna hatte sich gesorgt, dieses Geschäftsfeld könne zu gefährlich für einen Teenager sein, aber Gemma ging clever und strukturiert vor, brachte sich nicht unnötig in Gefahr und schien ganz offenbar den größten Gefallen am »Problemlösen« zu finden. Johanna dachte sogar, dass vor allem diese Arbeit sie zu einer inneren Balance geführt hatte, denn Gemma neigte dazu, sich allzu schnell zu langweilen.

Aus Gemmas Smartphone ertönte die »Star Trek«-Fanfare, sie nahm das Gespräch an, lauschte schweigend und antwortete dann in einem Mix aus waschechtem *mallorquí* und Deutsch. »*Com? De veres?* Echt jetzt?«

Johanna machte sich daran, eine Handvoll bunter Paprikapulverdosen im Schaufenster neu zu arrangieren, damit das gelieferte Olivenöl einen Platz fand. Sie war sich sicher, dass Gemma mit Héctor Ballester telefonierte. Der junge Inspector der Policía Nacional aus Palma war Gemmas Verehrer, wie Johanna es nannte. Gemma wies dies weit von sich und sprach lieber von »Austausch von Kenntnissen« und »informeller Zusammenarbeit«. Immerhin, dachte Johanna, hat es der junge Mann mit seinen ausgezeichneten Kenntnissen der mediterranen Küche geschafft, dass Gemma inzwischen sogar Gemüse isst.

Da Héctor sein Deutsch perfektionieren wollte, hatte er Gemma um Hilfe gebeten, wusste Johanna. Doch Gemma verfiel in Gesprächen immer wieder in breites *mallorquí*, sie behauptete, diese Sprache hätte mehr Facetten im Ausdruck. Johanna selbst sprach Spanisch und recht gut *mallorquí*, wenn auch nicht so gut wie Gemma.

Fremde waren häufig überrascht, dass Gemma sowohl Spanisch als auch Katalanisch akzentfrei beherrschte, und waren der Überzeugung, sie sei hier auf der Insel geboren. Doch sie war erst vor sieben Jahren zu Johanna nach Mallorca gezogen. Und Johanna hütete sich davor, anderen zu verraten, dass Gemma fließendes Spanisch in vier Wochen gelernt hatte, für das katalanische *mallorquí* hatte sie noch weitere drei Wochen gebraucht. Gemma war sogar ihr manchmal etwas unheimlich.

Johanna konnte sich noch gut daran erinnern, wie Gemma als renitenter Teenager den Sommer bei ihr verbringen sollte. »Mutti, ich kann nicht mehr. Versuch du doch, an das Kind heranzukommen«, hatte ihre Tochter Marion damals verzweifelt gebeten. Da war Gemma gerade zum zweiten Mal von der Schule geflogen und hatte sich allen Therapieversuchen erfolgreich widersetzt.

Am Flughafen hatte eine pummelige, mürrische Vierzehnjährige mit schlechter Haut und noch schlechteren Manieren gestanden. Sie sei aggressiv, verweigere Leistung und spreche kaum, lautete das Urteil von Gemmas Mutter und ihrem Stiefvater Bertram.

Johanna hatte einige der Lebensentscheidungen ihrer Tochter missbilligt – unter anderem die, diesen stupiden, manipulativen und dominanten Anwalt zu heiraten und ihn Gemma als neuen Vater vorzusetzen. Johanna hatte den Mann nie gemocht, nein, sie hatte ihn regelrecht verabscheut.

In den ersten Tagen des Sommers vor sieben Jahren hatte Gemma nichts anderes getan, als schweigend im abgedunkelten Zimmer zu sitzen und auf ihrem Laptop Computerspiele zu spielen. Johanna hatte das Gerät daraufhin kurzerhand im Safe eingeschlossen und war auf die Dachterrasse gegangen, in der vergeblichen Hoffnung, die Sonne locke den Teenager ins Freie. Als sie eine Stunde später zurück in die Wohnung kam, hockte Gemma wieder über dem Laptop. Sie hatte den Code des Safes geknackt.

Langsam war Johanna dahintergekommen, was mit ihrer Enkelin nicht stimmte. Nur wenn jemand einen sehr niedrigen IQ hatte, sprach man von einer geistigen Behinderung. Dabei war ein sehr hoher IQ ebenso eine Abnormität, eine Absonderlichkeit, die misstrauisch beäugt wurde. In der Schule langweilte sich Gemma dermaßen, dass sie dazu übergegangen war, jegliche Leistung zu verweigern.

In dem Sommer vor sieben Jahren hatte Johanna dann eine Eingebung gehabt und einfach sämtliche Staffeln »Star Trek« auf Spanisch, mit katalanischen Untertiteln, bestellt. Am Ende des Sommers sprach Gemma beide Sprachen fließend, ohne einmal freiwillig das Haus verlassen zu haben. Johanna hatte sogar den Verdacht, sie könne nun auch Klingonisch, fragte aber lieber nicht danach.

Sie teilte ihrer Tochter Marion mit, dass Gemma gern länger bleiben wollte, und meldete die Vierzehnjährige in der neunten Klasse der hiesigen Sekundarstufe an. Seltsamerweise flog sie nicht sofort wieder von der Schule, sondern entwickelte tatsächlich so etwas wie Interesse für den Unterricht und kam nach zwei Wochen das erste Mal mit ihrer Klassenkameradin Zoé nach Hause, mit der sie *mallorquí* wie ein Hafenarbeiter sprach.

Johanna mutmaßte, dass die zurückhaltende und spröde Art der Mallorquiner und Gemmas komplizierte Persönlichkeit sich auf geheimnisvolle Weise gut ergänzten. Die einheimische Bevölkerung stand Residenten und auch *forasters*, den Festlandspaniern, eher reserviert gegenüber, doch das seltsame Mädchen aus Köln hatten die Menschen in Llucmajor ins Herz geschlossen. Nach drei Monaten sah Johanna ihre Enkelin das erste Mal lächeln.

Ihre Tochter Marion hatte erleichtert gewirkt, wenn sie mit Johanna telefonierte. Der rabiate Teenager hatte lange genug ihre Ehe mit Bertram gefährdet, und Gemma war ihr immer fremd geblieben. So blieb Gemma einfach bei Johanna in Llucmajor. Sie telefonierte brav einmal im Monat mit ihrer Mutter und fuhr ohne Widerrede einmal im Jahr nach Deutschland, um ihren Geburtstag dort mit Marion und Bertram zu feiern. Aber sonst erwähnte sie ihre Angehörigen in Köln mit keinem Wort und weigerte sich beharrlich, zu Weihnachten irgendwo anders zu sein als in Llucmajor bei Johanna.

Gemma hatte das Telefonat mit Héctor beendet. Johanna wandte sich schnell zu ihr um. »Ich habe dir gar nicht erzählt, dass diese Autorin mir sogar den Titel ihres nächsten Krimis verraten hat: ›Mord in Llucmajor‹. Was sagst du dazu? Der Fall spielt hier! Das wird bestimmt spannend …« Doch sie brach ab, als sie Gemmas Gesichtsausdruck sah.

»Oma, deine Autorin wird gar kein Buch mehr schreiben. Sie wurde heute Nachmittag ermordet.«

4

»Ermordet?«, fragte Johanna fassungslos und ließ sich auf den Stuhl hinter der Kasse sinken.

»Erschossen. Sie vernehmen gerade den Ehemann«, berichtete Gemma knapp von ihrem Telefonat mit Héctor. »Und die Kriminaltechnik durchwühlt alles. Da liegen wohl Zettel oder so was herum, auf Deutsch, deshalb hat Héctor angerufen. Wir sollen uns das ansehen. Und ich habe ihm erzählt, dass Claudia Groth heute Vormittag hier war. Er wird später bei uns vorbeikommen und dich befragen.« Sie hielt inne. »Meinst du, er hat dann Hunger? Ich lauf schnell zum ›Mercadona‹ und kaufe ein.« Mit diesen Worten riss Gemma eine große Einkaufstasche vom Haken an der Tür und rannte davon.

»Wir treffen uns daheim!«, rief Johanna ihr nach. Sie ging noch eine Weile unruhig im Laden auf und ab, fasste hierhin und dorthin und entschied sich dann, früher zu schließen.

Sie ließ das Gitter vor dem Schaufenster hinunter, schloss alles ab und winkte dem Besitzer der »Casa Creativa« nebenan zu, mit dem sie immer noch gern eine Weile nach Ladenschluss plauderte, doch heute hatte Johanna anderes im Kopf. Sie wandte sich nach rechts und ging grübelnd durch die Fußgängerzone in Richtung Marktplatz.

Tagsüber hatte die Sonne geschienen, doch nun war es kühl geworden. Der Wind fegte durch das Sträßchen und ließ eine weggeworfene Papiertüte munter durch die Luft wirbeln. Johanna bemerkte den Wind und die tanzende Tüte nicht. Warum nur hatte sie die nervöse Klientin einfach gehen lassen? Was hatte Claudia Groth auf dem Herzen gehabt und nicht sagen können? Warum wirkte die Frau so durcheinander? Und was um Himmels willen war dann heute Nachmittag nur passiert?

Claudia Groth hatte sogar eine »Türklinkenfrage« gestellt. Johanna kannte das gut. Klienten kamen und berichteten langwierig von irgendwelchen Nichtigkeiten, nur um dann quasi beim Hinausgehen endlich das eigentliche Problem zu schildern. Meistens war es etwas vermeintlich Peinliches. Mit der Türklinke in der Hand kam dann die Wahrheit auf den Tisch.

Claudia Groth hatte beim Hinausgehen gefragt, ob das Rathaus über Mittag geöffnet sei. Das war es natürlich nicht, ganz Llucmajor war über Mittag vier Stunden lang *cerrado*, geschlossen. Was hatte Claudia Groth im Rathaus gewollt?

Johanna stand eine Weile auf der Straße vor ihrer Haustür und dachte nach, bis der kalte Wind sie hineintrieb. Sie wohnte mit Gemma im Carrer d'es Vall in der Innenstadt von Llucmajor, nur wenige Meter von der Plaça Espanya entfernt. Ihre Mietwohnung lag im obersten Geschoss und nannte eine prächtige Dachterrasse ihr Eigen, mit Blick auf die Iglesia San Miguel, den Randa-Berg und den Galdent-Höhenzug. Johanna stieg in den Aufzug und war ein weiteres Mal froh, dass ihnen die jüngste Renovierung des Stadthauses einen Lift beschert hatte.

Sie hatte gerade die Wohnungstür geöffnet, als der Lift ein zweites Mal ratterte. Gemma kam mit zwei prall gefüllten Einkaufstüten heraus.

Johanna beobachtete ihre Enkelin, die die Einkäufe in der Küche auspackte. Vom pickligen, pummeligen Teenager war nichts mehr zu sehen. Gemma war inzwischen eine äußerst imposante Erscheinung: einen Meter achtzig groß, durchtrainiert, fast muskulös, mit grünen Augen, das hellblonde Haar zum Pferdeschwanz gebunden. Allerdings trug sie zu Johannas Missfallen immer nur Hosen und Kapuzenpullis; jeder Versuch, sie in einen Rock oder ein hübsches Kleid zu stecken, war gescheitert. »Oma, lass mich mit diesen Mädchenklamotten in Ruhe«, fauchte Gemma dann, und Johanna gab auf.

»Was hat Héctor denn sonst gesagt? Was wissen sie schon über den Mord, den Ehemann, die Umstände?«, fragte Johanna.

Gemma hockte zusammengesunken mit dem Smartphone in der Hand in ihrem breiten Lieblingssessel, der mit fleckigem Cordstoff bezogen war. Großmutter und Enkelin hatten bereits mehrere Kämpfe um diesen Sessel ausgetragen. Jetzt stand er immer noch da, was Johanna für sich als Niederlage wertete.

Gemma tippte auf ihrem Smartphone herum. »Oma, Héctor hat sonst nichts gesagt. Und ich habe nicht gefragt«, murmelte sie.

Johanna runzelte die Stirn. Jeder andere Mensch hätte angesichts einer solchen Nachricht erst einmal versucht, auf der Stelle möglichst viele Details zu erfahren. Gemma nicht. Sie kannte ihre Enkelin und konnte sich ungefähr vorstellen, was in ihrem Kopf vorging: Héctor kommt ohnehin gleich und erzählt uns alles. Warum sollte ich ihm Einzelheiten aus der Nase ziehen? Da müsste ich mir ja alles zweimal anhören, reine Zeitverschwendung. So in etwa. Und so logisch.

Johanna hatte das Gefühl, Gemma betrachtete andere Menschen meist als interessante Studienobjekte, wie Bakterien unter einem Mikroskop. Es war zudem praktisch unmöglich, sich mit ihr über Klatsch und Tratsch zu unterhalten. Wenn Johanna nach ausführlicher Lektüre der aktuellsten Ausgabe des spanischen Promi-Magazins »¡Hola!« durch die Küche schritt und ihre Ansichten über die neuesten Ereignisse beim spanischen Königshof kundtat, sah Gemma sie immer nur verständnislos an. »Aber, Oma, du kennst die Leute doch gar nicht persönlich«, bemerkte sie dann ratlos. »Wie kann das denn dann für dich interessant sein, was die machen?« Die Frage hatte ihre Berechtigung, aber darum ging es beim Thema Klatsch ja nun wirklich nicht.

Es klingelte, und geraume Zeit später stand ein schwitzender, schwer atmender Héctor Ballester vor der Tür.

»Du weißt, dass wir inzwischen einen Lift haben?«, fragte Johanna.

Gemma grinste. »Er will abnehmen und nimmt deshalb jetzt immer die Treppe«, sagte sie ebenso klarsichtig wie mitleidlos.

Héctor wurde rot. Er zog den Bauch ein und begrüßte die beiden Frauen mit Wangenküsschen. »*Bon vespre*«, keuchte er. »Es ist ein Alptraum, ein Alptraum!« Er warf sich auf den nächsten Stuhl und versuchte, wieder zu Atem zu kommen. »*¡Desastroso!* Ein Mord, und alle weg, es darf nicht wahr sein.« Offenbar war er am Tatort durch Büsche gekrochen, denn seine Ärmel und Hosenbeine waren voller Kletten, in seinen wilden dunklen Locken hingen Spinnweben und Blätter.

Héctor Ballester war so groß wie Gemma, hatte ein hübsches, freundliches Gesicht und war tatsächlich ein wenig rundlich, das Erbe seiner Gastronomenfamilie, die auf Mallorca zwei Spezialitätenrestaurants betrieb. Er trug keine Uniform, sondern eine Jeans und ein Hemd in Anthrazit, das nach der Herumkrabbelei am Tatort einige Flecken aufwies.

Er wirkte jünger als achtundzwanzig. Dies und sein einnehmendes Wesen führten oft dazu, dass Kollegen, Vorgesetzte und Verbrecher ihn unterschätzten. Das hatte er mit Johanna gemeinsam. Und genau wie bei ihr irrten sich die Leute. Héctor Ballester war ein Bluthund. Hatte er einmal die Fährte aufgenommen, verfolgte er die Spur bis zum bitteren Ende.

Beliebt war er bei seinen Vorgesetzten jedoch nicht, trotz aller Ermittlungserfolge. Denn der junge Inspector war nicht nur hartnäckig, sondern auch ein erbitterter Gegner jeglicher Korruption und Kungelei. Sogar das völlig übliche *fer els ulls grossos*, »Fünfe gerade sein lassen«, gab es bei ihm nicht. Die jüngste Beförderung hatte er nur bekommen, weil es gar nicht anders ging. Héctor hatte, munkelte man, einen wichtigen Fall gelöst, es ging um eine Entführung. Er sprach nicht darüber.

»Was war denn los?«, fragte Johanna, die langsam ungeduldig wurde.

Héctor ging durch das große Wohnzimmer, an das sich eine offene Küche anschloss. Er langte über den breiten Tresen, riss sich ein Stück Küchenpapier ab, wischte sich durchs Gesicht und rang die Hände.

»Vierzehn! Vierzehn auf einmal!«, rief er verzweifelt. »*¡Perdido!* Weg! Und der Chef auch!« Er schüttelte ratlos den Kopf.

Gemma tätschelte ihm unbeholfen den Arm. »Beruhige dich

mal und sprich in ganzen Sätzen. Langsam werde ja sogar ich neugierig, und das will was heißen«, sagte sie und überraschte Johanna und Héctor mit dieser Selbsterkenntnis. »Ich dachte, es ginge um den Mord an Claudia Groth?«

Héctor atmete durch. »Das ist es ja! Da wird eine *extranjera* ermordet –«

Gemma unterbrach ihn. »Eine berühmte Ausländerin auch noch.«

Das war Héctor offenbar neu. »Ja, ich weiß, die hat irgendwas geschrieben. Die war bekannt?«

Johanna informierte ihn, dass die Frau in Deutschland als Bestsellerautorin galt.

Héctors Verzweiflung vergrößerte sich sichtlich. »Auch das noch! Die hiesige Presse, die deutsche Presse, alle werden über mich herfallen. Und meine Kollegen haben nichts Besseres zu tun, als sich allesamt festnehmen zu lassen. Bestechung im Amt. Ich wusste davon nichts«, versicherte er schnell, aber das war ohnehin klar. Héctor übertrat keine Gesetze, er übertrat nicht einmal Geschwindigkeitsbegrenzungen.

»Ich habe keinen blassen Schimmer, was die Kollegen gemacht haben, man hat uns noch nichts Genaues gesagt. Irgendwas mit Drogen und Schutzgeldern. Aber mein Chef ist auch suspendiert. Die Mordkommission besteht im Moment aus genau zwei Personen, mir und Arnau. Und ich soll die Ermittlungen leiten. Zu zweit! Mit einem Anfänger wie Arnau! Was bitte soll ich da leiten?«

Héctor atmete noch einmal tief durch, dann sah er Johanna und Gemma an.

»Also, passt auf. Es geht um Mord an einer *alemana*, ich habe keine Leute, aber ich bin jetzt der Chef. Und ich habe immerhin etwas Budget für Informanten und Dolmetscher …«, fing er an.

»Oh, du engagierst uns«, rief Gemma. »Was zahlst du?«

»Es ist vollkommen egal, was er zahlt«, sagte Johanna. »Wir sind schon längst engagiert. Vom Mordopfer selbst.«

5

»Seltsam, das ist alles sehr seltsam.«

Héctor lief murmelnd im Miebach'schen Wohnzimmer auf und ab, drehte sich um und fasste dann kurz zusammen, was geschehen war.

Claudia Groths Hausmeister Pit Menke hatte ausgesagt, er sei kurz nach fünfzehn Uhr bei der Finca angekommen, um den Pool zu säubern. Er habe geglaubt, die Groths reisten erst einen Tag später an. Menke hatte einen eigenen Schlüssel zum Grundstück, aber nicht zum Haus. Dann habe er die Leiche von Claudia Groth auf der Terrasse gefunden und sofort mit dem Handy die Polizei verständigt.

Die Policía Local kam als Erste am Tatort an. Die Beamten hatten auf dem Weg dorthin einen Umweg fahren müssen, weil eine Baustelle am Nordrand des Anliegersträßchens seit Monaten den Verkehr blockierte. Angeblich hatte die Stadtverwaltung dort eine neue Stromleitung legen lassen wollen, dann aber das Vorhaben aufgegeben. Es war niemand gekommen, um das Loch wieder zuzuschütten.

Die Kriminaltechnik hatte bereits mit der Sicherung der Spuren begonnen, als Héctor und Arnau eintrafen, und die Beamten der Policía Local trampelten zu acht durch den Tatort. Ángel Perez von der Kriminaltechnik hatte es offenbar nicht als seine Aufgabe betrachtet, die Kollegen mit anderen Tätigkeiten zu betrauen, zum Beispiel mit dem Absperren des Sträßchens vor der Finca.

»Die hören doch eh nicht auf mich«, hatte er gebrummt und sich wieder auf die Suche nach dem Projektil und der Patronenhülse gemacht.

Héctor konnte ihn gut verstehen. Das Kompetenzgerangel der unterschiedlichen Polizeiorgane in Spanien war legendär. Guardia Civil, Policía Nacional, Policía Local – schon so mancher Kriminelle war unbehelligt davongekommen, weil sich die Beamten nicht einigen konnten, wer überhaupt zuständig war.

Das Projektil hatte Ángel kurz danach aus dem Stamm einer Zwergpalme gepult, die Hülse lag drei Meter rechts neben der Leiche in einem Blumenbeet, gut versteckt zwischen den Kapmargeriten. Héctor und Ángel hatten gerade nach Beweisstücken im trüben Pool gefischt, als der Ehemann der Verstorbenen zurückgekommen war.

»Und das war merkwürdig«, sagte Héctor nachdenklich bei seiner Runde durch das Wohnzimmer. »Der Mann wirkte völlig überrascht.« Er lief vor bis zur Terrassentür, sah kurz hinaus und schwenkte zurück zum Sofa.

Johanna runzelte die Stirn. »Wie sollte jemand denn sonst wirken, wenn er erfährt, dass gerade die Ehefrau getötet worden ist?«

Héctor ging weiter auf und ab. »Ich drücke mich falsch aus. Er wirkte nicht schockiert, nicht entsetzt, sondern eben … überrumpelt. Ich kann es nicht besser erklären.«

»Sag mal, wie heißt der Mann denn nun? Matthias oder Richard?«, fragte Johanna.

Héctor hielt inne und sah sie verwirrt an. »Matthias.«

»Hm«, machte Johanna. »Soso.« Und fuhr dann fort: »Natürlich ist er der Hauptverdächtige. Es ist ja meistens der Partner.«

»Bien«, sagte Héctor, »wir werden sehen. Arnau vernimmt ihn gerade. Als Zeugen.« Er nahm seinen Weg quer durch das Zimmer wieder auf.

Die Wohnung bestand aus dem großzügig geschnittenen Wohnraum mit der offenen Küche und einer anschließenden Dachterrasse. Außerdem gab es zwei Schlafzimmer und einen kleineren Raum, den Johanna hartnäckig »Bügelzimmer« und Gemma ebenso hartnäckig »Deep Space Nine« nannte. Johanna lagerte hier ihre vielfältigen Verkleidungen, von »rüstige Reisegruppenseniorin« über »Hippie-Omi« bis hin zu »alternde Diva«. Gemma hatte in dem Raum eine Art Schaltzentrale eingerichtet: ein langer Tisch mit mehreren Computern,

Laptops und Bildschirmen. Von hier aus überwachte sie auch das Ladengeschäft per Video.

»*De totes maneres*«, begann Héctor wieder und setzte sich neben Johanna auf das moderne Sofa. Das edle Schiefergrau des Polsters ließ den honigfarbenen, fleckigen Cordsessel noch schäbiger aussehen, fand er. Was den Sesselkrieg betraf, war er auf Johannas Seite. »Jedenfalls, noch um vierzehn Uhr war Groth ans Telefon gegangen und hatte ein paar Minuten mit ihrer Agentin gesprochen. Das ergaben die Handydaten, ich habe das überprüft und bei der Agentin … Moment …«

Héctor blätterte in seinem Notizblock. »Genau. Carmen Schuster heißt die Agentin. Ich habe also die Nummer gewählt, die um vierzehn Uhr angerufen hatte. Eine Señora Schuster ging ran und bestätigte das Telefonat.« Héctor sah hoch. »Wir haben auf Deutsch gesprochen, es hat gut geklappt«, sagte er mit unterschwelligem Stolz.

Da niemand auf diese Information reagierte, fuhr er etwas enttäuscht fort: »Sie sagt, Claudia Groth habe erst fast emotionslos gewirkt und kurz danach beinahe hysterisch. Diese Schuster hat sich dann Sorgen gemacht und sofort einen Flug für morgen früh gebucht, um nach ihr zu sehen.«

Er betrachtete nachdenklich seine Notizen. »Sie war wohl mit dem Opfer gut befreundet, zumindest wirkte sie sehr betroffen von der Nachricht. Sie landet morgen um neun Uhr dreißig. Johanna, könntest du sie abholen und mit ihr sprechen?«

Johanna nickte.

Héctor blätterte weiter. »Um vierzehn Uhr das Telefonat, gegen fünfzehn Uhr hat der Gärtner oder Handwerker das Opfer gefunden und sofort die Polizei benachrichtigt. Der Anruf ging um …«, er blätterte noch mal, »… um fünfzehn Uhr sieben ein. Es geht also um eine Stunde.« Er sah hoch. »Und um sechzehn Uhr dreißig kam der Ehemann mit dem Wagen zurück. Arnau hat ihn sich gleich geschnappt und ist mit ihm aufs Revier nach Llucmajor. Die Leiche lag noch am Tatort auf der Terrasse und sah furchtbar aus. Und die Spurensicherung war in vollem Einsatz. Da muss man zusehen, dass da sonst so wenig Leute wie möglich rumrennen.«

»Arnau? Wer ist das überhaupt?«, fragte Gemma.

Héctor stemmte die Hände auf den breiten Wohnzimmertisch aus gebeiztem Nussbaumholz und sah genervt aus. »Unser Neuer, Arnau Álavarez, *Inspector alumno de primer año.* Inspektorenanwärter im ersten Dienstjahr. Gerade zwanzig geworden. Er dreht noch durch vor Begeisterung, dass er gleich in seinem dritten Dienstmonat an einer Mordermittlung teilnehmen darf.« Héctor seufzte. »Aber was soll ich machen, was?«

Bevor er wieder mit seinem Lamento beginnen konnte, klingelte sein Handy. »Das ist die Kriminaltechnik. Ángel. Ich komm gleich wieder.« Er ging mit seinem Smartphone auf die Dachterrasse, dort sprach er einige Minuten und kehrte mit noch schlechterer Laune zurück.

Johanna und Gemma sahen ihn erwartungsvoll an.

»Ach, sie sind unterbesetzt im Labor. Zwei sind Ski fahren in Österreich, und drei sind nach Deutschland zum *carnaval*. Wollen feiern gehen in Köln.« Héctor wies empört auf sein Smartphone. »Wie können die denn fünf Leute gleichzeitig in den Urlaub lassen?« Er schnaufte. »Claudia Groth hatte ein komplettes Manuskript auf den Terrassentisch gelegt. Lauter Seiten auf Deutsch, die überall herumflogen, vom Wind weggeweht. Waren in den Oleander und in den Pool geflattert. Sie wollten auch noch wissen, ob sie die untersuchen lassen sollen im Labor. Weil ja kaum jemand da ist. Ich meine, was denn sonst, bitte?«

Missmutig starrte Héctor noch einmal auf sein Smartphone. »Es wäre gut, wenn Gemma das Ganze einmal durchsehen könnte. Sie machen dir im Labor Kopien und bringen sie hierher. Auf eine Seite war etwas mit Kuli geschrieben, und anscheinend ist das nicht die Handschrift der Autorin, die Spurensicherung hat das schon verglichen. Die haben das abfotografiert und mir geschickt. Was steht da? Ich bin nicht sicher, ob ich richtig übersetze. *¿Ladrona?*«

Gemma und Johanna blickten auf das Foto. Die Schrift war verlaufen, offenbar hatte die Seite im Pool gelegen, aber dennoch stand dort unmissverständlich: »Diebin!«

»Diebin? Was soll das nun wieder heißen?«, rief Johanna.

»Erst mal nichts weiter, als dass jemand eben ›Diebin‹ auf das Manuskript geschrieben hat. Aber wer? Der Täter? Die Autorin selbst in verstellter Handschrift? Irgendwer?« Gemma überlegte.

»Warum sollte sie denn ihre Handschrift verstellen?«, fragte Héctor.

»Was weiß ich. Vielleicht wollte sie sich in eine Romanfigur vertiefen und ausprobieren, welche Handschrift wohl diese Figur haben würde, wenn sie existierte.«

Héctor sah stirnrunzelnd durch die offene Terrassentür hinaus in die Dunkelheit.

Gemma nahm seine Hand und zog ihn in die Küche. »Wir essen erst einmal was«, befahl sie und schob ihn mit sanfter Gewalt an den Herd.

Héctor kannte sich gut in der Miebach'schen Küche aus, die beiden Frauen überließen ihm nur zu gern das Kochen. Er hatte schon als kleiner Junge in den elterlichen Restaurants gestanden und in den Töpfen gerührt.

»Raubüberfall?«, fragte Gemma und reichte den Knoblauch an.

»*A lo mejor*. Na ja, vielleicht, aber eher unwahrscheinlich. Die Groths waren gerade erst auf der Finca angekommen und hatten noch nicht richtig ausgepackt. Die ganzen Wertsachen lagen noch offen herum«, sagte er und hackte geschickt einige Zehen klein.

»Mietwagen?«, fiel Johanna ein. Auf Mallorca wurden Touristen immer wieder Opfer von Diebesbanden, die den Urlaubern vom Mietwagenschalter des Flughafens zum Ferienhaus folgten, um sie dort auszurauben. Die Banden wählten sichtlich wohlhabende Touristen, die teure Luxuswagen gebucht hatten. Manche Autovermieter standen im Verdacht, mit den Kriminellen zusammenzuarbeiten und die Banden zu informieren, wenn besonders hochpreisige Fahrzeuge abgeholt wurden.

»Matthias Groth fährt einen gemieteten Jaguar XF, eine Riesenschüssel. Also, wie gesagt, schon möglich. Aber die Frau war ganz allein, als sie getötet wurde. Es gab kaum einen Grund, sie zu ermorden und dann ohne jegliche Beute zu verschwinden. Eine Brieftasche mit fünftausend Euro lag direkt auf dem Terrassentisch.« Héctor nahm die Pfanne vom Haken und zündete die Gasflamme an.

»Die Kriminaltechnik untersucht gerade Projektil und Patronenhülse, vielleicht gibt uns das irgendeinen Aufschluss.« Er goss etwas aromatisches Olivenöl aus Sóller in die gusseiserne Pfanne. »Immerhin sind die von der Spurensicherung nicht auch noch alle entlassen worden«, fügte er verdrossen hinzu und briet den Knoblauch an. »Aus dem Urlaub werden sie ja irgendwann zurückkommen.«

Dann fischte er mit einer Gabel alle Knoblauchstückchen wieder heraus, gab noch etwas Öl hinzu, warf frische Gambas und klein geschnittene Chilischoten in die Pfanne und rührte. »Ich mach nur was Kleines, okay?«

Gemma wusste, wie es endete, wenn Héctor »etwas Kleines« zubereitete. »Bitte nur drei unterschiedliche Gerichte, wenn das geht«, bat sie.

»Vielleicht Gambas in Knoblauchöl, *pimientos de padrón* und *patatas bravas*?«, schlug Héctor vor, hantierte mit weiteren Pfannen und drehte sich plötzlich um. »Wart ihr das eigentlich mit dem Bischof und Teresa Martí?«

Gemma und Johanna wechselten einen schnellen Blick und schwiegen.

Héctor kniff die Augen zusammen. »*Lógico.* Auszüge aus privaten E-Mails, WhatsApp, das sieht nach Gemma aus.« Er zeigte mit dem Kochlöffel auf Johanna. »Und die Bilder direkt aus dem Bischofssitz, das war die verehrte Señora Johanna! Wieder in Verkleidung unterwegs, wie?«

Johanna zog ihren Wollpulli zurecht und tat Héctor den Gefallen, zerknirscht auszusehen.

»Das ist alles weitgehend ungesetzlich, und das wisst ihr«, sagte Héctor streng. »Aber eines müsst ihr mir erklären. Warum habt ihr eure ganzen Unterlagen dann auch noch an das Erzbistum Valencia geschickt?«

Gemma starrte ihn an. »Aber …«

»*Yo sé*, ich weiß, in der Zeitung stand, Martís Ehemann Esteban de Moyá habe selbst alles zum Erzbischof geschickt. Und genau das glaube ich keine Sekunde lang.«

Johanna seufzte. »Diese Geschichte bricht uns noch das Genick«, murmelte sie.

Gemma zuckte mit den Achseln. »Héctor, wir geben normalerweise unsere Ermittlungsergebnisse nicht an Dritte weiter, nicht ohne Zustimmung des Auftraggebers, aber hier ging's nicht anders.«

Der junge Inspector sah sie an. »Ich bin ganz Ohr.«

Gemma schilderte, wie ihre umfangreichen Ermittlungen zu einem überraschenden Ergebnis geführt hatten: Nachdem sie alles ausgewertet hatten, waren sie und Johanna zu dem Schluss gekommen, dass die schöne Teresa Martí und ihr cleverer Gatte Esteban de Moyá den Bischof hereinlegen wollten. »Es war zu leicht, weißt du? Wir sind praktisch bei jedem Schritt über Beweise gestolpert«, erklärte sie. »Und dieser Bischof ist so unfassbar naiv, dass er von alldem nichts bemerkt hat. Das feine Ehepaar wollte den Mann mit den Ermittlungsergebnissen erpressen, damit er noch mehr Grundstücke und Gebäude aus dem Kirchenbestand herausrückt.«

Héctor schüttelte den Kopf. »*Perdón*, ich komme nicht mehr mit. Wenn es nur eine Falle war, warum habt ihr das dann auch noch öffentlich gemacht? Warum habt ihr nicht einfach die angeblichen Beweise vernichtet? Oder sie de Moyá vorenthalten?«

Johanna seufzte. »Haben wir ja. Wir haben de Moyá gesagt, wir hätten nichts gefunden. Er hat uns nur wütend angesehen und die nächsten Ermittler drangesetzt. Agentur Molina. Und denen ist nicht aufgefallen, dass alles fingiert war.« Sie ging kurz in die Hocke, um im Ofen nach den *patatas bravas* zu sehen. »Ich habe mit dem alten Molina gesprochen. Sie haben es nicht gemerkt, oder sie wollten es nicht merken.«

Es gab nur eine Lösung, hatten Johanna und Gemma befunden. Mit der Veröffentlichung waren Teresa Martí und ihr Mann raus aus dem Geschäft und dem öffentlichen Klatsch preisgegeben. Und der allzu naive Bischof war raus aus dem Amt. Die schönen Gebäude und Grundstücke der Kirche waren nun bis auf Weiteres in Sicherheit und liefen nicht Gefahr, verscherbelt zu werden.

»Das alte Kloster hat Martí und de Moyá nicht gereicht«, resümierte Gemma.

Alle drei grübelten beim Essen über die Abgründe der menschlichen Gier.

6

Sie hatten ihr ausgezeichnetes Mahl gerade beendet, als Héctors Smartphone erneut klingelte. Er warf einen Blick auf den Screen. »Arnau schickt die Audiodatei von der Vernehmung Matthias Groth. Hören?«

Ohne eine Antwort abzuwarten, tippte er auf »Play«, sie hörten die hohe junge Stimme des Inspektorenanwärters.

»Arnau hat die *interrogatorio* auf Spanisch gemacht?«, fragte Gemma überrascht.

Héctor nickte. »Groth spricht fließend Spanisch. Na ja, zumindest halbwegs.«

Álvarez: (räuspert sich, hustet) Bueno. Protokoll Vernehmung Matthias Groth, Ehemann des Opfers, heute ist der 20. Februar, es ist (Rascheln) siebzehn Uhr dreiunddreißig. Señor Groth, verstehen Sie, was ich sage?
Groth: Sí, ich verstehe.
Álvarez: Geht es Ihnen so weit gut?
Groth: (Pause) Ich weiß nicht. Was soll ich sagen?

Gemma schnaubte. »Seine Frau ist tot. Der Typ war entweder der Mörder, oder er steht unter Schock, weil er eben nicht der Mörder war. In beiden Fällen dürfte es ihm nicht ganz so toll gehen. Außer natürlich, er ist ein Psychopath.«

»Psst«, machte Héctor und wedelte mit der Hand.

Álvarez: Ich meine, können Sie jetzt reden, können wir sprechen?
Groth: Ja. Sicher. Ja.
Álvarez: Sie sind der Ehemann von Claudia Groth?
Groth: Ja, der Ehemann. Seit drei Jahren.
Álvarez: Wann sind Sie mit Ihrer Frau auf Mallorca angekommen?

Groth: Heute Morgen. Neun Uhr.
Álvarez: Und was haben Sie heute gemacht, wo waren Sie?
Groth: Wir kommen morgens an, fahren mit dem Mietwagen zum »Hiper«. Claudia kauft ein, ich bringe die Koffer zur Finca. Ich hole Claudia ab, wir fahren zum Haus.
Álvarez: Wann haben Sie das Anwesen wieder verlassen?
Groth: Das was? Possessió? Tut mir leid, das verstehe ich nicht, das Wort.
Álvarez: Die Finca.
Groth: Ach so. Ich bin um, ähm, kurz nach eins gefahren.
Álvarez: Wo wollten Sie hinfahren?
Groth: Ach, kein Ziel. Bin einfach gefahren.

Johanna unterbrach die Aufnahme. »Die Gefahr von Missverständnissen ist wahnsinnig hoch, wenn jemand eine Sprache nicht fließend spricht«, bemängelte sie.

»*Sí*, ist klar«, sagte Héctor, »aber er spricht gut genug für eine erste Vernehmung. Die Zeit rennt uns davon, wenn wir einen Dolmetscher aus Palma anfragen.«

Johanna sah ihn tadelnd an. »Ich weiß ja nicht, ob du dich erinnerst, aber ich bin bereits seit zehn Jahren offiziell als Dolmetscherin bei der Policía Nacional gelistet. Und Gemma seit einem Jahr.«

Héctor hob die Schultern. »Señora Johanna, das weiß ich genau. Das ist auch der einzige Weg, wie ich euch offiziell und juristisch korrekt in diese Morduntersuchung hineinbekomme.« Er schüttelte ungläubig den Kopf. »Wirklich, denkst du, ich beteilige ohne jede Genehmigung Zivilisten an einer Ermittlung? Den Antrag, dass ihr offiziell als Dolmetscherinnen und Privatermittlerinnen hinzugezogen werdet, habe ich schon ausgefüllt und weitergegeben.«

Er sprach damit die Tatsache an, dass Johanna und Gemma beide eine offizielle spanische Lizenz als Privatermittlerin besaßen.

Gemma sah aus, als wisse sie vor Augenverdrehen nicht mehr,

wohin. »Du sagst also, uns läuft die Zeit davon, aber als Erstes füllst du einen Antrag aus? Typisch Héctor. Lass weiter hören.«
Héctor tippte wieder auf »Play«.

Álvarez: Sie wollten also allein spazieren fahren? Oder wie?
Groth: Ja. Ich habe mich geärgert.
Álvarez: Aha. Über wen?
Groth: Claudia. Sie sagt, ein Mann ist vor dem Tor. Sie wird böse. Ich ärgere mich, ich fahre weg.
Álvarez: Bitte langsam. Wer war vor dem Tor?
Groth: Sie sagt, ein Mann. Sieht sie an. Claudia wird böse, weil der Zaun fehlt. Der Mann sieht sie an. Ich sage, es ist ein … (Pause)
Álvarez: Nachbar?
Groth: Nein, einer geht vorbei.
Álvarez: Paseante?
Groth: Ja. Ein Spaziergänger.
Álvarez: Haben Sie den Mann auch gesehen? Haben Sie ihn erkannt?
Groth: Nein, nur silueta, einen Schatten.
Álvarez: War Ihre Frau beunruhigt?
Groth: ¿Qué? Was bitte?
Álvarez: Hatte sie Angst?
Groth: Ja. Angst.
Álvarez: Wissen Sie, ob sie vor jemandem Angst hatte?
Groth: Nein. Ja. Sie hat E-Mails bekommen und Anrufe von einem Schriftsteller. Der sagt, sie hat gestohlen. In Deutschland.
Álvarez: (seufzt) Bitte langsam. Noch mal.
Groth: Ruttker Maus, so heißt der Schriftsteller. Der sagt, sie hat seine Idee gestohlen für das Buch. Hat E-Mails geschrieben und angerufen, hat gedroht.
Álvarez: Können Sie das buchstabieren, den Namen?
Groth: R-U-T-T-K-E-R und dann M-A-U-S. Ratón.
Álvarez: Bitte?

Groth: »*Maus*« *bedeutet auf Spanisch ratón.*
Álvarez: Ach. Und, hatte Ihre Gattin dem Mann die Buchidee gestohlen?
Groth: (ärgerlich) Nein! Die Idee ist ähnlich, aber kein Klauen. Hat sie gesagt.
Álvarez: Für das neue Buch?
Groth: Nein, das erste Buch. »*Affenkopf*«, *äh, das heißt übersetzt cabeza de mono oder so ähnlich.*
Álvarez: Aha.
Groth: Ja.

Es folgte eine Pause. Álvarez schien etwas zu notieren, im Hintergrund hustete Matthias Groth und schnäuzte sich. Eine Tür klappte, Geschirr klapperte, und es wurde Flüssigkeit in ein Gefäß gegossen. Dann platzte offenbar eine ganze Gruppe von Polizisten ins Vernehmungszimmer, um sich Kaffee zu holen. Stimmengewirr, Tassenklappern, Stühlerücken. Die Stimme von Arnau drang kaum durch den Lärm: *Merda, raus hier, alle raus! Seht ihr nicht, dass ich hier gerade vernehme?*

Es gab Gelächter, dann wieder Stühlerücken, die Meute zog wieder ab.

Héctor hob entschuldigend die Arme. »Ja, ja, ich weiß. Es darf wirklich nicht wahr sein. Genau jetzt, wo wir eine Mordermittlung haben, wird gerade die Polizeistation in Llucmajor renoviert. Das Vernehmungszimmer ist voller Farbeimer, Leitern und Werkzeug und so.«

Er schüttelte resigniert den Kopf. »Wir müssen in der Teeküche vernehmen. Ich weiß überhaupt nicht, ob das juristisch zu hundert Prozent in Ordnung ist. Was sollen wir machen?« Er betrachtete erneut finster sein Smartphone, das unschuldig aufleuchtete und ausging.

»Kein Saft mehr«, sagte Gemma lakonisch und hielt Héctor das Ladekabel hin.

Er sah plötzlich sehr erschöpft aus. Er schloss das Handy an, und sie hörten weiter.

Álvarez: Wollen Sie vielleicht einen café? Americano?
Groth: Sí, gern.
Álvarez: Da ist Zucker. Ihre Frau hatte also Angst, eventuell vor diesem (Pause) Maus. Und Sie fahren dann einfach weg?
Groth: Sie war, wie heißt das, histérica. Einer geht vorbei, sie schreit. Ich fahre weg.
Álvarez: Gut, und wo sind Sie hingefahren?
Groth: Nach Can Pastilla. Ich fahre zum Meer. Zum Spazierengehen.
Álvarez: Wann sind Sie dort angekommen?
Groth: So um halb zwei. Geparkt am Aquarium. Dann gehe ich die Promenade entlang bis balneario 8, dann zurück. Dann zum Kaffeetrinken in ein Strandlokal, ich weiß nicht, wie das hieß. Größe balneario 12.
Álvarez: Höhe.
Groth: Wie?
Álvarez: No me importa. Also ein Café auf Höhe des balneario 12. Und dann?
Groth: Ich trinke café con leche. Der Mann sitzt da, trinkt auch Kaffee, liest eine Sportzeitung. Ich frage, ob ich auch lesen darf, wir unterhalten uns.
Álvarez: Wie hieß der Mann?
Groth: Holger. Nachname weiß ich nicht.
Álvarez: Ein Deutscher?
Groth: Ja, alemán.
Álvarez: Und wie sah er aus, wie alt, wie groß?
Groth: Vielleicht fünfzig oder fünfundfünfzig, groß. Dünn. Langes Haar. Bart ... so.
Álvarez: Für das Protokoll: Der Zeuge malt einen Kreis um den Mund.
Groth: Ja, Bart. Und ein Shirt mit Schrift, »Monster Fight Club«, stand drauf. Hat eine Jacke an, ähm, chaqueta deportiva? Ich weiß nicht, wie das heißt.
Álvarez: Worüber haben Sie gesprochen?

Johanna unterbrach. »Das ist unklar. Hatte der Mann nun ein Sportsakko oder eine Trainingsjacke an? Das meine ich ja, für Details in der Zeugenaussage spricht dieser Groth nicht gut genug Spanisch. Dieser Unbekannte ist Matthias Groths Alibi. Wenn wir den finden wollen, sollten wir möglichst konkret wissen, wie er aussah und was er anhatte.«

Héctor nickte. »Sprichst du morgen noch mal mit ihm, wir beide?«

Gemma grinste breit. »Ich habe eine ziemlich gute Idee, wer das sein könnte. Nach der Beschreibung.« Johanna und Héctor sahen sie fragend an, doch Gemma winkte nur. »Später. Mach weiter.« Héctor spulte kurz zurück.

Álvarez: Worüber haben Sie gesprochen?
Groth: Wetter. Sport. Was Männer reden. Boxen. Ich habe am Wochenende Kampf gesehen im Fernsehen, sehr guter Kampf, Deniz Ilbay gewinnt in Potsdam Weltmeistertitel. Wir unterhalten uns über Boxen.
Álvarez: Wissen Sie sonst nichts über den Mann? In welchem Hotel er wohnt?
Groth: Ich denke, er ist ein residente. Dass er hier auf Mallorca wohnt, also nicht Tourist. Aber das ist nur ein Gefühl, direkt gesagt hat er es nicht.
Álvarez: Gut. Und wie lange haben Sie dort gesessen?
Groth: Von (Pause) Von vierzehn Uhr ungefähr bis sechzehn Uhr. Dann fahre ich zurück. Und dann ist Polizei da überall. (Stimme wird lauter) Der Polizist sagt, meine Frau ist asesinada. Erschossen! Sie lassen mich nicht hin!
Álvarez: Ja. Haben Sie persönlich einen Verdacht, wer Ihre Frau ermordet haben könnte?
Groth: Nein, nein. Warum, nein. Ein Mann vor dem Tor, ich weiß nicht, Maus. Ich weiß nicht. Sin sentido, das macht doch alles keinen Sinn.

Matthias Groths Stimme brach, zu hören war ein Rascheln, dann wieder ein Naseputzen, dann hustete Arnau so laut ins

Mikrofon, dass die drei Zuhörer am Miebach'schen Esstisch zusammenzuckten.

Álvarez: Señor Groth, haben Sie Ihre Frau ermordet?
Groth: (lautes Einatmen) No! NO! Wieso fragen Sie so?
Ich war nicht da, sage ich. Ich war in Can Pastilla.
Álvarez: Schön. Wir prüfen das. Bitte halten Sie sich zur Verfügung. Wo können wir Sie hinbringen? Auf der Finca ist leider noch die Spurensicherung beschäftigt.
Groth: No sé. Ich weiß doch auch nicht. Hotel?
Álvarez: Wir bringen Sie ins »Antic«-Hotel hier in Llucmajor, bitte bleiben Sie vorerst in der Nähe.
Groth: Ja. Ja, natürlich. Was denn sonst. Meine Frau ist tot.
Álvarez: Die Vernehmung endet hier, es ist achtzehn Uhr fünf.

Das Mikrofon klackte laut, und die Aufnahme war vorbei.

»Geschickte Gesprächsführung«, knurrte Gemma. »›Haben Sie Ihre Frau ermordet?‹, also echt. Lernt man das so auf der Polizeischule?«

»Er macht das zum ersten Mal«, verteidigte Héctor seinen jungen Kollegen. »Dafür hat er sich gut geschlagen. Ich habe bei meiner ersten Vernehmung vergessen, den Lautstärkeregler am Aufnahmegerät aufzudrehen. Man hat gar nichts verstanden.«

Gemma runzelte die Stirn. »Er hat etliche Sachen gar nicht gefragt. Was ist Groth von Beruf? Wie war die Beziehung zu seiner Frau? Gab es einen Ehevertrag? Wird er alles erben?«

»Aber die Aufnahmequalität war gut«, beharrte Héctor störrisch. »Den Rest fragen wir morgen. Das ist eben so, wenn man nur zu zweit ist.«

Johanna betrachtete ihn voll Herzlichkeit. Er wird mal ein guter Vorgesetzter werden, dachte sie. Die erkennt man oft daran, wie sie über ihre Mitarbeiter sprechen, wenn die gerade nicht da sind. Gute Chefs stehen hinter ihren Leuten und verteidigen sie.

Sie hatte sich ebenso wie Héctor beim Zuhören Notizen gemacht und blätterte nun darin. »Wir haben doch einiges. Den geheimnisvollen Mann am Zaun, den Matthias Groth weder beschreiben noch wiedererkennen kann. Eventuell haben die Nachbarn etwas gesehen. Könnte das Arnau übernehmen?«

Héctor nickte. »Was haben wir noch? Hauptverdächtiger ist immer noch der Ehemann, solange sein Alibi nicht bestätigt ist. Weil es bei Morddelikten nun einmal ziemlich oft der Lebenspartner ist. Tragisch.« Er schüttelte den Kopf über diese deprimierende Tatsache. »Wir müssen den Mann finden. Holger. Wir fragen in den Strandcafés nach, ob sich jemand an Groth und einen weiteren Mann erinnert.«

»Wie gesagt, ich habe da so eine Ahnung«, wiederholte Gemma. »Vorname Holger, groß und dünn, lange Haare, um die fünfzig, schmaler Bart, Playa de Palma, ›Monster Fight Club‹. Klingelt da bei euch überhaupt nichts?«

Héctor und Johanna sahen sie weiter ratlos an.

»Holger. Holger Sengespeick. Die Beschreibung passt. Sengespeicks Kampfsport-Studio ist da gleich um die Ecke und heißt so: ›Monster Fight Club‹«, erklärte Gemma.

»Ha!«, machte Héctor. »Du sagst also, dass das Alibi unseres Mordverdächtigen ausgerechnet der ›Pate von Palma‹ sein soll?« Er sah Gemma voller Skepsis an.

Der Name Sengespeick war eine Legende am Ballermann – ihm hatten die Diskotheken »Beachclub« und »Bavaria-Bar« gehört. Beide Lokale hatte er aus unbekannten Gründen verkauft und den Fitness- und Kampfsport-Club »Monster Fight Club« eröffnet.

»Genau das sage ich, *amigo mío*. Bei dem werde ich mich morgen umsehen«, verkündete Gemma und angelte nach der Einkaufstüte auf dem Küchenbord.

Héctor und Johanna protestierten gleichzeitig. »Niemals!« – »*Iamás!*«

»Zu spät. Ich bin schon seit drei Monaten Mitglied und trainiere da. Krav Maga«, sagte Gemma. »Mich interessiert seit Langem, was die Jungs da so treiben und warum Sengespeick plötzlich auf Fitnessclub-Besitzer macht. Und da dachte ich, ich trainiere mal ein bisschen und gebe mit meinen Computerkenntnissen an. Kam gut. Die haben nicht viel Ahnung von solchen EDV-Sachen, und das Training ist wirklich toll.«

Johanna sah sie missmutig an. »Ich habe es nicht gern, wenn du solche Geheimnisse vor mir hast«, beschwerte sie sich. »Das machst du also in der Zeit, in der du behauptest, du würdest zur Uni gehen?«

Denn zumindest offiziell war Gemma in den Studiengang Chemie der Universitat de les Illes Balears in Palma eingeschrieben. Das war hauptsächlich auf Betreiben von Gemmas Mutter Marion geschehen. Gemma hatte das Studium begonnen, damit Ruhe war, und ging, soweit Johanna wusste, nur sporadisch zu den Vorlesungen. Manchmal hatte sie sogar den Eindruck, Gemma sei noch kein einziges Mal an der Uni gewesen, kommentierte das aber nicht.

»Ich frage dich ja auch nicht nach deinen Geheimnissen«, gab Gemma zurück.

Überraschenderweise wurde Johanna rot.

»Ich sehe mich morgen dort um«, fuhr Gemma fort. »Da bin ich nämlich ohnehin mit Holger Sengespeick verabredet.«

»Du bist was?«, rief Héctor erschrocken.

»Keine Sorge. Es ist kein Date, es ist ein Auftrag. Ich soll die Computeranlage von Sengespeick gegen Hackerangriffe und Zugriffe der Polizei sichern.«

Gemma hatte sich wieder den Einkaufstüten zugewandt und zog eine Wasserflasche aus dem Beutel. Dass Héctor und Johanna sie entsetzt anstarrten, bemerkte sie nicht einmal.

Nachdem sich Héctor zur Beruhigung noch ein paar Gabeln *patatas bravas* einverleibt hatte, wandte er sich wieder seinem Notizblock zu. »Okay, okay. Dann geh da morgen nachsehen. Aber nur vorfühlen, wir wissen nicht, ob du mit deiner Vermutung recht hast. Wir lassen Arnau das offizielle Alibi einholen. Und sei vorsichtig.«

Gemma nickte ungeduldig.

»Du kannst schlecht Sengespeick direkt fragen, ob er mit

dem Tatverdächtigen am Tattag Kaffee getrunken hat. Für ihn bist du eine Studentin, die in seinem Kampfsport-Studio trainiert und sich mit Computern auskennt«, betonte Héctor besorgt.

Gemma sah ihn wütend an. »Glaubst du, das weiß ich nicht?«

»Was haben wir noch?«, fragte Héctor unbeeindruckt von Gemmas grimmiger Miene. »Irgendein Schreiber hatte den Verdacht, dass Claudia Groth seine Buchidee geklaut hat. Passiert das Schriftstellern öfter? Ich weiß es nicht. Ist das ein Motiv? Ich weiß es auch nicht. Aber dieser Maus ist ja vermutlich in Deutschland und nicht hier. Wir lassen dennoch am Flughafen die Passagierlisten überprüfen, ob kürzlich ein Ruttker Maus eingereist ist. Das wird wieder ewig dauern, bis man von denen eine Antwort bekommt«, sagte er seufzend.

Gemma hatte bereits ihr Smartphone in der Hand, nickte und hielt Johanna und Héctor den Bildschirm entgegen. »Treffer«, sagte sie. »Das hier hat ein gewisser Schriftsteller namens Ruttker Maus gestern Abend auf seinem öffentlichen Facebook-Profil gepostet. Diese Sozialen Medien sind eben doch manchmal megapraktisch. Man weiß immer, wo die Leute sind, selbst dann, wenn man sie gar nicht kennt. Ich werde also morgen auch zum Ballermann gehen.«

Héctor und Johanna betrachteten das Selfie eines kleinen Mannes mit schütterem Haar und spitzer Nase. Datum vom Vortag. Vor der Kulisse des »Bierkönig« in Arenal.

Ruttker Maus hatte eine Bildüberschrift hinzugefügt: »Mörderstimmung auf Malle!« Und ein Smiley.

7

Gemma hatte sich die Nacht um die Ohren geschlagen, um das Manuskript der toten Autorin zu ordnen und zu lesen, das Ángel von der Spurensicherung ihr gegen dreiundzwanzig Uhr gebracht hatte. Es waren nur die Kopien. Das Original von »Mord in Llucmajor« lag zur weiteren Untersuchung im Labor, bis die Herrschaften von der Kriminaltechnik geruhten, aus dem Urlaub zurückzukehren.

Wie der Ehemann Matthias Groth bestätigt hatte, hatte Claudia Groth tatsächlich noch auf einer Schreibmaschine, einer alten Adler, geschrieben. Es existierten offenbar noch nicht einmal Durchschläge ihres Manuskripts.

Gemma hantierte wütend mit dem Vierhundert-Seiten-Werk und verfluchte die analoge Welt. Die Seiten 390 und 391 fehlten, wie sie feststellte, die Geschichte brach hier ab und ging mitten im Satz auf Seite 392 weiter.

Sie schrieb Héctor eine Nachricht, in der sie ihn bat, die Spurensicherung oder Arnau noch einmal das Gelände abgehen und nach diesen Seiten suchen zu lassen. Vielleicht waren sie ja über den Zaun auf die Straße oder das nächste Grundstück geweht.

Sie blätterte das Manuskript durch. Der Krimi war fast fertig gewesen, als die Autorin starb. Das letzte Kapitel war noch unvollständig. Es bestand bislang nur aus einem Satz: »Das war die Rache.«

»Mord in Llucmajor« handelte von einem Mann, der seine Ehefrau langsam vergiftete. Es ging um das deutsche Paar Klaus und Thelma, das sich auf Mallorca eine Ferien-Finca am Randa-Berg gekauft hatte und sich dort inmitten von Oleander, Mandelbäumen und sirrender Sommerhitze mit seiner gescheiterten Ehe herumschlug.

Der Roman war wie ein Kammerspiel inszeniert, Schauplatz war die luxuriöse Finca, die handelnden Personen waren die Eheleute. Im Wesentlichen bestand die Geschichte aus Dialogszenen und Tagebucheintragungen von Thelma. Der Roman-Ehemann wurde manchmal als ausnehmend gut aussehend beschrieben, dann wieder als hässlich und grotesk. Klaus mischte Thelma vermeintliche Heilmittel in ihre Speisen und behauptete, diese Medikamente seien gut fürs Herz.

Gemma fand die Symbolik ein wenig dick aufgetragen. Vergiftete Beziehung, vergiftete Speisen, ein krankes Herz. Bis ihr der Gedanke kam, dass es vielleicht gar nicht symbolhaft gemeint war.

Sie überflog die wichtigsten Kapitel noch einmal. Thelma wurde immer schwächer und begann zu ahnen, dass der vordergründig so fürsorgliche Klaus ihr heimlich Gift gab, wollte es aber nicht wahrhaben. Sie dachte sich immer neue Ausflüchte und Erklärungen aus, warum sie so krank war. Sogar als sie sah, wie er ein seltsames rotes Kügelchen in ihrem Ingwertee auflöste, hielt sie es immer noch für möglich, dass er ihr nur etwas zur Stärkung geben wollte, dass er wirklich und ernsthaft um sie besorgt sei.

Irgendwann ab Seite 150 verschwamm Thelmas Wahrnehmung, und die Geschichte wurde in Gemmas Augen immer abstruser. »Herrgott, warum geht sie nicht einfach zum Arzt?«, knurrte sie. »Blutprobe, fertig.«

Thelmas unglaubwürdiges Verhalten war sehr fadenscheinig damit erklärt, dass Klaus ein »Heiler« sei. Er hatte seiner Frau gesagt, er wolle ihre Behandlung selbst in die Hand nehmen.

Und sie glaubt das? Obwohl sie so krank ist? So ein Unfug, dachte Gemma.

Ab Seite 300 hatten dann plötzlich einige herbeihalluzinierte Figuren bizarre Auftritte, die Thelmas zunehmender Verwirrtheit entsprangen. Da war ein guter Geist aus dem Meer, der die Frau einlud, mit ihm im tiefen Ozean zu leben, zwischen Korallen und bunten Fischen. Einer der kleinen Spatzen im Garten der Roman-Finca entpuppte sich als giftiger Gegenspieler Thelmas. Der Spatz wurde von Kapitel zu Kapitel größer, bis er irgendwann den Dachfirst überragte. Der Spatz hackte nach der Frau und lachte, hackte und lachte. Alles viel zu aufgesetzt, unglaubwürdig und banal, befand Gemma.

Sie dachte eine Weile nach, dann schrieb sie Héctor eine zweite Nachricht und empfahl ihm, bei der Autopsie von Claudia Groths Leiche nach einer Vergiftung suchen zu lassen. Das war bei einer Obduktion nicht selbstverständlich, noch nicht einmal bei einem Mord. Denn die Todesursache war eindeutig gewesen. Gemma hatte die Fotos der Kriminaltechnik gesehen, die Kugel hatte am Hinterkopf nur ein kleines Einschussloch verursacht. Das Projektil hatte dann den Schädel durchschlagen und beim Austritt einen tiefen Krater hinterlassen, der linke Augapfel war herausgerissen worden und badete in einem See aus Blut und Hirn.

Thelma ging Gemma gründlich auf die Nerven. Die weinerliche Romanfigur erging sich auch noch ausschweifend in Selbsthass, da sie offenbar vor Jahren jemandem Unrecht getan hatte. Leider befanden sich die Details zu dieser Untat auf den fehlenden Seiten 390 und 391, sodass Gemma auf Seite 389 nur erfuhr, dass Thelma sich entschlossen hatte, alles wiedergutzumachen, sollte sie die nächsten Tage überleben.

Ob Thelma das gelingt, wird die Welt nun nicht mehr erfahren, dachte Gemma.

Doch was mit Claudia Groth geschehen war, war kein Geheimnis mehr. Nicht nur die lokalen Zeitungen und Onlinedienste, sondern auch die deutschen Medien vermeldeten es gerade: »Krimi-Queen Tess Turner ist tot.«

8

Das Thermometer war schon morgens auf ganz unfebruarhafte dreiundzwanzig Grad geklettert, und sogar Gemma trug nur ein schwarzes Top zu ihrer ausgebeulten grauen Cargohose statt des üblichen Kapuzenpullis. Es versprach ein wunderschöner Tag zu werden.

Für das »Gecko Galdent« hatte Johanna eine ehemalige Schulfreundin von Gemma als Aushilfe engagiert. Barbara Serra arbeitete meist in Spätschichten als Kellnerin und half tagsüber im Miebach'schen Laden aus, wenn die beiden auf Ermittlungstour waren. Barbara war gerade zweiundzwanzig geworden und sparte für ein Jahr Work-and-Travel in Australien. Deshalb nahm sie jeden Job an, den sie kriegen konnte.

Auf dem Weg zum Auto kamen Johanna und Gemma an der hübschen Boutique vorbei, die ihrer Nachbarin Christine Marbach gehörte. Im Schaufenster prangte ein feenhaftes Sommerkleid in Weiß. Fließender Stoff, mädchenhaft, zart. Gemma würde sicherlich wunderschön darin aussehen, aber Johanna wagte nicht, überhaupt vor dem Schaufenster stehen zu bleiben. Sie sah, wie Gemma sie misstrauisch aus den Augenwinkeln beobachtete.

»Ich weiß, was du denkst«, sagte Gemma. »Im Leben nicht!«

Johanna nickte ergeben, stieg in den Wagen und lenkte den kleinen Fiat 500 durch die engen Gassen. Gemma hockte neben ihr und tippte wie immer auf ihrem Smartphone.

»Du bekommst noch eine Nackenstarre mit deinem Handy. Was machst du da? Irgendwelche Spiele?«, fragte Johanna.

Gemma antwortete nicht, sondern tippte so schnell weiter, dass Johanna vom bloßen Zusehen schwindelig wurde. Stumm fuhr sie weiter, bis Gemma nach fünf Minuten aufsah. »Hast du was gesagt, Oma?«

Johanna winkte ab. »Spiel einfach weiter.«

Gemma sah sie finster an. »Ich spiele nicht, ich recherchiere.«

Die beiden hatten abgemacht, dass Johanna ihre Enkelin zur Playa de Palma fahren würde, um zum Kampfsport-Studio von Holger Sengespeick zu gehen und im »Bierkönig« nach Ruttker Maus Ausschau zu halten. Johanna selbst wollte die Agentin vom Flughafen abholen und Groths Handwerker nochmals befragen, der die Leiche gefunden hatte. Héctor hatte Protokolle und Papierkram am Hals und wartete auf die Ergebnisse der Spurensicherung. Gegen Nachmittag wollten alle drei noch einmal Matthias Groth vernehmen, diesmal auf Deutsch. Der junge Arnau hatte die Aufgabe erhalten, sich bei Claudia Groths Nachbarn umzuhören.

»Lass uns erst in Can Pastilla einen *cortado* trinken, ja?«, sagte Johanna. Sie liebte das Getränk, bei dem ein Espresso mit einer Winzigkeit geschäumter Milch übergossen wurde.

Gemma nickte stumm und tippte.

Johanna seufzte und schwieg den Rest der Strecke.

Sie parkten in der Nähe des Aquariums am Camí den Can Algeria und schlenderten die Strandpromenade zwischen den *balnearios 13* und *14* entlang.

Trotz Nebensaison war hier einigermaßen viel los – die ungewöhnlich warme Sonne hatte Touristen und Einheimische an den Strand getrieben, es gab sogar ein oder zwei mutige Schwimmer, die ins noch winterkalte Mittelmeer sprangen und prustend wieder herauskamen.

Johanna beobachtete die halb nackten jungen Leute im Strandcafé auf der Promenade. Sie wandte sich zu Gemma um. »Sag mal, warum hast du gar kein Tattoo? Das haben doch jetzt alle. Sieht doch ganz, ähm, schick aus«, sagte sie in der Hoffnung, modern und aufgeschlossen zu wirken.

Gemma sah sie mit großen Augen an. »Oma, bitte! Das sieht wirklich nur gut aus, solange man jung ist und die Tätowierung noch halbwegs neu. Hast du mal ein zwanzig oder dreißig Jahre altes Tattoo gesehen?« Sie schüttelte verständnislos den Kopf. »Dass ausgerechnet *du* so einen Vorschlag machst! Hätte dich für vernünftiger gehalten.« Sie flankte über die kleine Strandmauer und lief mit großen Schritten über den Sand hinunter zum Meer.

Johanna setzte sich in die Strandbar, bestellte zweimal *cortado* und rieb sich den Hüftknochen. Die prächtige tätowierte Rose, die dort seit 1963 prangte, war mittlerweile zu einem unkenntlichen rotbraunen Fleck verwischt. Johanna dachte kurz an die wilde und vollkommen unvernünftige Nacht, in der die Tätowierung entstanden war, an die Hafenspelunke in Lissabon und an Dimitri aus Wladiwostok. Sie lächelte.

Nachdem sie ihren Kaffee in der warmen Sonne genossen hatte – Gemma war vom Strand zurückgekehrt und hatte das Getränk wie immer in einem Satz hinuntergekippt –, nahm Johanna ihre Handtasche und stand auf. »Ich hole die Agentin. Sag Bescheid, wenn du hier fertig bist. Oder wenn es Schwierigkeiten gibt.« Sie guckte ein wenig besorgt, dann küsste sie Gemma auf die Stirn und ging davon.

Gemma sah ihr nach. Johanna lief langsamer als früher, vorsichtiger, als ob sie Furcht hatte, zu stürzen. Eine kleine, zierliche, ältere Frau. Ein kalter Schauer durchfuhr sie. Plötzlich hatte sie entsetzliche Angst, die geliebte Oma könne bald sterben.

Sie versuchte, sich mit ihrem gewohnten logischen Denken wieder zu beruhigen. Oma ist vierundsiebzig und wird, statistisch gesehen, etwa einundachtzig Jahre alt werden, dachte Gemma. Da sie ein gesundes Leben führt und offenbar guter Laune ist, etwas zu tun hat und nicht allein sein muss, kann sie gut und gern auch neunzig werden, hundert vielleicht sogar.

Hundert. Das ist rational und statistisch betrachtet durchaus möglich, befand Gemma. Mit etwas besserer Laune trabte sie los, um die harten Jungs vom Kampfsport-Club zu treffen. Von der Strandbar in Can Pastilla waren es nur wenige Minuten zu Fuß.

Gemma lief am Meer entlang und beobachtete die Sonnenhungrigen, die sich an den ersten warmen Sonnenstrahlen des Jahres erfreuten. Ihr war das Wetter meist egal, sie liebte es sogar, im Winterregen die einsamen Buchten zu besuchen und dort spazieren zu gehen. Mit Menschenmassen an einem Strand zu liegen wäre ihr im Leben nicht in den Sinn gekommen. Nicht dass sie etwas gegen Menschen hatte. Aber es war ihr lieber, wenn sie ihr nicht zu sehr auf die Pelle rückten.

Der »Monster Fight Club« lag im ersten Stock einer Ladenzeile an der Playa de Palma. Unten hatten ein deutscher Supermarkt, Pizzerien, ein Immobilienmakler, ein Spielsalon, Discos und Kneipen ihren Platz gefunden. Mehrstöckige Hotels und Apartmenthäuser versperrten fast vollständig den Blick aufs Meer.

Gemma lief die Treppen hinauf, nahm immer zwei Stufen auf einmal. Als der »Pate von Palma« Holger Sengespeick vor einem Jahr angekündigt hatte, er wolle Disco und Bar verkaufen und einen Kampfsport-Club auf Mallorca eröffnen, hatte es noch einige Spekulationen in der lokalen Presse gegeben, doch danach war es ruhig geworden um Sengespeick. Fast zu ruhig, dachte Gemma.

Sie war seit drei Monaten Mitglied im Club und trainierte Krav Maga bei Pucki, einem semmelblonden Hünen aus Luckenwalde bei Berlin. Krav Maga war genau genommen kein Sport, sondern eine reine Selbstverteidigungstechnik aus Israel, hatte Pucki ihr am ersten Trainingstag erzählt. Erfunden hatte es der Budapester Boxer und Ringer Imrich Lichtenfeld. In den dreißiger Jahren trainierte er die in der Slowakei lebenden Juden, damit sie sich gegen antisemitische Übergriffe schützen konnten. Später immigrierte Lichtenfeld nach Israel, benannte sich in Imi Sde-Or um und perfektionierte das von ihm erfundene Selbstverteidigungs-System.

Gemma fand ihren Krav-Maga-Trainer sehr in Ordnung. Pucki hieß eigentlich Dieter Puck, war ein ehemaliger Türsteher und kannte deshalb alle Tricks sehr gut aus der Praxis.

Er winkte ihr zu, als sie das Studio betrat, und hieb dann weiter auf einen Sandsack ein. Im Boxring, der die Mitte des großen Studios beherrschte, begann gerade ein Sparring. Ein hagerer

Mann mit grauen Haaren war in den Ring geklettert und tänzelte an den Seilen entlang. Gemma schätzte ihn auf Anfang fünfzig. Zu ihm gesellte sich sein Kontrahent, ein gefährlich aussehender Mittzwanziger mit sehr vielen, sehr definierten Muskeln.

Gemma wandte sich zu Pucki. »Na, der Ausgang dürfte klar sein«, raunte sie ihm zu. Neben dem jungen, durchtrainierten Mann wirkte der Grauhaarige fast mitleiderregend.

Pucki drehte sich um und betrachtete die beiden Kämpfer »Abwarten …«, murmelte er nur und bearbeitete weiter den Sandsack.

Wenige Zeit später staunte Gemma. Der hagere Grauhaarige hatte jede einzelne Runde für sich entschieden, hatte Schläge vorhergesehen, war ausgewichen, getänzelt, hatte seine Kraft effizient eingesetzt. Der muskelbepackte jüngere Mann schlug mit zunehmender Verzweiflung Löcher in die Luft, hetzte hin und her und traf seinen Gegner kein einziges Mal. Nach der sechsten Runde konnte er nicht mehr und blies das Sparring ab.

»Erfahrung«, keuchte Pucki am Sandsack. »Erfahrung und ein Kämpferherz. Det is mehr wert als jeder Jungspund, der meint, er wäre det Allergrößte.« Gemma nickte beeindruckt und dachte an ihre Großmutter.

Sie schlängelte sich durch die weite Halle voller Sandsäcke, Hanteln und Trainingsgeräte und klopfte gegen eine Tür, an der ein eingerissener Zettel mit der Aufschrift »Office« hing.

»Scheiße!«, dröhnte es von drinnen.

Gemma interpretierte dies als Aufforderung hereinzukommen, öffnete die Tür und blieb im Türrahmen stehen.

Holger Sengespeick kauerte auf dem Boden und tastete blind mit beiden Händen vor sich herum. »Bleib da stehen«, schnappte er. »Bloß nicht weitergehen. Hilf mir mal!« Er brauchte Gemma nicht erklären, worum es ging. Offenbar hatte der Mann seine Kontaktlinsen verloren.

»Lagen hier auf dem Schreibtisch. Fenster aufgemacht, so 'n Idiot reißt die Tür auf, Durchzug, zack, weg warn se«, keuchte Sengespeick und tastete sich weiter vor.

Gemma nickte und drehte sich um. In der Abstellkammer des Sportstudios fand sie einen Staubsauger, dann nahm sie ein Stück Mull aus dem Erste-Hilfe-Kasten neben dem Boxring und stülpte es über das Saugrohr. Sicherte das Mullstück mit ihrem Haargummi und saugte durch das kleine Büro, bis erst die eine, dann auch die zweite Kontaktlinse im Mullfilter hängen blieb.

»Bitte sehr«, sagte sie und ging, um den Staubsauger wieder wegzuräumen.

»Dich kann man brauchen, wa?«, sagte Sengespeick grinsend, als sie wieder in das Büro zurückkam. »Wenn du dich mit'm Computer so gut auskennst wie mit'm Saugen ...«, fuhr er fort, wurde aber von Gemmas Blick unterbrochen.

»Langweilig. Altherrenwitze«, bemerkte sie. »Ist meine Hilfe hier erwünscht, ja oder nein? Sonst geh ich 'ne Runde trainieren.«

Sengespeick betrachtete sie aus zusammengekniffenen Augen. Der große, hagere Mittfünfziger hatte das schulterlange blonde Haar nach hinten gekämmt und trug ein schwarzes Shirt mit knallrotem »Monster«-Aufdruck, eine weiße Trainingsjacke, dazu eine rote Jogginghose und Sneakers.

»Nicht gleich beißen, Mädchen«, sagte er und ließ sich auf seinen Bürostuhl plumpsen. Er zog den zweiten Bürostuhl an sich heran. »Jetzt setz dich mal an die Kiste und guck dir das an. Wir brauchen Rundumschutz. Hacker, Bullen, alles.«

Während Gemma Firewalls überprüfte, Verschlüsselungsprogramme installierte und die Festplatte sicherte, sah ihr Sengespeick anfangs zu, fing dann jedoch an, gelangweilt Papiere in Aktenordner zu sortieren.

Das Büro, fand Gemma, war überraschend ordentlich. Aktenordner mit kryptischen Kürzeln auf den Deckeln standen sauber aufgereiht in schlichten weißen Regalen, neben der hellgrauen Sitzgruppe mit Glastisch thronte ein Körbchen für einen offenbar sehr großen Hund, der aber nicht zu sehen war. Der Schreibtisch war bis auf Stiftehalter, Monitor, Tastatur und Maus leer. Daneben stand tatsächlich eine höchst seriös wirkende Aktentasche aus schwarzem Leder.

Sengespeick war Gemmas Blick gefolgt. »Wat denn, glaubste, ich trag meine Unterlagen in 'nem Muckibudenbeutel rum? Ich bin Geschäftsmann, Mädchen.« Gemma nickte und wandte sich wieder dem PC zu.

»Wir hatten gestern einen Mord in Llucmajor«, sagte sie im Plauderton. »Krass, oder?«

Sengespeick reagierte gleichgültig. »Tja, kommt vor. Wat denn, Geld oder Eifersucht?«

Gemma klickte sich durch ein Verschlüsselungsprogramm. »Ach, weiß man noch nicht. War so 'ne berühmte Autorin, Tess Turner. Wahrscheinlich war es der Mann, ist ja immer so.«

Sengespeick sah immer noch gelangweilt aus. »Tja. Wird die Bullerei schon rausfinden, ne? Bei Mord sind die ja immer 'nen bisschen mehr auf Zack als sonst.«

Gemma beobachtete die Zahlenkolonnen auf dem Bildschirm und tauchte dann ab, um ihren Laptop mit Sengespeicks PC zu verbinden. »Ja, wird wohl so sein«, sagte sie leichthin, während sie wieder auf die Beine kam und sich erneut über den Bildschirm beugte.

»Manu sagt, der Typ hätte ein Alibi«, plauderte sie weiter. »Manu ist der Kassierer vom ›Mercadona‹ und Cousin von Anna, und die arbeitet bei der Policía Local in Llucmajor. Die waren als Erste am Tatort.« Sie klickte ein Programm an und ließ es durchlaufen.

»Angeblich war der Ehemann gestern hier an der Playa de Palma, hat zur Tatzeit in 'nem Café gesessen und mit irgendwem übers Boxen gequatscht. Kann sich aber nicht mehr erinnern, in welchem Café und wie der Typ hieß, mit dem er gequatscht hat.«

Jetzt sah Sengespeick alarmiert hoch. »Du weißt ja ziemlich viel. Wie heißt denn der Typ, der Ehemann?«

»Matthias«, sagte Gemma.

»Und das erzählt dir alles Manu vom ›Mercadona‹?« Sengespeick strich sich um den Bart und betrachtete Gemma stirnrunzelnd.

»Kennst du den?«, fragte sie zurück, während sie von ihrem

Laptop aus einen Testangriff startete, um zu sehen, ob ihre Sicherungsmaßnahmen griffen.

Sengespeick sah sie an. »Wen? Diesen Ehemann oder Manu vom ›Mercadona‹?« Er wartete keine Antwort ab. »Wann soll dieser Mord denn gewesen sein?«, fragte er.

»Och«, machte Gemma. »Irgendwann zwischen vierzehn und fünfzehn Uhr. Sagt Manu.«

Sengespeick blinzelte misstrauisch, sagte aber nichts.

Gemma klickte noch einmal, klappte ihren Laptop zu und rollte mit dem Stuhl zurück. »Fertig, ihr seid hier erst mal safe. Ich muss noch ein paar Sachen Hardware bestellen, dann mache ich nächste Woche weiter.«

Sengespeick nickte. »Ist mein kleines Reich jetzt sicher?«

Gemma stopfte ihr MacBook in ihre Tasche. »Alles, was du besitzt, besitzt irgendwann dich.«

Er runzelte die Stirn. »Was soll'n das heißen? Biste so 'ne Linke?«

Gemma stand auf und ging in Richtung Bürotür. »Nur ein Zitat aus ›Fight Club‹. Kennst du den Film?«

Sengespeick sah sie noch mal an. »Kenn ich. Dann kennst du ja auch die Regeln. Verlier nie ein Wort über den Fight Club.« Er sah sie unverwandt an und wedelte sie aus dem Büro. »Ich muss mal gerade telefonieren. Du bist hier fertig, ne?«

Gemma nickte, schnappte sich ihre Tasche und verließ das kleine Office. Gegen Holger Sengespeick konnte man einiges ins Feld führen. Aber auf den Kopf geknallt war er nicht.

9

Carmen Belinda Schuster war eine beeindruckende Frau. Johanna tippte auf einen Meter fünfundachtzig und hatte dabei die Zehn-Zentimeter-Absätze, auf denen die Literaturagentin energisch heranschritt, noch nicht dazugerechnet. Carmen Schuster war Mitte fünfzig und trug das lange blondierte Haar aufgesteckt zu einem wahren Turban, was sie noch größer erscheinen ließ. Ihr schicker Hosenanzug leuchtete in Knallrot. Sie hatte offenbar überhaupt kein Problem damit, aufzufallen wie ein bunter Hund.

Sie lief mit Riesenschritten durch den Eingangsbereich des Flughafens und streckte Johanna schon von Weitem eine sehr große Hand entgegen. »Guten Tag, Sie sind die Dolmetscherin, richtig?«, rief Schuster.

Johanna schüttelte ergriffen die Hand der bemerkenswerten Dame. »Ja, so was in der Art, bitte hier entlang«, sagte sie und führte Carmen Schuster zu den Kurzzeitparkplätzen, wo ihr Fiat 500 stand.

Carmen Schuster packte die kleine weiße Reisetasche in den winzigen Kofferraum und zwängte sich in den Wagen. »Ich habe das ›Antic‹-Hotel gebucht«, informierte sie Johanna.

Das Hotel lag in der Altstadt von Llucmajor, zentral an der Fußgängerzone. Das historische Bürgerhaus war vor Jahren liebevoll saniert worden, mit schönen, modernen Zimmern und einem hellen Frühstückssaal. Johanna wählte den schnellsten Weg und steuerte den Wagen vom Flughafenzubringer auf die Ma-19. Mit Besuch fuhr sie meist über die landschaftlich schönere Landstraße und nicht über die Autobahn nach Llucmajor. Aber heute durfte sie keine Zeit verlieren.

Die riesenhafte Agentin versuchte, sich in dem kleinen Wagen in eine vorteilhafte Sitzposition zu hieven, und kramte einen knallroten Lippenstift aus ihrer Prada-Tasche. Sie klappte das Spiegelchen am Beifahrersitz herunter, zog die Lippen nach und betrachtete sich nachdenklich. Dann klappte sie den Spiegel mit Schwung wieder hoch und sah Johanna an.

»Das ist alles so entsetzlich«, sagte sie mit Nachdruck. Dann sagte sie eine Weile nichts mehr.

Johanna konnte dem nur zustimmen und schwieg ihrerseits. Manchmal war es gut, einfach den Mund zu halten und abzuwarten, was die Leute von sich aus zu erzählen hatten.

»Ach«, sagte Carmen Schuster dann, blickte aus dem Fenster auf die vorbeifliegende blühende Landschaft und seufzte. »Sie hat mir jahrelang immer wieder ihre Manuskripte geschickt, aber ich konnte wirklich nichts damit anfangen. Sie war einfach zu nett als Krimiautorin.«

Johanna setzte den Blinker, um zu überholen. »Zu nett?«

»Ja, ihre Romanfiguren waren immer so nett zueinander. Und die Auflösung des Falls lautete meistens, dass alles nur ein Missverständnis war, und alle hatten sich zum Schluss lieb. Es war grauenhaft!«, rief Schuster und hieb sich mit der großen Hand auf den Schenkel. »So was will doch keiner lesen. Die Leute wollen Blut. Leid. Irrsinn. Ich wusste gar nicht, wie ich ihr beibringen sollte, dass das keiner kaufen wird.«

Johanna dachte kurz nach. »Ist das denn üblich bei Agenten, den Autoren möglichst schonend beibringen zu müssen, dass sie unverkäuflich sind?«, fragte sie schließlich.

Carmen Schuster lächelte traurig. »Claudi ist die kleine Schwester meiner besten Freundin Tanja, noch aus Schultagen. War die kleine Schwester«, berichtigte sie sich. »Deshalb hatte ich eine, na ja, eine moralische Verpflichtung gewissermaßen, die Manuskripte zumindest anzusehen.« Sie räusperte sich.

»Ah, ja«, sagte Johanna. »Die Schwester. Der ermittelnde Inspector hat sie gestern noch erreicht, sagte er mir. Sie kommt sicher auch her?«

Carmen Schuster schüttelte den Kopf. Dabei stieß ihr Haarturm an die Innenverkleidung des kleinen Wagens, ganze Strähnen lösten sich und fielen herab. Offenbar bestand mehr als die Hälfte der Pracht aus Kunsthaar. Unbeeindruckt klaubte

Carmen Schuster die Strähnen zusammen und stopfte sie in ihre Prada-Tasche.

»Das passiert mir ständig«, gab sie zu. »Tanja geht es nicht so gut. Sie hat viele Ängste, sie reist nie irgendwohin. Sie verlässt praktisch nie das Haus.« Sie versuchte, die restlichen Strähnen zu einem nun viel kleineren Turm zusammenzustecken. »Es ist ehrlich gesagt in den vergangenen Jahren immer schlimmer geworden mit ihr. Wir haben nicht mehr so viel Kontakt, ich war jetzt enger mit Claudi befreundet.« Erneut lösten sich Strähnen. »Ich werde hier alles Offizielle erledigen, die Überführung und so weiter.«

Plötzlich hatte sie Tränen in den Augen. Sie ließ die Hände sinken, schluchzte kurz auf und hatte sich eine Minute später wieder im Griff. Energisch zog sie die restlichen künstlichen Büschel aus dem Haar und fasste den verbliebenen Schopf zu einem bleistiftdünnen Pferdeschwanz zusammen.

»Also, sie hat immer sehr gut schreiben können, die Claudi«, fuhr sie schließlich fort. »Aber alles komplett unverkäuflich. Bis dann Richard gestorben ist.«

Johanna setzte wieder den Blinker und fuhr an der Ausfahrt Llucmajor ab. »Das war der erste Ehemann, nicht wahr?«

»Genau«, sagte Carmen Schuster und versuchte, das linke Bein über das rechte zu schlagen, stieß jedoch mit dem Schienbein an, dann mit dem Knie und ließ es bleiben. »Sehr klein, das Auto«, bemerkte sie mit leisem Tadel. »Ja, dann starb Richard, und Claudi war wie verwandelt. Ihre Manuskripte waren plötzlich ganz anders. Böse. Blutrünstig. Als habe ihr der Tod ihres Ehemanns den Glauben an das Gute geraubt. Allein der ›Affenkopf‹, eine tolle Story! Tolle Figuren! Verkaufte sich wie geschnitten Brot.« Sie wischte sich mit dem Handrücken über die Augen. »Sie wissen, wie Richard gestorben ist?«, fragte sie dann.

Johanna nickte. »Er ist ertrunken. Hier auf Mallorca.«

Gemma hatte in der Nacht nicht nur das Manuskript gelesen, sondern auch Informationen und Zeitungsartikel über Claudia Groth aus dem Netz gezogen und ausgedruckt. Johanna hatte eben lieber Papier in der Hand, anstatt ständig auf einen Screen zu starren. In einem Interview mit »Zeit Online« hatte Claudia von dem schrecklichen Tag erzählt, als ihr Mann aufs Meer hinausschwamm und nicht mehr zurückkehrte. »Seine Leiche wurde nie gefunden, richtig?«

»Ja. Die Polizei und die Rettungsdienste haben ewig gesucht, aber nichts. Von der Strömung aufs Meer gezogen, drüben in Can Picafort. Es war tragisch, so ein netter Mann.« Carmen Schuster schüttelte traurig den Kopf. »Claudi hat ihn dann für tot erklären lassen, damit sie Matthias heiraten konnte.« Sie sah Johanna resigniert an. »Ich habe das nie verstanden. Heiratet diesen Kerl, den sie kaum ein Jahr kennt. Und kauft sich ausgerechnet auf Mallorca ein Haus, wo doch ihr erster Mann hier gestorben ist. Vollkommen verrückt.«

Johanna parkte im Carrer Hispanitat. »Es sind nur noch ein paar Schritte bis zum Hotel, gleich da vorn ist es«, erklärte sie. Sie stieg aus. »Machen Sie sich gern ein bisschen frisch und ruhen Sie sich aus, ich hole Sie um vierzehn Uhr zur Vernehmung mit dem Inspector ab«, sagte sie und öffnete den Kofferraum.

Carmen war ebenfalls ausgestiegen. Sie hob ihre weiße Tasche aus dem Auto und drehte sich um. »Dolmetscherin sind Sie, ja? Dafür kennen Sie sich aber gut in dem Fall aus.« Sie sah Johanna direkt an. »Claudi war manchmal ein bisschen dumm. Manchmal naiv. Vielleicht war sie noch nicht einmal ein besonders guter Mensch. Aber ich mochte sie wirklich gern. Ich weiß nicht, was für eine Dolmetscherin Sie genau sind, aber lassen Sie den, der das war, nicht davonkommen.«

Johanna nickte. »Ich verspreche es.« Sie telefonierte kurz mit Héctor, um ihm mitzuteilen, was sie von Carmen Schuster erfahren hatte, und setzte sich wieder in ihr Auto. Sie hoffte inständig, dass sie ihr Ehrenwort würde halten können.

10

Héctor Ballester hatte gerade mit seinem Chef telefoniert und war vor lauter Ärger hungrig geworden. Der Chef war ein hohes Tier, ein *Jefe superior de Policía*, um genau zu sein. José Robla Rubio hatte seinem jungen Inspector überaus eindringlich klargemacht, dass dieser Mord an einer *alemana* unverzüglich aufzuklären sei.

»Unverzüglich! Das hat Top-Priorität!«, hatte Robla mehrmals ins Telefon gebrüllt. »Top-Priorität!«

Da es sich von selbst verstand, dass ein Mordfall Priorität hatte, war Héctor unklar, was er ihm mitteilen wollte. Er hatte zuvor selten mit den ganz hohen Dienstgraden zu tun gehabt, das hatte ja sein bisheriger Vorgesetzter erledigt. Der, wie Héctor erbost dachte, ja unbedingt Straftaten begehen und sich festnehmen lassen musste.

Und dafür, dass der Mord bereits am Nachmittag des Vortages stattgefunden hatte, meldete sich Jefe Robla auch reichlich spät. Im Präsidium in Palma ging das Gerücht, dass er grundsätzlich ab vierzehn Uhr nicht mehr im Büro anzutreffen sei. Er sei passionierter Golfer, wurde dann süffisant hinzugefügt. Handicap achtzehn, hieß es.

»*Desde luego*«, hatte Héctor also geantwortet. »Selbstverständlich, unverzüglich. Allerdings, wie Sie wissen, ich habe ja nur einen offiziellen Mitarbeiter. Wenn Sie vielleicht noch den einen oder anderen Kollegen dazubeordern –« Weiter kam Héctor nicht.

»*Sí, sí*, ich sehe, was ich machen kann«, hatte Robla geschnappt. »Jetzt legst du erst mal los. Und ich möchte alle Protokolle. Unverzüglich!« Und bevor Héctor sagen konnte, dass er längst losgelegt hatte und dass er, da er der einzige Inspector in diesem Mordfall war, mit den Protokollen kaum noch nachkam, legte Robla auf.

Verärgert erwog Héctor ganz kurz, doch einmal den Ham-

burgerladen in der Nähe der Polizeiwache in Llucmajor auszu-
probieren, brachte aber Fast Food nicht übers Herz. Stattdes-
sen ging er in den »Hiper«-Supermarkt und kaufte knuspriges
Weißbrot, Tomaten und ein Stück Mahón-Käse aus Menorca.
Er borgte sich Messer und Teller aus der Teeküche der Policía
Local, suchte so lange, bis er ein Tütchen Salz im hintersten
Winkel einer Kramschublade der Teeküche gefunden hatte, aß
und tippte weiter Protokolle, während er das Weißbrot in die
Tastatur krümelte.

Daniela Mendoza, die Leiterin der Kriminaltechnik in
Palma, hatte ihn bereits vor einer halben Stunde angerufen
und ihren Anruf spätestens am Nachmittag angekündigt. Das
machte sie immer.

»Héctor, mein Süßer, ich habe nachher was für dich!«, hatte
sie in den Hörer gerufen. »Du wirst staunen.« Und dann hatte
sie aufgelegt.

Die Neunundfünfzigjährige war gerade zum ersten Mal
Großmutter geworden und freute sich auf die Rente, hatte sie
ihm erzählt. Héctor hoffte, dass Daniela noch möglichst lange
in ihrem Labor bleiben möge, denn sie war mit Abstand die
beste Kriminaltechnikerin der Insel, wenn nicht sogar ganz
Spaniens. Sie besaß nur die merkwürdige Angewohnheit,
wichtige Informationen mit einem Vorlauf von mehreren Stunden anzukündigen. Das war zwar dramaturgisch geschickt,
konnte jedoch einen Inspector mitten in einer Mordermittlung
in den Wahnsinn treiben.

Héctor kaute das letzte Stück Käse und versuchte, sich auf
den Geschmack zu konzentrieren. Das hatte ihm seine Großmutter beigebracht.

Während die Berufswünsche seiner Schulkameraden damals
zwischen Hip-Hop-Star, Automechaniker und Fußballprofi
geschwankt hatten, war Héctors Karriere immer vollkommen klar gewesen: Er würde eines der elterlichen Restaurants
übernehmen, entweder das edlere »Esperanza« in Algaida oder
das Tapaslokal »Vermell« am Hafen in El Molinar. In beiden
Lokalen wurde lange Zeit nach uralten Familienrezepten ge-

kocht – deftige, gut gewürzte Inselküche. Héctor und sein fünf Jahre älterer Bruder Hugo hatten schon als kleine Jungs mitgeholfen. Sie rührten in den Töpfen und Pfannen, immer liebevoll beobachtet und behütet von ihrer kleinen, rundlichen Oma, ihrer *padrina*, die ihnen die Freude an gut zubereiteten Gerichten lehrte – und die aufpasste, dass die Kinder sich weder verbrannten noch die Speisen ruinierten.

Hugo führte jetzt das »Esperanza« und hatte begonnen, Restaurant und Speisekarte behutsam zu modernisieren, was gar nicht so einfach war. Erst vergangene Woche hatte es einen fürchterlichen Familienkrach gegeben, als Hugo seiner Mutter rundweg verbot, jemals wieder Schweineschmalz in den veganen Gemüseauflauf zu geben.

»*Que dius?* Was sagst du da? Aber mit etwas Schweinefett schmeckt es doch erst richtig gut«, hatte sich Yolanda Ballester lautstark verteidigt.

Héctor war gerade fünfzehn Jahre alt gewesen, als er mit ansehen musste, wie seine Großmutter von einem betrunkenen Autofahrer getötet wurde. Die alte Dame stand an jenem Juli-Nachmittag mit ihrem rot-blau karierten Einkaufswägelchen auf dem Bürgersteig in Llucmajor, an der Durchgangsstraße Ronda de Migjorn. Héctor lümmelte mit seinen Schulfreunden auf der anderen Straßenseite und hatte krampfhaft versucht, die Großmutter zu ignorieren, die ihm lächelnd zuwinkte.

Der weiße Camaro kam schlingernd herangerast, hatte den kleinen, weichen Körper erfasst, ihn weit durch die Luft geschleudert und war dann weitergerast in Richtung Autobahn. Héctor hörte immer noch den seltsam dumpfen Knall des Aufpralls, der seine Großmutter aus dem Leben gerissen hatte. Und er hörte bis heute seine eigenen Schreie.

»*Padrina!*«, hatte er verzweifelt gebrüllt, »Oma!«, während er zu dem blutigen Bündel rannte, das reglos auf der Straße lag. Ganz still, die Augen geschlossen, als schliefe sie auf dem Asphalt mit zerschmetterten Gliedern und einer halben Schädeldecke in einem See aus Blut. Héctor hatte neben ihr gekniet und gellend geschrien, bis Passanten und die Inhaber der umliegenden Läden, die Polizei und Krankenwagen gerufen hatten, ihn zur Seite schoben.

Er wimmerte immer noch »*Padrina, padrina!*«, als die Sanitäter die Leiche seiner Oma bereits in den Krankenwagen gehoben hatten. Auf der Straße, in all dem Blut, lag einsam eine Damensandalette, glänzend schwarz, ganz neu und so klein wie ein Kinderschuh. Nur wenige Stunden zuvor, am Morgen, hatte die Großmutter ihm stolz ihre neuen Sandalen gezeigt, und sie hatten die Füße verglichen und zusammen gelacht.

Danach hatte Héctor sich verändert. Aus dem unbekümmerten Jungen war ein nachdenklicher Teenager geworden und dann ein wütender Teenager. Der Unfallwagen war schnell ermittelt worden, er gehörte einem sehr reichen Bauunternehmer aus Barcelona, den die Beamten kurze Zeit später volltrunken in seiner Villa bei Son Vida stellten.

Doch erstaunlicherweise waren bis zum Prozess alle Beweismittel auf geheimnisvollen Wegen verschwunden, und der Mann wurde freigesprochen. Es war nur ein Polizeiskandal unter vielen, und sogar die lokalen Zeitungen interessierten sich bald nicht mehr dafür.

Doch für Héctor änderte sich alles. Er hatte das Vertrauen verloren in Gott und in die Gerechtigkeit. Nach Monaten voller Wut und Trauer gab es für ihn nur einen Weg: Er musste selbst für Gerechtigkeit sorgen.

Héctor wurde kein Restaurantbesitzer. Er wurde Polizist. Für Gerechtigkeit sorgte er, so gut er konnte. Doch seinen Gott fand er nie wieder.

Mit einem Lächeln dachte er an Gemma und Johanna. Er war, das musste er zugeben, sehr verliebt in Gemma. Er stand nun einmal auf kluge Frauen. Da Gemma aber so gänzlich anders tickte als alle anderen jungen Frauen, die er kannte, war es für ihn unmöglich, einzuschätzen, was sie wirklich über ihn dachte.

Manchmal hatte er den Eindruck, dass sie ihn gernhatte.

Und manchmal schien er ihr gleichgültig zu sein. Es war sehr unübersichtlich. Immerhin mochte sie, was er kochte. Héctor beschloss, dies als positives Zeichen zu werten.

Und er war dankbar, dass er durch Gemma auch ihre Großmutter Johanna kennengelernt hatte. Es ist fast so, als hätte ich wieder eine *padrina* bekommen, dachte er und schämte sich ein bisschen. Schließlich war er achtundzwanzig Jahre alt und Inspector!

Héctor wischte sich die Krümel von der Hose, fragte sich, warum Arnau sich nicht meldete, und wählte die Mobilnummer seines einzigen Untergebenen.

»*¡Hola!*«, rief Arnau freudig in sein Telefon. »Hier ist Arnau David Álvarez Garcia, *Inspector alumno de primer año, Cuerpo nacional de policía Palma*, was kann ich für dich tun, Héctor?«

Héctor schloss die Augen. Er kannte niemanden, wirklich niemanden, der sich mit allen Namen und dem kompletten Dienstgrad meldete, wenn ganz offensichtlich sein direkter Vorgesetzter anrief.

»Bist du noch dran?«, brüllte Arnau in den Hörer.

»*Sí, el déu meu*, was denn sonst? Wo bist du? Warst du bei den Nachbarn?«

»Ja!«, rief Arnau begeistert.

Héctor schwieg.

Arnau schwieg.

Héctor begann sich zu fragen, ob mit dem Kopf seines Untergebenen noch alles in Ordnung war. »Wie wäre es denn, wenn du dann bitte herkämst und mir berichtest?«

»Oh!«, rief Arnau wieder erfreut. »Aber ich habe doch schon längst das Protokoll dazu geschrieben. Liegt im Ordner unter ›V‹.«

»Unter ›V‹?«

»Ja, ›V‹ wie *›vecinos‹*. Nachbarn.«

Héctor seufzte. »*Bien.* Und wenn du den Gärtner vernimmst, legst du das dann unter ›J‹ ab wie *›jardinero‹*?«

Arnau sagte nichts, sondern hustete nur verunsichert.

»Egal, wo bist du?«

»Am Tatort. Ich soll doch diese fehlenden Seiten finden.«

»Dann tu das um Himmels willen und dann komm her.«
Héctor legte kopfschüttelnd auf, holte die Mappe »V« aus dem Ordner, »V« wie »*vecinos*«, und las das Protokoll.

Nachbarn Finca Claudia Groth, Aufenthaltsorte zur Tatzeit, Aussagen
Angelika und Wolfgang Bernhard, Parzelle im Anschluss östlich: zur Tatzeit in Detmold, Deutschland, Familienfeier.
Sandrina Gomez Lopez, Parzelle im Anschluss westlich: zur Tatzeit in Klinik Oberstdorf, Deutschland, Skiunfall.
Erbengemeinschaft Martín Lopez, Parzelle im Anschluss nördlich: Finca derzeit ungenutzt, da Erbengemeinschaft zerstritten.
José Ruiz Diez, Parzelle im Anschluss südlich: nutzt die Finca nur in den Ferien, zur Tatzeit in Málaga.
Judy McGregor, Parzelle südlich von Ruiz Diez: zur Tatzeit vor Ort, Aussage im Anhang.

Héctor starrte einigermaßen beeindruckt auf das Protokoll. Arnau hatte es nicht dabei belassen, einfach nur »Nicht angetroffen« zu den einzelnen Namen zu schreiben. Er hatte sich die erhebliche Mühe gemacht, herauszufinden, wo die Nachbarn tatsächlich steckten.

Guter Junge, dachte Héctor und blätterte weiter zur Zeugenaussage von Judy McGregor.

Zeugenaussage Señora Judy McGregor:
Señora McGregor war zur Tatzeit in ihrer Finca anwesend. Sie hat ab zwölf Uhr auf der Terrasse gesessen. Es ist kein Auto vorbeigefahren. Einmal hat ihr Hund gebellt. Sie hat einen Pinscher. Das war um zwölf Uhr fünfundfünfzig. Er heißt Churchill.

Héctor bedeckte die Augen mit den Händen und seufzte. Na ja, dachte er, es kann ja nicht alles gleich perfekt sein. Er nahm einen großen Schluck *café con leche* und las weiter.

Der Hund bellt immer, wenn jemand vorbeigeht. Sie weiß die Uhrzeit, weil sie auf die Uhr gesehen hat.

Héctor nahm einen sehr großen Schluck Kaffee. Das kann ja noch lustig werden, dachte er. Er hatte den Plan gesponnen, dass Arnau einen Teil seiner Schreibarbeit abnehmen sollte. Dieser Plan erwies sich gerade als recht fragwürdig.

Señora McGregor notiert alle Autos, die vorbeifahren. Sie notiert die Uhrzeit und die Farbe, weil sie sich nicht mit Automarken auskennt. Sie sagt, das macht sie, damit die Gemeinde die Straße nicht asphaltiert.

Mit dieser kryptischen Aussage konnte Héctor durchaus etwas anfangen. Das Sträßchen, an dem Claudia Groths Finca lag, war nicht geteert, hatte lauter Schlaglöcher und war damit sehr wenig befahren. Wenn die Gemeinde den Weg asphaltierte, wäre er vermutlich eine beliebte Abkürzung für Autofahrer, die nach Llucmajor wollten und sich bislang entscheiden mussten, ob sie sich auf der Schlaglochpiste die Stoßdämpfer ruinierten oder lieber ein paar hundert Meter Umweg fuhren. In den ländlichen Gebieten wehrten sich die Anwohner häufig gegen eine Straßensanierung, die aus einer holprigen, aber ruhigen Anliegerstraße eine Raserstrecke machen würde. Vermutlich wollte McGregor mit ihren peniblen Notizen darlegen, dass es sich für die paar Autos am Tag gar nicht lohne, den Weg zu asphaltieren.

Sie sagt, die Spaziergänger notiert sie auch. Sie konnte nicht erklären, warum. Ich glaube, sie war angetrunken, als ich bei ihr war. Das war heute um zehn Uhr dreißig morgens. Sonst ist keiner vorbeigegangen. Sie hat mir ih-

ren Notizblock gezeigt. Dann hat sie einen Knall gehört.
Sie weiß nicht, wann das war. Sie ist dann mit Churchill
spazieren gegangen und hat gesehen, dass Claudia Groths
Tor offen stand. Dann ist sie reingegangen. Sie lag da tot.
Dann kam der Gärtner und hat sie fortgeschickt. Er hat
Churchill geschimpft. Das war es.

Gut, dachte sich Héctor. Der Mörder, die Mörderin – wer weiß
das schon – ist vermutlich aus südlicher Richtung über die
Straße gekommen. Denn am Nordrand des Sträßchens blockierte die Baustelle den Weg, und dass jemand über die anderen Grundstücke zur Finca gelangt war, glaubte Héctor nicht
so richtig. Viele Leute in den ländlichen Gebieten besaßen
Wachhunde, die sie frei auf ihren Parzellen laufen ließen. Die
Hunde hatten oft Unterstände, Wasser und Futter für mehrere Tage oder sogar Wochen. Niemand steigt auf Mallorca
einfach so über einen Zaun auf ein fremdes Grundstück, denn
das konnte gut das Letzte sein, was man tat.

11

Nachdem sie Carmen Schuster am Hotel abgesetzt hatte, fuhr Johanna langsam den Hügel hinauf von Llucmajor in Richtung Algaida. Héctor hatte sie gebeten, Pit Menke aufzusuchen, den Handwerker, der die Leiche gefunden hatte.

Sie hatte nicht die Hauptstraße Ma-5010 genommen, sondern schlängelte sich durch die schmalen Nebenstraßen und folgte der Wegbeschreibung, die ihr Héctor praktisch unleserlich auf einen Zettel gekritzelt hatte.

Diese Kinder lernen heute einfach nicht mehr ordentliche Schreibschrift, dachte sie und versuchte noch mal, das Gekrakel zu entziffern.

Viele der winzigen Fincas, der Grundstücke und Häuschen hatten keine richtige Adresse, die man in ein Navi hätte eingeben können, denn einige der ungeteerten Wege hatten noch nicht einmal einen Namen.

Zögernd blieb Johanna mit ihrem kleinen Wagen an einer Wegkreuzung am Hang stehen und starrte mit zusammengekniffenen Augen auf den Zettel. Als sie wieder hochsah, erschrak sie fast zu Tode. Um die zwanzig Radfahrer brausten auf ihr kleines Auto zu, wichen im letzten Moment aus und schimpften lauthals über den auf der Straße stehenden Wagen.

»Also, das gibt es doch gar nicht!«, rief Johanna. Sie hatte ganz rechts gestanden, fast im Straßengraben, und die Radfahrer waren ihr praktisch auf der Mittelspur entgegengekommen.

Als sie sich vom Schreck erholt und noch eine Weile über die gekritzelte Wegbeschreibung gegrübelt hatte, bog sie nach links ab und rumpelte über einen ausgefahrenen Schotterweg. Herrliche Mandelbäume standen links und rechts des Wegs, von hier oben hatte man eine wunderbare Aussicht über die Hügel bis hinüber zum Tramuntana-Gebirge.

An der nächsten Wegbiegung stand das Häuschen, das Héctor ihr beschrieben hatte, eine alte Kate mit grüner Tür. Das

Haus hatte vermutlich nur ein Zimmer. Der Bruchstein der Außenmauer bröckelte und war mit Graffiti übersät. Slogans zur örtlichen Politik, Tags und Kritzeleien. Neben der Haustür prangte in Lila: »*comunista forever*«.

Man konnte noch Reste eines Gartens erahnen. Hier und da kämpften einige Oleanderbüsche und Wandelröschen ums Überleben, die Zweige gebrochen, da Kotflügel und alte Autoreifen ohne Rücksicht auf die Pflanzen abgeladen worden waren.

Johanna stieg aus und ließ die Autotür geräuschvoll zuschlagen – falls Menke hier war, hatte er sie spätestens jetzt gehört.

Rund um das Häuschen lagen rostige Maschinenteile, Autowracks und kaputte Möbel. Offenbar sammelte Menke alles, was irgendwie noch brauchbar war. Vielleicht ist er auch einfach nur ein Messie, dachte Johanna und bemitleidete einen schönen Rosenstock, der tapfer zwischen Rost und Müll blühte.

Sie klopfte an die Haustür, aber niemand öffnete. Johanna probierte vorsichtig die Klinke, die Tür war jedoch abgeschlossen. Dann ging sie um die Kate herum. Hinter dem Haus befanden sich die Toilette in einem kleinen Schuppen und ein Waschbecken.

Sie ging langsam zurück zum Auto. Es war fast vollkommen still auf dem Bergpfad. Es war auch niemand zu sehen, aber in einiger Entfernung hörte sie eine Stimme. Und diese Stimme gab ein Kommando. Auf Deutsch.

»Voran!«

In diesem Moment wusste Johanna, dass sie sich in Lebensgefahr befand. Blitzschnell sah sie sich um. Zum Auto waren es sicher fünfzehn Schritte, die grüne Tür war verschlossen. Sie riss hastig ihre blaue Strickjacke herunter und wickelte sie sich gerade um den rechten Arm, als ein sandfarbener Hund über die Landstraße herangejagt kam. Er machte keinen Laut. Kein Knurren. Kein Bellen. Die Ohren aufrecht, die Zähne gebleckt.

Johanna hielt den umwickelten rechten Arm steif vor sich und stand still, sie wagte kaum zu atmen. Ein Belgischer Schäferhund, ausgewachsen, abgerichtet. Ihr Herz pochte laut. Der Hund stoppte vor ihr und bellte kurz, ein einziges Mal.

Nicht bewegen, dachte Johanna, um Himmels willen nicht bewegen. Ihr rechter Arm begann, unkontrolliert zu zittern, die Hüfte schmerzte. Auf keinen Fall bewegen. Der Hund starrte sie an, das Gebiss entblößt.

Johanna versuchte, sich daran zu erinnern, was ihr vor vielen Jahren ein Mann gesagt hatte, der ihr einiges beigebracht hatte – unter anderem den Umgang mit angreifenden Wachhunden. Polizeihunden. Diensthunden.

»Der rechtslastige Hund ist auf der Jagd. Er wird nicht rasten und ruhen, bis er sein Wild erlegt hat. Das sagt ihm sein Jagdtrieb. Wenn dich ein solcher Hund angreift, wird er weder viel bellen noch knurren, denn er will sein Opfer weder warnen noch verjagen. Die Ohren sind aufgerichtet, das Maul schmal und rund. Wenn du dich bewegst, denkt er, du willst fliehen. Und beißt zu. Der linkslastige Hund greift aus einem ganz anderen Antrieb an. Er hat Angst. Sein Motiv ist der Überlebenstrieb. Er knurrt, zeigt das Gebiss, legt die Ohren an, hat gesträubtes Fell. Das Ergebnis ist das gleiche: Wenn du dich bewegst, beißt er zu. Weil er denkt, du greifst ihn an.«

Dann hatte sie sich in einem leeren Gebäude verstecken müssen, und der Mann hatte einen Hund hinter ihr hergeschickt. Der Schäferhund hatte sie binnen Sekunden gefunden, stand knurrend da, mit gesträubtem Fell und angelegten Ohren.

Sie konnte sich an alles erinnern, was der Mann damals gesagt hatte. Nicht bewegen. Wer sich bewegt, hat verloren. Johanna stand steif und wartete. Der Hund wartete.

Nach quälend langen Minuten ertönte erneut ein Kommando. »Aus! Fuß!«

Das Tier drehte auf der Stelle um und hetzte in die Richtung, aus der die Stimme kam.

Johanna wagte langsam wieder zu atmen und blickte sich um. Sie sah einen Mann in ihrem Alter zwischen den Mandelbäumen auftauchen, er hatte sie offenbar beobachtet. Er trug die Reste seines Haars quer über den Kopf gekämmt und hatte sehr viel Haarwachs verwendet, um die Strähnen am Oberkopf zu fixieren.

»Tachchen«, sagte er lapidar, als er näher kam.

Johanna ließ den Arm sinken.

»Der tut nix«, sagte der Mann und kicherte. Der Hund hielt sich neben ihm und behielt sein Herrchen unablässig im Auge. »Du kennst dich aus mit Kynologie, wie?« Er wies auf Johannas umwickelten Arm.

»Ich sehe es, wenn ein Hund angreift«, sagte sie wütend. »Und Ihr Hund ist abgerichtet. Sie haben ihm den Befehl zum Angriff gegeben. Wenn ich mich bewegt hätte, hätte er mich attackiert.«

Der Mann schüttelte energisch den Kopf. »Das bildest du dir ein. Boris ist brav.« Er sprach den Namen des Tiers mit russischem Zungenschlag aus, es klang wie »Baris«, mit Betonung auf dem »i«. Er zog seine blütenweiße Jogginghose hoch und stopfte das karierte Hemd hinein, das er zuvor lose darüber getragen hatte. »Wir mögen hier Besuch nicht so gern.« Die Brille, die ihm an einer pinkfarbenen Schnur um den Hals hing, setzte er nun auf. Die Gläser vergrößerten seine Augen grotesk. Er betrachtete Johanna interessiert.

»Wissen Sie, wo Herr Menke ist?«, fragte sie und wickelte ihre Strickjacke langsam wieder ab.

Der Mann schaute sie scheel an, dann sah er zum Haus. »Keine Ahnung, wo Rosi ist. Vermutlich arbeiten, er hatte was von 'nen Pool sauber machen gesagt.«

Johanna sah ihn fragend an.

Der Mann kicherte wieder. »Ich nenn ihn so. Ärgert ihn.«

Johanna fand den Mann äußerst unangenehm. »Er hat gesagt, er wollte heute einen Pool sauber machen?«

»Oder gestern. Keine Ahnung, irgendwie so was«, nuschelte er. »Bist du Gabriele? Er hat irgendwas von einer Gabriele gefaselt. Oder Gabi.« Er fummelte einen Hundekuchen aus der Hosentasche und gab ihn Boris.

»Mein Name ist Johanna Miebach«, sagte Johanna. »Und

wer sind Sie? Ein Nachbar?« Sie hatte ein Stück die Straße hinunter ein weiteres Häuschen bemerkt, womöglich noch heruntergekommener als die Kate von Menke.

»Ach, ein alter Freund, ein ganz alter Freund«, behauptete der Mann. Er bückte sich und begutachtete eine rostige Schaufel, die zwischen dem blühenden Sauerklee lag. »Kann ich gebrauchen, nehm ich mit«, verkündete er Boris. Der sah sein Herrchen unverwandt an.

»Ein Malinois. Belgischer Schäferhund«, sagte Johanna, ohne den Blick von dem Tier zu wenden. »Rechtslastig, also dem Jagdtrieb folgend. Kein Angstbeißer.«

Der Mann sah hoch und grinste schief. »Warum kennst du dich so gut mit Hunden aus? Hm? Rechtslastig. Hab ich lange nicht mehr gehört, das Wort. Woher kommst du?«

Johanna antwortete nicht auf die Frage und betrachtete weiter den Hund. »Ich könnte der Polizei sagen, dass du Boris auf mich gehetzt hast. Dann nehmen sie ihn dir weg. Das hast du bestimmt nicht das erste Mal getan.«

Jetzt sah sie der Mann unsicher an. »Ach, Frauen, alle böse, alle schlecht. Sagt Rosi auch immer. Geh einfach weg.«

»Ich möchte nur mit Herrn Menke sprechen, das ist alles.« Dass Menkes Arbeitgeberin gestern ermordet worden war, hatte sich offenbar noch nicht bis zu diesem Hügel bei Algaida herumgesprochen, deshalb beschloss Johanna, hier ein bisschen auf den Busch zu klopfen.

»Es geht um eine Mordermittlung. Eine Deutsche ist gestern ermordet worden, da, wo Menke den Pool sauber machen sollte.«

Der Mann kniff die Augen zusammen. »Oh, lá, lá. Die Frau mit der schönen Datsche, was? Nicht schön, gar nicht schön«, flüsterte er und machte auf dem Absatz kehrt. Boris warf Johanna noch einen Blick zu und folgte seinem Herrchen.

»Wie spät ist es? Mittag?«, rief der Mann über die Schulter. »Rosi ist bestimmt bei Eusebio.«

Johanna nickte. Sie kannte das kleine rustikale Restaurant von Eusebio auf der Ronda Ponent in Llucmajor, das einen guten und günstigen Mittagstisch, Tapas und *bocadillos* für die Arbeiter der Umgebung anbot.

»*Bol'shoye spasibo*«, bedankte sich Johanna auf Russisch, stieg in ihr Auto und fuhr davon. Im Rückspiegel sah sie, wie der alte Mann sich umgedreht hatte und ihr nachsah. Der große sandfarbene Hund saß neben ihm, ganz still.

12

Mit ihrer Laptoptasche unter dem Arm trat Gemma wieder auf den Carrer de Marbella hinaus und ging in Richtung Meer. Es war mittlerweile fast Mittag und die Strandpromenade voller Spaziergänger, die das schöne Wetter genossen. Gemma schulterte die Tasche und wanderte zum »Bierkönig«. Auf Höhe des *balneario 6* bog sie in den Carrer del Pare Bartomeu Salvà ab, besser bekannt als Schinkenstraße. Es war nicht allzu viel los am sogenannten Ballermann, für die Partytouristen startete die Saison meist erst im Frühsommer.

Auf Héctors Vorschlag hin, alle Hotels nach einem Ruttker Maus abzutelefonieren, hatte Gemma nur den Kopf geschüttelt. »Viel zu viel Aufwand. Wer weiß, wo der untergekommen ist. Da gibt es doch Tausende Pensionen, Hotels, Gästezimmer, Airbnbs, was weiß ich. Ich geh einfach im ›Bierkönig‹ nachsehen, vielleicht habe ich Glück.«

Sie hatte sich die Mühe gemacht, beim Frühstück sowohl den »Affenkopf« von Tess Turner aka Claudia Groth als auch das Buch »Der Fluch des Schimpansen« von Ruttker Maus querzulesen. Das Machwerk von Maus war bei Amazon als E-Book für zwei Euro neunundvierzig zu erwerben und noch nicht einmal diese geringe Summe wert gewesen. Claudia Groths »Affenkopf« war ein komplexer Thriller, bei dem ein illegal aus dem Senegal importierter, mumifizierter Affenschädel eine Rolle spielte. Maus hingegen hatte einen reichlich schlecht geschriebenen Krimi zusammengereimt, der Satzbau war eine pure Katastrophe. Und trotzdem gab es auffällige Parallelen: Die Handlung war mehr als ähnlich, die Figuren, die Auflösung. Hier war ganz eindeutig voneinander abgeschrieben worden – allerdings war Claudia Groths Roman ein Jahr vor Ruttker Maus' Krimi erschienen.

Rätselhaft, befand Gemma.

Sie überquerte den Carrer Llaut und stand vor dem legendären »Bierkönig«. Die Klappaufsteller verhießen Happy Hour, die Auftritte der Stars waren wild durcheinander plakatiert und bestanden hauptsächlich aus den Resten früherer RTL-Castingshows.

Gemma drehte eine Runde durch die Disco, dann bestellte sie sich eine Cola und stieg die Treppe hinauf, um von der Galerie einen besseren Überblick über das Kommen und Gehen zu haben. Dort stand sie eine Stunde fast unbeweglich und beobachtete interessiert die Kundschaft.

Es war noch früh am Tag und Nebensaison, so waren nicht viele Tische besetzt. Eine Gruppe Mittfünfziger hockte in karierten Hemden und Funktionshosen um einen der Biertische, die Männer starrten mit roten Gesichtern aneinander vorbei, große Biere in den Händen, schweigend.

Aus den Boxen dröhnte »Sie liebt den DJ«, und ein Trupp junger Frauen versuchte, Stimmung zu machen. Sie trugen pinkfarbene Shirts mit dem Aufdruck »Team Braut« und prosteten sich mit knallfarbenen Cocktails immer wieder zu, während sich die offenkundige Braut ebenso verzweifelt wie vergeblich bemühte, den Mittfünfzigern bunte Kondome zu verkaufen.

Gemma war noch nicht oft am Ballermann gewesen, aber sie fand es immer wieder faszinierend. Als passionierte Einzelgängerin waren ihr Gruppenaktivitäten stets fremd geblieben, dennoch sah sie anderen gern zu und beobachtete deren Interaktionen wie eine Tierforscherin, die das Verhalten einer unbekannten Art studiert.

Bei den schweigenden Mittfünfzigern hatte ein bärtiger Mann mit Käppi das Wort ergriffen. Er lehnte sich über den Tisch, damit die anderen ihn im Lärm der Musik hören konnten. Der Mann erzählte mit routinierten Gesten.

Einen Witz, mutmaßte Gemma.

Das explosionsartige Lachen der Zuhörer gab ihr recht. Danach verfielen die fünf Männer wieder in stumpfes Schweigen, hielten ihre Biere und starrten aneinander vorbei.

Am Tisch des Junggesellinnenabschieds war gerade eine

neue Runde giftgrüner Getränke eingetroffen, mit Schirmchen und Flitter. Die jungen Frauen zogen ihre Smartphones hervor und knipsten lachend die Cocktails, sich und die Cocktails, die Freundinnen und die Cocktails.

Hochinteressant, dachte Gemma, machte probehalber ein Foto von ihrer halb leeren Cola und betrachtete das Bild nachdenklich. Sie war überzeugt davon, dass die Mädchen und auch die Mittfünfziger vermutlich irgendeine Art von Spaß an ihrem Tun hatten. Vielleicht würde sie irgendwann dahinterkommen.

Sie wandte sich wieder den anderen Gästen im Raum zu und erkannte ihn. Kleiner Mann, schütteres Haar, spitze Nase. Ruttker Maus stand am Tresen und bestellte gerade ein Bier. Erwartungsvoll sah er sich im Raum um, konnte aber offenbar kein bekanntes Gesicht ausmachen. Dann nahm er sein Bier, setzte sich an einen Tisch in der Nähe der jungen Frauen und verlegte sich darauf, die Gruppe zu beobachten und dabei aufmunternd zu lächeln. Anscheinend hoffte er, dass ihn jemand bemerkte.

Gemma tat ihm den Gefallen. Sie stieg von der Empore herab, bestellte eine neue Cola und bedauerte einen Moment, so wahnsinnig schlecht in Smalltalk zu sein.

Während sie noch stand und grübelte, wie um alles in der Welt sie ein unverfängliches Gespräch mit Maus beginnen sollte, hatte dieser Gemma schon erblickt. Er prostete ihr zu und tätschelte gleichzeitig den Barhocker neben sich.

Gemma probierte es mit einem zuckersüßen Lächeln und schwang sich auf den Hocker.

»Was trinkste da? Limo? Musste noch fahren?«, fragte Maus und lachte sehr laut über seinen eigenen Witz.

Gemma gab sich Mühe, ebenfalls zu lachen. Oma ist deutlich besser für diese Undercovereinsätze geeignet, dachte sie düster. »Nein, aber ich arbeite. Ich mache eine Umfrage«, log sie lächelnd und zog Notizblock und Stift aus der Tasche. »Für den spanischen Touristenverband. Darf ich?«

Maus wirkte einen Moment enttäuscht, dass Gemmas Interesse offenbar eher beruflicher als privater Natur war, fing sich aber schnell. »Klar, Mädchen, was willste denn wissen?«

Gemma schlug rasch den Block auf. »Es geht um die Präferenzen der Gäste in der Nebensaison«, erfand sie. »Darf ich fragen, wann Sie angereist sind?«

Maus trank einen großen Schluck Bier und rülpste leise. »'tschuldigung. Vorgestern. Abends, mit Ryanair. Hatten total Verspätung. Notier das mal, da zahlt man teuer Geld und dann fast eine halbe Stunde Verspätung! Fast eine halbe Stunde!«

Gemma kommentierte diese Ungeheuerlichkeit nicht, sondern lächelte tapfer weiter. »Und wo wohnen Sie? Hotel, Pension, privat?«

»Das kannste auch notieren! Totale Abzocke! Da stand ›Zwei-Sterne-Hotel‹ in der Broschüre, aber total verkommen, das Ding! Überall Schimmel und Siff. Seit hundert Jahren nicht renoviert worden. Siehste.« Maus zog sein Smartphone hervor und begann, durch seine Fotos zu wischen. »Da! Und da!«

Gemma beugte sich über das Handy. Zu sehen war eine Ecke mit einer dunklen Stelle, offenbar auf einem Balkon aufgenommen.

»Und da!«

Das nächste Bild war sehr rätselhaft, Gemma drehte den Kopf hin und her. War das ein Abfluss mit etwas Kalk am Rand? »Na ja, das Hotel liegt hier am Strand, richtig? Vom Meer kommt immer sehr viel Feuchtigkeit, da sehen auch frisch renovierte Gebäude schnell wieder ein wenig ramponiert aus«, erklärte sie vernünftig.

Maus hüpfte auf seinem Stuhl auf und ab. »Da! Ausreden, alles Ausreden, ihr hängt doch alle zusammen! Ich war gestern schon beim Reiseveranstalter, ewig gewartet am Nachmittag!« Empört hob er die Arme. »Die Reiseleitung hat gesagt, um vierzehn Uhr ist Sprechstunde. Und weißte, wann der Reiseleiter kam? Na?« Herausfordernd sah er Gemma an. »Natürlich zu spät! Bestimmt drei oder vier Minuten, wenn nicht mehr!«

Gemma tat, als schüttelte sie den Kopf über so viel Unzuverlässigkeit. »Schlimm, schlimm, schlimm«, sagte sie hüstelnd und versuchte dabei, möglichst so mitfühlend wie ihre freundliche Großmutter dreinzusehen. Es gelang ihr nicht.

»Fast zwanzig Minuten habe ich dagesessen, bis ich drankam! Und dann sagt der Mann von der Reisefirma, bisschen Flecken am Balkon wäre normal. Wegen der Feuchtigkeit. Ich sag doch, ihr hängt alle zusammen.« Mürrisch trank Ruttker Maus sein Bier aus und bestellte ein neues. »Ich geb 'ne Runde, du wieder Cola?«

Gemma bedankte sich artig und nahm die Einladung an.

»Aber so nicht, ich habe mir das alles bestätigen lassen!« Maus holte ein mehrfach zusammengefaltetes Schreiben aus der Tasche, auf dem der zu bemitleidende Reiseleiter akribisch die Klagen des Touristen hatte festhalten müssen, mit Datum und Uhrzeit.

»14:25 Uhr«, stand da als Zeitpunkt der Beschwerdestellung, Datum vom Vortag, unterschrieben von Bernd Gehring, mit Mobilnummer.

Wenn die Zeiten so stimmten, war Maus als Verdächtiger aus dem Rennen. Gemma prägte sich Namen und Nummer des Reiseleiters ein.

»Darf ich noch fragen, woher Sie kommen, wie alt Sie sind und was Sie beruflich machen? Für die Statistik.« Sie schätzte Maus auf Ende vierzig.

»Ich bin aus dem schönen Bonn«, sagte Maus stolz und fügte hinzu: »Und neunundvierzig Jahre jung!« Er lachte wieder, als wäre das ein guter Witz gewesen. »Sachbearbeiter bei der Stadt, aber eigentlich bin ich Schriftsteller.«

»Ach nein, wirklich«, beeilte sich Gemma zu sagen und bemühte sich, beeindruckt auszusehen. Es lief gut, er sprach seine Bücher von sich aus an. Hätte sie sich denken können. »Was schreiben Sie denn?«

»Krimis«, sagte Maus stolz.

»Echt? Toll, die lese ich voll oft«, sagte Gemma staunend und fand ihre eigene schauspielerische Leistung immer fragwürdiger. »Vielleicht kenne ich ja ein Buch?«

Maus wischte bereits wieder auf dem Smartphone herum und hielt ihr dann die geöffnete Webseite von Amazon entgegen, auf der es »Der Fluch des Schimpansen« zu kaufen gab.

»Nein!«, machte Gemma. »Genau das Buch habe ich kürzlich erst gelesen!«

Maus war begeistert. »Wirklich? Das freut mich aber –«

»Und ›Der Affenkopf‹ von Tess Turner habe ich auch gelesen«, unterbrach sie ihn. »Sind sich ein bisschen sehr ähnlich, die Bücher, oder?«

Maus explodierte. Es folgte eine sehr wirre Abfolge an wütenden Beschimpfungen, hervorgespuckten Anschuldigungen und entrüsteten Rechtfertigungen.

Dem ganzen Sermon entnahm Gemma nach geraumer Zeit, dass Maus und Groth vor sechs Jahren zusammen an einem Schreibworkshop teilgenommen hatten. Und bei diesem Workshop hatte Claudia Groth, die damals noch Broselius hieß, einen ihrer unverkäuflichen Krimis vorgestellt, während er, Maus, seinen Reißer mit dem Schimpansenkopf präsentiert hatte.

Der Maus'sche Roman war fast fertig gewesen, sollte im Workshop seinen Feinschliff erhalten. Er gab zu, dass ihm die Arbeitsgruppe nicht viel gebracht hatte. Irgendwann danach hatte er die Lust am Schreiben verloren, und sein Krimi verstaubte in der Schublade. Bis er dann einige Monate später staunend im Buchladen stand und Tess Turners Neuerscheinung »Der Affenkopf« im Regal entdeckte. Bei den Bestsellern. Mit *seiner* Story.

Er hatte danach den Verlag angerufen, der ihn an Agentin Carmen Schuster weiterreichte.

»Die hat mir gleich damit gedroht, mir eine Armada an Rechtsanwälten auf den Hals zu hetzen, wenn ich behaupten sollte, Claudia hätte abgeschrieben«, wütete Maus. »Ich habe dann mein Buch doch fertig geschrieben, als E-Book, im Selbstverlag.« Er schob das Bierglas hin und her. »Hat sich aber nicht so gut verkauft«, fügte er traurig hinzu.

»Und dann?«, fragte Gemma. Sie fand das Ganze hochinteressant, auch wenn Maus ganz offenbar nichts mit dem Mord zu tun haben konnte.

»Ganz ehrlich, ich habe kein Geld für Anwälte. Ich habe versucht, das alles zu vergessen. Bis ich dann gelesen habe, dass die Filmrechte angeblich gerade verhandelt werden. Da bin ich noch mal wütend geworden und hab Claudia ein paar richtig böse E-Mails geschrieben«, triumphierte Maus.

Gemma nickte. Sie räusperte sich. »Ach, wissen Sie, ich fand Ihre Version auch sehr spannend. Bestimmt verkauft sich Ihr nächstes Buch besser«, sagte sie aufmunternd. Sie drückte Maus ein Kärtchen in die Hand, auf dem ihre Mobilnummer und eine E-Mail-Adresse standen. »Falls Ihnen noch etwas einfällt, rufen Sie mich einfach an.«

Maus kniff misstrauisch die Augen zusammen. »Was soll mir denn noch einfallen, was ich dem spanischen Tourismusamt erzählen möchte?«

Guter Punkt, dachte Gemma. Sie hatte komplett vergessen, dass sie ja angeblich eine Umfrage machte. »Falls Sie noch eine Beschwerde haben«, sagte Gemma. »Rufen Sie einfach an, wenn Sie noch eine Beschwerde haben.« Sie bedankte sich für die Cola und ging.

Draußen wählte sie als Erstes die Nummer des unglücklichen Reiseleiters Bernd Gehring. Sie verzichtete auf Flunkereien und sagte rundheraus, dass sie als Privatdetektivin ermittle und seine Bestätigung brauche, dass Ruttker Maus am Vortag in der Sprechstunde vorgesprochen habe.

Der Reiseleiter stöhnte. »Kleiner Mann, spitze Nase? Ja, der war da und hat die unmöglichsten Beschwerden losgelassen. Flugzeug paar Minuten verspätet, ein Fleck am Balkon, lauter Blödsinn. Wenn Sie wüssten, was ich mir alles anhören muss ...«

Gemma bedankte sich und strich Maus von der Liste. Dann warf sie noch einmal einen Blick in den »Bierkönig«. Das Team Braut hatte mittlerweile die vierte oder fünfte Runde Cocktails intus, der Braut selbst gelang es kaum noch, auf den Beinen zu stehen. Sie lag in den Armen eines Herrn aus der Mittfünfziger-

Gruppe, und beide sangen lauthals: »Wir brauchen kein Hirn und keinen Verstand. Wir brauchen ein Bier in der Hand.«

Maus hatte sich noch ein Pils von der Bar geholt und stand lachend im Pulk. »Ich bin aus dem schönen Bonn!«, rief er gerade und umfasste eine Blonde. »Neunundvierzig Jahre jung!«

13

Johanna parkte vor der Zoohandlung an der Ronda Ponent und blieb kurz im Auto sitzen. Die Begegnung mit dem Hund hatte sie mehr mitgenommen, als sie zugeben wollte. Sie hatte immerhin nicht gänzlich falsch reagiert. Still stehen bleiben, den Arm schützen, sich vorbereiten, dem Hund etwas anbieten. Einen Ärmel, ein Stück Jacke. Aber im Ernstfall hätte sie sich nicht schützen können, nicht mehr.

Betrübt betrachtete sie ihre faltigen Hände. Sie nahm sich vor, künftig ihren Gehstock mitzunehmen. Besser ein Spazierstock als gar keine Waffe, dachte sie, außerdem wurde das Gehen tatsächlich immer beschwerlicher.

Johanna öffnete die Wagentür, stieg aus und überquerte die Straße.

Auf den Stühlen vor »Ca'n Eusebio« saßen zwei Männer, beide Anfang sechzig, sie kannte einen davon. Bartomeu Piza Martinez. Er hatte vor einiger Zeit ihre Terrasse neu gefliest und sich dabei Rat geholt. Seine Frau sei seit Wochen selten zu Hause, habe immer wieder angebliche Verabredungen mit Freundinnen. Was er nur tun solle? Ob sie, Johanna, glaube, Maria habe eine Affäre?

Johanna kannte Maria und konnte sich beim besten Willen nicht vorstellen, dass die gutmütige und liebevolle Mittfünfzigerin ihrem Bartomeu untreu war. Aber man wusste ja nie. Also war Johanna der Sache auf den Grund gegangen und hatte sich sehr darüber gefreut, dass ihre Ermittlungen ihr Gefühl bestätigt hatten: Maria hatte heimlich einen zusätzlichen Putzjob angenommen, um zu Bartomeus sechzigstem Geburtstag ein riesiges Fest mit allen Freunden und Verwandten veranstalten zu können. Bartomeu hatte fast geweint, als Johanna ihm versicherte, seine Maria sei ihm treu wie Gold. Sie hatten nie wieder über den Vorfall gesprochen, und Maria hatte nie erfahren, dass ihr Mann ihr einmal misstraut hatte.

»*Bon dia*, Bartomeu. Wie geht es dir?«, grüßte sie den Handwerker. »Was gibt's heute Feines bei Eusebio?«

»Juana! Wie schön, dich zu sehen. Heute? *Caragols*, ganz frisch! Und *fetge* aus der Pfanne!«, rief Bartomeu. Schnecken und gebratene Leber, richtige Insel-Hausmannskost. Dafür war Eusebio bekannt – und für seine dreigängigen Menüs mit Brot und Tischwein unter zehn Euro.

Johanna winkte Bartomeu noch einmal zu und betrat das Lokal. Es war dreizehn Uhr, und viele der blank geputzten Resopaltische waren mit Männern in Arbeitskleidung besetzt, die schwatzten und aßen. Allein an einem Tisch an der Wand saß Pit Menke. Héctor hatte ihr das Foto aus der Ermittlungsakte gezeigt, und sie erkannte ihn sofort: Anfang sechzig, mit randloser Lesebrille und schlohweißen Haaren, braun gebrannt mit vielen Fältchen um die Augen. Er hatte ein kleines Glas Rotwein und eine Karaffe Wasser vor sich stehen und blätterte in einer Zeitschrift.

Johanna trat an Menkes Tisch. »Herr Menke, ich denke, die Policía Nacional hat mich schon angekündigt. Ich bin Johanna Miebach, die Ermittlerin und Dolmetscherin, die im Mordfall Groth eingesetzt ist. Ich helfe bei der Vernehmung vor allem der deutschen Zeugen«, erklärte sie höflich lächelnd.

Menke schob die Brille auf die Stirn und sah zu Johanna hoch. Dann erhob er sich halb und gab ihr die Hand. »Ach, ich dachte …«, sagte er und brach ab.

»Dass jemand Jüngeres kommt?«, sagte Johanna.

»Ach, gar nicht. Wie haben Sie mich denn gefunden?«, fragte er.

»Ihr Nachbar war so freundlich, mir den Tipp zu geben. Wir haben offenbar Ihre Handynummer nicht«, sagte Johanna neutral, obwohl sie sich über diese Nachlässigkeit geärgert hatte: Da findet ein wichtiger Zeuge eine Leiche, und niemand notiert sich dessen Telefonnummer.

»Nachbar?«

»Ja. Der mit dem Hund, dem Malinois. Boris.«

»Oh. Hoffentlich war der Hund angeleint.«

»War er nicht. Warum nennt Ihr Nachbar Sie Rosi? Hat er zumindest behauptet.«

Menke runzelte die Stirn. »Er will mich nerven, was sonst?«, sagte er, als wäre das selbstverständlich.

Die Bedienung brachte Pit Menkes Vorspeise, Gazpacho, und nahm Johannas Bestellung auf.

»Ich nehme das Tagesmenü, *per favor*, die Schnecken und die Leber.«

»Gern, Señora Juana, sofort. Schön, Sie mal wieder zu sehen«, sagte die junge Frau und verschwand in der Küche.

»Ich habe kein Handy«, sagte Pit Menke dann und betrachtete seine Suppe. »Und auch kein Festnetz. Mein Haus ist nicht angeschlossen.«

Ersteres fand Johanna erstaunlich, die zweite Feststellung nicht. Einige ihrer Freunde auf Mallorca wohnten ebenfalls so abgelegen, dass sie weder Strom- noch Telefonleitung hatten. Aber dann hatten sie in der Regel einen Generator und ein Mobiltelefon. So erklärte sich allerdings der Fauxpas mit der nicht notierten Nummer, aber auch diese Tatsache hätte man gern im Protokoll vermerken können, fand Johanna. Zeuge Menke hat kein Telefon.

»Haben Sie denn Strom?«, erkundigte sie sich.

»Manchmal. Kommt auf die Launen von Walter an. Der mit dem Hund«, sagte Pit Menke und nahm einen Schluck Rotwein. »Meine Leitung führt durch sein Grundstück. Wenn er schlecht geschlafen hat, dreht er mir den Saft ab, einfach so.«

Johanna zog die Augenbrauen hoch. So wie sie diesen Walter erlebt hatte, konnte sie sich das sehr gut vorstellen.

»Warum wehren Sie sich denn da nicht? Das geht doch nicht!«

Der große, hagere Mann starrte wieder in seine Suppe. »Was soll ich denn machen?«, murmelte er und sah hoch. »Was möchten Sie nun wissen? Ich muss in einer Stunde auf die Baustelle zurück, wenn das geht. Ich komme nicht so gern zu spät.«

Johanna nickte. »Das war sicher ein Schock für Sie, als Sie

die Leiche entdeckten. Wann genau sind Sie auf der Finca angekommen?«

»Sie haben die Schnecken bestellt?«, fragte Menke plötzlich, ohne auf die Frage zu antworten.

»Oh, aber ja, die sind besonders gut hier, in einer sehr guten Brühe«, versicherte Johanna, doch Menke schüttelte verständnislos den Kopf. »Mag ich nicht, das Zeug.«

Er dachte kurz nach und hustete. »Na ja, ich bin kurz vor drei dort angekommen. Hab am Müllplatz geparkt und bin den Rest zu Fuß gegangen.«

Johanna überlegte. Sie kannte die kleinen Sträßchen nördlich von Llucmajor gut. Es waren sicherlich fast fünfhundert Meter vom Müllplatz bis zu Groths Finca. In den ländlichen Gebieten Mallorcas kam keine Müllabfuhr, die Anwohner mussten ihre Abfälle selbst zu Sammelstellen bringen.

»Warum haben Sie am Müllplatz geparkt?«, fragte sie.

Pit Menke riss ein Stück Brot ab, steckte es in den Mund und kaute. »Ach«, er schluckte, »ich wollte einfach ein Stück gehen. War schönes Wetter an dem Tag. Und da ist die Baustelle an der Straßeneinfahrt. Man muss im Moment mit dem Wagen einen ziemlichen Umweg fahren, wenn man zu Groths will.« Er riss mehr Brot ab und zwirbelte das Stück zu einer runden Kugel.

»Als ich ankam, sah alles in Ordnung aus. Ich meine, kein Auto oder so. Ich dachte ja, die kommen erst am nächsten Tag. Und –«

»Warum dachten Sie das? Hatten Sie den Termin falsch notiert?«

Menke drehte eine zweite Kugel. »Ich hatte es so verstanden. Ich bin sicher, dass ich den Termin richtig notiert habe. Ich weiß nicht, vermutlich hat Frau Groth das Datum falsch durchgegeben, und der Hund hat so laut gebellt, da versteht man ja nichts.«

»Hund?«

»Ja, ich telefoniere bei Walter. Ich habe ja kein Telefon, brauch ich auch nicht. Will ich nicht. Meine Auftraggeber rufen bei ihm an, wenn was ist.« Er stopfte sich beide Brotkugeln in den Mund. »Darf ich?« Er deutete mit dem Löffel auf seine Suppe.

»Natürlich«, beeilte sich Johanna zu sagen. »Meine Vorspeise kommt sicher gleich.«

In diesem Moment brachte die junge Frau aus der Küche eine große Schale voller dicker Schnecken im Gemüsesud und setzte sie vor Johanna ab. Menke starrte angewidert auf den Teller, sagte aber nichts.

Johanna nahm einen Zahnstocher, pulte das Fleisch aus dem Schneckengehäuse und genoss den ersten Bissen. Sie fand die Beziehung der beiden Nachbarn reichlich absonderlich, es schien eine Art Hassliebe zu sein.

»Ich habe also das Tor aufgemacht, und dann habe ich es gleich gesehen«, fuhr Menke fort und aß den Rest seiner Suppe. »Also, die Leiche. Das heißt, ich bin erst hingelaufen, weil ich dachte, sie sei ohnmächtig geworden oder so was, aber dann habe ich das Auge gesehen.«

Johanna nickte, sie erinnerte sich an die Fotos der Spurensicherung. Sie fischte die nächste Schnecke aus der Suppe. Das Gehäuse hatte die Größe eines Augapfels. Beherzt nahm Johanna den Zahnstocher, zog das glitschige Schneckenfleisch heraus, nahm es in den Mund und kaute.

Menke sah aus, als wollte er den Vorgang kommentieren, ließ es aber. »Ich habe natürlich gesehen, dass sie tot ist, also habe ich den Notruf gewählt.« Er schob den leeren Suppenteller von sich. »Mit dem Festnetz der Groths. Die Haustür stand ja offen.«

Er überlegte. »Sonst habe ich nichts angefasst. Also drinnen. Draußen natürlich schon, da arbeite ich ja und setze mich auch schon mal auf die Terrasse. Wenn ich Pause mache.«

Johanna hatte ihre Schnecken vertilgt, beide bekamen die gebratene Leber mit einem kleinen Salatbukett. Die Bedienung räumte die leeren Teller ab und stellte ein weiteres Körbchen Brot auf den Tisch. »War alles in Ordnung?«, fragte sie lächelnd. Ihre Gäste bejahten.

»Und dann habe ich mich hingesetzt und auf die Polizei gewartet«, sagte Menke und überlegte. »Also, an den Pool, nicht
auf die Terrasse. Wollte keine Beweise zerstören. Außerdem
war das nicht schön mit dem Auge, ich wollte da nicht die
ganze Zeit hinstarren.«

»Sie haben niemanden gesehen?«

»Nein, niemanden, auch kein Auto und nichts.«

»Und dann kam die Polizei?« Die Leber ist ein Gedicht,
dachte Johanna. Ganz zart und gut gewürzt.

»Ja. Nein, Moment, das habe ich fast vergessen. Erst kam
noch die alte McGregor. Eigentlich Nachbarin, aber ein Stück
weiter weg. Neben der Finca von Groths ist ein anderes Haus,
das steht aber fast immer leer, die kommen nur in den Ferien.
Und daneben ist das Grundstück von der McGregor. Bri-
tin, schon älter. Ihr Haus ist gut zweihundert Meter von den
Groths entfernt, sind ja alles große Grundstücke da oben.«

»Ach, hatte sie etwas gehört?« Johanna dachte daran, dass
Arnau den Auftrag erhalten hatte, sich bei den Nachbarn umzuhören. Hoffentlich spricht der Junge gut Englisch, dachte
sie.

»Gehört!«, spuckte Menke aus. »Sie war völlig betrunken,
wie immer. Ich mache manchmal ihren Garten, aber nicht oft.
Sie vergisst, dass wir einen Termin haben, und alles ist abgeschlossen, oder sie macht nicht auf. Ich war da bestimmt
schon drei- oder viermal umsonst, mit allen Werkzeugen und
Kram, und keiner macht auf. Was soll man da tun?«, fragte er
resigniert.

Menke schien der geborene Pechvogel zu sein. Nachbarn,
die den Strom abstellten. Auftraggeber, die nicht aufmachten.
Auftraggeber, die mit aufgeplatztem Kopf auf der Terrasse lagen.

»Ich habe sie erst spät gesehen, die McGregor, sie stolperte
schon auf der Terrasse rum mit ihrem Köter. Ich habe sie dann
nach Hause begleitet. Und dann kam die Policía Local, und
die haben dann die Policía Nacional geholt und die Spurensicherung und alles.«

Die Kellnerin fragte nach den *postres*. »Wir haben Mandelkuchen und *crema catalán*«, zählte sie auf. Beide entschieden sich für den Kuchen zum Nachtisch.

»Sie haben mich kurz befragt, und dann kam der Ehemann nach Hause und war ganz entsetzt, und alle haben sich um ihn gekümmert, also bin ich dann gegangen«, schloss Menke seinen Bericht.

Johanna nahm einen Bissen von dem Kuchen. Er war genau so, wie er sein sollte. Locker und aromatisch, ohne Mehl, nur aus gemahlenen Mandeln zubereitet mit einem Hauch Zimt.

»Kannten Sie Claudia Groth gut? Und ihren Mann?«, fragte sie.

»Ach, gar nicht. Sie waren ja kaum mal da«, sagte Menke fast vorwurfsvoll. »Ich meine, warum hat man denn so ein schönes Haus und wohnt dann gar nicht darin?« Er schüttelte den Kopf.

Johanna dachte an die winzige Kate, in der Menke hauste, an den ruinierten Garten mit den verschrotteten Autos und an den seltsamen Nachbarn mit dem abgerichteten Hund.

»Ich müsste jetzt wirklich zurück zur Baustelle«, sagte Menke leise.

Johanna nickte. »Aber sicher. Ich weiß ja, wo ich Sie finden kann, wenn ich noch Fragen habe.«

Sie standen auf und gingen zum Tresen, um zu bezahlen. Johanna kündigte an, natürlich die Kosten zu übernehmen, und hoffte, dass Héctor auch Budget für Spesen haben würde. Menke nannte dem Wirt in bemerkenswert schlechtem Spanisch, welches Gericht er hatte.

»Seit wann leben Sie hier?«, fragte Johanna.

»Oh, seit ungefähr, ja, seit zwei Jahren«, sagte Menke und steckte seinen Geldbeutel wieder weg.

Johanna wunderte sich nicht. Sie kannte eine Menge Deutsche, die seit Jahren auf der Insel lebten und so gut wie kein Wort Spanisch sprachen.

»Sind Sie nach Ihrer Scheidung hergezogen?«, fragte sie zum Abschluss.

Menke sah sie erschrocken an.

Johanna zeigte auf seine Hand, an der der Ehering fehlte und an der sich jahrelang ein Ring befunden haben musste – es war die einzige hellere Stelle an der sonnenverbrannten, verschwielten Pranke.

»Na ja«, murmelte er. »Ist nicht so gut gelaufen. Aber Zeit heilt alle Wunden, ne?«, sagte er und lächelte schief. Dann stieg er in seinen verrosteten Kombi und fuhr davon.

Johanna sah ihm nach. Der Mann machte nicht den Eindruck, als hätte die Zeit irgendetwas geheilt.

14

Héctor lief die Zeit davon. Die beste Chance, einen Mord aufzuklären, hatte man innerhalb von achtundvierzig Stunden nach der Tat, das war eine alte Polizeiweisheit. Nun waren bereits vierundzwanzig Stunden vergangen, und er hatte kaum etwas in der Hand. Immerhin war gerade die Bestätigung aus Palma gekommen, dass er Johanna und Gemma offiziell engagieren durfte. Diese bürokratische Unklarheit hatte ihm etwas auf der Seele gelegen, denn die beiden hatten ja bereits begonnen, bei den Ermittlungen zu helfen.

Die vom Chef versprochene Unterstützung war weit und breit nicht zu sehen. Wie Héctor erfuhr, war eine Reihe von Kollegen gerade in Madrid bei einem Anti-Terror-Seminar. Daniela von der Kriminaltechnik hatte immer noch nicht angerufen, und von der Gerichtsmedizin hatte er kein Sterbenswörtchen gehört.

Was machen die eigentlich alle?, fragte er sich erbost. Er befürchtete, dass Bruno gerade im Dienst war. Bruno Vega war ein guter Rechtsmediziner, unfassbar akribisch, aber auch unfassbar langsam. Und: Bruno Vega telefonierte nicht. Mochte er nicht. Er zog es vor, ellenlange, detaillierte Protokolle zu verfassen, für die er Stunden, manchmal Tage brauchte.

Wenn Bruno im Dienst ist, dachte Héctor, kann ich lange warten.

Er rief in der Gerichtsmedizin an, und seine Befürchtung wurde bestätigt.

»Señor Vega kann gerade nicht ans Telefon«, sagte die Assistentin patzig.

Er geht nicht ans Telefon, korrigierte Héctor in Gedanken und trug der Assistentin auf, dass Vega seine Ergebnisse an Daniela Mendoza berichten sollte. Erstaunlicherweise war Daniela die Einzige, die aus Bruno Vega innerhalb eines halbwegs vernünftigen Zeitrahmens halbwegs vernünftige Informationen herausbekam.

Während er noch telefonierte, kamen Handwerker in das kleine Büro und fingen an, unter lautem Palaver Leitern aufzustellen.

»Was wird das denn?«, fragte Héctor genervt. Er hatte das Dienstzimmer des Stellvertretenden Leiters der Policía Local in Llucmajor kurzerhand beschlagnahmt, da das Vernehmungszimmer wegen der Renovierung unbrauchbar war und er dringend einen Raum benötigte, in dem er in Ruhe Zeugen befragen und Protokolle schreiben konnte. Das hatte den Stellvertretenden Leiter der Policía Local zwar verärgert, aber nachdem Jefe Robla zumindest hier interveniert hatte, durfte Héctor das Zimmer besetzen.

Die Rache von Vizechef Gomez kam nun in Gestalt der Handwerker. »Wir sollen hier auch streichen«, brummte einer der Männer, die sich anschickten, Werkzeug und Farbeimer in das Zimmerchen zu schleppen.

»Ganz sicher nicht«, beschied Héctor.

Vizechef Gomez kam eilig hinzu. »Das muss hier doch mal neu gemacht werden!«, ereiferte er sich. »Du kannst doch morgen wieder rein. Das ist schließlich mein Büro, eigentlich!«

»*No*, es reicht!«, brüllte Héctor. »Ich kann doch nicht jeden hier beteiligten Zeugen jedes Mal nach Palma karren. Wir machen die Befragungen genau hier und nicht in der Teeküche, nicht in Palma und nicht auf dem Marktplatz, und aus. Raus mit euch!« Héctor kehrte alle hinaus, schloss die Tür und setzte sich wieder an den Schreibtisch. Er hatte es wirklich sehr schwer, fand er.

Héctor kämpfte immer noch mit seinen Protokollen, als Literaturagentin Carmen Schuster zur Vernehmung eintraf. Kurz danach rollten Johanna und Gemma in ihrem kleinen Fiat 500 auf den Hof der Polizeistation. Héctor bestaunte wie vor ihm Johanna das exzentrische Äußere der Agentin. Carmen Schuster hatte ihren Haarturm wieder in Stellung gebracht und trug einen extravaganten Hosenanzug in Nachtblau mit feinen Nadelstreifen. Mit High Heels und Turm maß sie über zwei Meter und musste in die Knie gehen, bevor sie Héctors Büro betreten konnte.

Nachdem es alle vier geschafft hatten, sich irgendwie auf den rasch herbeigeschafften Stühlen in dem Zimmerchen unterzubringen, übernahm Johanna das Wort und fasste noch mal kurz zusammen, was sie mit Carmen Belinda Schuster bereits auf dem Weg vom Flughafen besprochen hatte. Sie wandte sich an die Agentin.

»Ich hatte den Eindruck, Sie mögen ihn nicht, den Ehemann, oder?«

Gemma übersetzte für Héctor ins Spanische.

»Ach, zuerst dachte ich ja, es ist hilfreich und gut für Claudi, einen Leidensgenossen zu finden.«

Die drei Ermittler sahen sie überrascht an.

»Das wussten Sie nicht? Die beiden haben sich in einer Selbsthilfegruppe kennengelernt, für Leute, die ihre Ehepartner verloren haben. Richard war da zwei, nein, drei Jahre tot. Und Matthias hatte seine Ehefrau ebenfalls vor einiger Zeit verloren, sie war krank, glaube ich.« Carmen Schuster spielte mit einer Haarsträhne, die bereits drohte sich komplett aus dem Frisurenkonstrukt zu lösen.

»Aber dann habe ich ihn persönlich kennengelernt, und ich hatte ein schlechtes Gefühl. Schwer zu sagen. Er kam mir verlogen vor. Falsch.« Sie überlegte. »Hat behauptet, er sei Heilpraktiker. Habe ich nicht geglaubt. Als Claudi ihn kennenlernte, hat er gar nicht gearbeitet. Hat gesagt, er habe ein Trauma wegen dem Tod seiner Frau. Irgendwie stimmte mit ihm etwas nicht. Ich spüre so was.«

Sie wirkte resigniert. »Ich dachte von Anfang an, dass er nur Claudis Geld will. Sie hatte gerade das dritte Buch veröffentlicht, und alle drei waren Bestseller geworden. Sie stand glänzend da. Kann ich ein Glas Wasser haben?«

Héctor sprang auf und entschuldigte sich, weil er seinen Gästen nichts angeboten hatte. Das war nicht seine Art, die Handwerker hatten ihn völlig aus dem Konzept gebracht.

»Einen Augenblick, sofort.« Er bahnte sich den Weg zwischen Tapetenrollen und Tapeziertischen zur Teeküche, doch dort war die Renovierkolonne gerade dabei, alte Tapeten abzureißen. Die Schränke hatten sie abgebaut und im Flur gestapelt.

»Wo bekomme ich denn Wasser und Gläser her?«, fragte er eine Kollegin der Policía Local, die gerade versuchte, auf einem der Tapeziertische ein Protokoll abzuzeichnen. Es blieb am Tisch kleben. Sie zog daran und riss das Schriftstück in zwei Teile.

»*No ho sé*«, antwortete die junge Frau genervt und knibbelte ihr Protokoll vom Tisch. »Weiß ich auch nicht. Die Wasserkästen haben sie, glaube ich, zum Gerätewart geschafft. Und José wollte die Gläser in den Flur tragen, aber ihm ist die Kiste runtergefallen. Ich glaube, die sind jetzt alle kaputt.«

Was auch sonst?, dachte Héctor und suchte den Gerätewart. Er fand ihn zwar nicht, dafür aber eine Kiste mit lauwarmem Mineralwasser. Er nahm vier Flaschen und kehrte in das kleine Büro zurück, in dem Carmen Schuster zwischenzeitlich ihrer Frisur wieder einmal den Garaus gemacht hatte. Sie nahm Héctor die Flasche aus der Hand und trank einen großen Schluck.

»Ich hatte ihr geraten, einen Ehevertrag abzuschließen. Hat sie nicht gemacht, glaube ich. Dafür war Matthias stinksauer auf mich. Hat behauptet, ich wolle einen Keil zwischen sie treiben, und hat mich rausgeschmissen. *Mich.* Aus der Wohnung.« Sie nahm einen weiteren Schluck. »Und Claudi hat ihn auch noch verteidigt. Frauen. Frauen sind manchmal wirklich dumm.«

»Sie sagten, Claudia Groth habe am Telefon nervös gewirkt, ängstlich. Wovor hatte sie Angst? Vor Matthias Groth?«, fragte Johanna.

»Hm, nein«, sagte Carmen Schuster. »Ich hatte eher das Gefühl, Claudi hätte Drogen genommen oder so. Sie war dermaßen durcheinander. Hat gar keine ganzen Sätze herausgebracht. Sie hätte Grippe und dann irgendwas vom Pool, von einer E-Mail, von Richard, von einem Mann am Tor«, zählte sie auf. »Völlig wirr. Aber dass sie Angst vor Matthias hätte, also das hat sie nun so direkt nicht gesagt.«

»*Bueno*, wir werden Matthias Groth dazu auch noch einmal befragen«, sagte Héctor zu Johanna und Gemma auf Spanisch und wandte sich dann auf Deutsch an die Agentin. »Er wohnt ebenfalls im ›Antic‹.«

»Was denn, der ist im selben Hotel wie ich?«, fragte Carmen Schuster entsetzt. »Dann will ich aber woandershin. Ob er es gewesen ist oder nicht. Ich weiß, dass er ein schlechter Mensch ist. Ich will ihn nicht nebenan haben«, sagte sie sehr entschieden.

Johanna nickte. »Das kann ich verstehen. Übernachten Sie doch bei uns. Wir haben ein Schlafsofa im Bügelzimmer.«

Carmen Schuster sagte erfreut zu, Gemma sah mürrisch aus. Sie mochte es nicht, wenn ihre Oma Leute in ihrer Schaltzentrale, in »Deep Space Nine«, einquartierte, das war bekannt. Gemma hegte ohnehin keine große Sympathie für Übernachtungsgäste.

»Haben Sie das Manuskript für Claudia Groths neues Buch schon gelesen?«, fragte Gemma dann. »Ich find's ja reichlich unglaubwürdig.«

Carmen Schuster saß plötzlich sehr aufrecht da. »Haben Sie es? Kann ich es haben? Ich meine, wenn die Untersuchung abgeschlossen ist? Ist es fertig?« Sie hatte in den Geschäftsfrau-Modus umgeschaltet.

Eines war allen drei Ermittlern klar: Es war nicht nur Schusters Freundin Claudi ermordet worden, sondern auch Tess Turner, das beste Pferd im Agenturstall. Das letzte Werk der verstorbenen Krimi-Queen – da war der Bestseller praktisch sicher, völlig egal, wie gut oder schlecht das Buch sein mochte.

Schuster wirkte ärgerlich. »Sie hat ja immer noch mit dieser Schreibmaschine hantiert. Ohne Kopien. Sie hatte immer Angst, ihr könnte jemand die Idee klauen. Deshalb hat sie nie ein Manuskript vervielfältigt, nie auf dem PC geschrieben, es könnte ja ein Hacker alles stehlen. Unsinn, wirklich.«

Gemma fand eine solche Befürchtung gar nicht unsinnig. Sie war Mitglied im Hacker Forever Club und fand es relativ simpel, Unterlagen aus fremden Rechnern zu ziehen. Was sie natürlich nur tat, wenn es gar nicht anders ging.

»Es gibt da doch einen gewissen Ruttker Maus«, sagte sie. »Und der behauptet, Claudia Groth habe seine Buchidee für den ›Affenkopf‹ gestohlen. Das war immerhin der Grundstein ihres Erfolgs.«

Carmen Schuster war nun im Kampf-Modus. »Behauptet der das immer noch? Ich verklage den bis in alle Ewigkeit! Bei Bestsellerautoren klopfen dauernd alle möglichen Dilettanten an die Tür und behaupten, man habe irgendeine ihrer nutzlosen Ideen geklaut.« Sie war drauf und dran, sich in Rage zu reden.

Johanna wechselte schnell das Thema. »Mir fehlt ein echter Eindruck von Claudia Groth. Es ist alles so widersprüchlich. Was für ein Mensch war sie Ihrer Ansicht nach?«

Offenbar hatte Carmen Schuster diese Frage nicht erwartet, sie wirkte perplex. »Tja, was für ein Mensch? … Tja. Sie ist talentiert, ja. Kann wirklich sehr gut schreiben. Konnte. Und immer ein bisschen graue Maus, wissen Sie? Eher unauffällig.« Sie rieb ihre große Hand über den Nadelstreifärmel und atmete tief ein. »Ach, was soll ich sagen? Claudi war ein eher schwacher Mensch, kuschte vor dominanten Leuten. Aber sie hat es auch schnell gemerkt, wenn jemand noch schwächer war als sie. Das hat sie dann ausgenutzt. Und wenn sie etwas wirklich haben wollte, dann konnte sie bemerkenswert rücksichtslos sein.«

Sie sah die drei Ermittler angriffslustig an. »Ich wusste immer, dass sie nicht perfekt ist. Wer ist schon perfekt? Ich nicht und Sie drei auch nicht.«

»Einen Punkt habe ich noch«, sagte Johanna. »Claudia Groth hat sich hier ein Haus gekauft mit einem großen Grundstück, einem schönen Garten. Aber sie soll sehr selten hier gewesen sein. Wissen Sie, warum?«

»Ja, das war komisch«, sagte Carmen Schuster. »Sie hat mir immer ziemlich viel erzählt. Wir haben oft telefoniert. Ich glaube, sie hatte außer mir kaum Freunde. Vielleicht sogar

gar keine. Aber über den Hauskauf hat sie erstaunlich wenig gesagt.« Sie dachte konzentriert nach. »Sie hat angerufen und war ganz begeistert, meinte, sie habe ihr Traumhaus gefunden. Ich wollte ihr davon abraten. Weil doch Richard auf der Insel gestorben ist, verstehen Sie? Ich fand das unklug. Aber sie wollte davon nichts wissen.«

Carmen Schuster überlegte wieder eine Weile und fuhr dann fort: »Dann kam eine Nachricht von ihr, SMS. Das Haus sei schon weg und sie würde sich fürchterlich ärgern.« Sie schüttelte den Kopf. »Na ja, und dann hatte sie es plötzlich doch gekauft, und anschließend fuhr sie nicht hin. Es war alles wirklich komisch.«

»Können Sie sich erinnern, wer Claudia Groth das Haus verkauft hat? Oder wie das Maklerbüro hieß?«, fragte Johanna.

Carmen Schuster stopfte eine Strähne zurück in den Turm und dachte nach. »Makler. Moment, ich überlege, das war eine Frau. Claudi hat sie einmal erwähnt. Irgendwas mit ›F‹. Fernandez? Nein … F… Moment, Flores, ja. Emilia Flores, so hieß sie. Ich erinnere mich daran, weil ich noch dachte, das sei ein schöner Name für eine Romanfigur.«

15

Sergio Garcia hatte es sich mit der »Diario de Mallorca« auf der Dachterrasse bequem gemacht und genoss das ungewöhnlich warme Spätwinterwetter. Neben ihm auf dem Mahagonitisch stand ein duftender *café con leche*, außerdem hatte sich Sergio eine Portion frische *churros* vom Laden an der Ecke geholt. Er riss ein Stück von dem Fettgebäck ab, tunkte es in seinen Milchkaffee und aß mit großem Genuss, dann wandte er sich der Zeitung zu.

Der Bischof und Teresa Martí waren aus den Schlagzeilen verschwunden, stellte er fest. Seine Gedanken schweiften ab.

Als Galerist führte er ein ruhiges, beschauliches Leben, denn die meisten Aufträge kamen ohnehin über seine erstaunlich geschäftstüchtige Ehefrau zu ihm, ohne dass er auch nur einen Handschlag tun musste. Emilia Flores vermittelte als Topmaklerin hauptsächlich hochpreisige Villen, Fincas, Herrenhäuser, Penthouses an Leute, die sich gern auch ein teures Stück Kunst in die Luxusbude hingen. Es waren zwar fast alle durchweg Banausen, die sich die Bilder nach der Farbe ihrer Tapeten oder Sofas auswählten, aber sie kauften bei Sergio, wenn Emilia seine Galerie empfahl.

Für ihn als Bohemien war all das viel zu viel Konsum und zu wenig Kunst. Er dachte manchmal wehmütig an seine Studentenzeit in Madrid zurück. Sergio hatte Kunstgeschichte studiert, Emilia Innenarchitektur. Sie hatten überhaupt kein Geld gehabt, verbrachten aber lange Nächte in den Parks mit den anderen Studenten, tranken billigen Rotwein, machten Musik und eiferten sich über die oberflächliche Konsumgesellschaft. Emilia sprach immer am lautesten, war die kritischste, die engagierteste von allen Studenten, organisierte Sit-ins vor dem Parlament und vor den großen Kaufhäusern. Sergio hatte große, wilde Bilder gemalt, vollkommen talentfrei, wie er heute zugab. Emilia hatte ihre winzige Studentenbude vollgestopft mit allerlei buntem Krimskrams von den Flohmärkten, die sie begeistert zusammen besuchten. Heute verkaufte Sergio mittelmäßige Kunst zu überhöhten Preisen an kenntnisfreie Kunden, denen seine Frau Luxusvillen zu ebenso überhöhten Preisen angedreht hatte.

Er seufzte und sah sich um. Die Dachterrasse war exquisit ausgestattet im Loungestil, mit teuren, aber schlichten Korbmöbeln und Mahagonitischen. Die Wohnung zeugte davon, dass Emilia sich mit Innenarchitektur auskannte. Trotzdem war die Zeit damals schöner gewesen, sogar die Studentenbude war schöner gewesen. Gemütlicher.

Manchmal erkannte Sergio seine Frau überhaupt nicht wieder. Business, schön und gut. Luxus, schön und gut. Aber Emilia hatte harte Züge bekommen, sie hatte Geheimnisse. Und oft hatte Sergio sich schon gedacht, er wolle gar nicht genau wissen, was Emilia alles tat.

Er nahm wieder die Zeitung zur Hand und stutzte. »Berühmte Autorin in Llucmajor ermordet«, las er.

Claudia Groth, Künstlername Tess Turner. Irgendetwas klingelte bei ihm. Er stand auf, ging in die Wohnung und inspizierte Emilias Bücherregale.

Da waren sie, gleich drei Bücher von Tess Turner, seine Erinnerung hatte ihn nicht getrogen. Emilia sprach fließend Deutsch und las deutsche Bücher im Original, um in Übung zu bleiben. Viele ihrer Kunden waren Deutsche.

Sergio versuchte, sich zu erinnern – irgendetwas war doch mit dieser Claudia Groth gewesen, es fiel ihm aber nicht mehr ein.

Als er es im Flur rumoren hörte, Emilias Absätze klapperten über die Marmorfliesen, ging er, um seine Frau zu begrüßen – und musste spontan lachen. Emilia hatte sich einen riesigen Stoffhund unter den Arm geklemmt, und es sah so aus, als hätte sie das Tier im Schwitzkasten.

Sergio küsste seine Frau und deutete auf den Hund. »Was willst du denn damit?«

»Für einen Kunden«, knurrte sie. »Welches Haus er kauft

oder nicht, hängt offenbar ausschließlich von der Entscheidung seines vierjährigen, total verwöhnten Söhnchens ab. Die ganze Zeit fragt er den Zwerg: ›Na, magst du das Haus? Findest du die Terrasse gut zum Spielen?‹« Sie lief in die Küche und verfrachtete das Stofftier auf einen Stuhl, holte eine Flasche Wasser aus dem Vorratsschrank und trank sie in einem Zug fast aus. »Grauenhaft. Die Ehefrau sagt gar nichts, alles dreht sich um das Balg. Wir haben uns schon drei Häuser angesehen, aber jedes Mal greint der Kleine und schreit nur: ›Das Haus ist doof!‹«

Sie streichelte den Monsterhund. »Heute Nachmittag ist wieder Besichtigungstermin. Ich setze das Vieh mitten ins Wohnzimmer, dann ist der Junge beschäftigt und kann nicht herummaulen.«

Sergio betrachtete den großen Stoffhund zweifelnd. Das Tier war grellrot und hatte kranke gelbe Augen. Sie hatten keine Kinder und somit nicht viel Erfahrung mit Spielzeug, aber Sergio beschlich der leise Verdacht, das Kind könne sich vor dem Hund fürchten. Ihm fiel die tote Autorin wieder ein. »Sag mal, du kennst doch diese Tess Turner, die eigentlich Claudia Groth heißt, oder?«

Emilia blinzelte und nickte überrascht. »*Si*, der habe ich mal eine Finca verkauft vor zwei Jahren. Wieso?«

Sergio freute sich fast, dass er auch einmal etwas zuerst wusste. »Sie ist tot. Ermordet. Gestern. Auf ebenjener Finca in Llucmajor.« Er hatte sicherlich damit gerechnet, dass seine Frau erstaunt sein würde, aber ihre Reaktion übertraf seine Erwartung um ein Vielfaches.

Emilia wurde kreidebleich. Sie suchte Halt an einem Küchenstuhl und griff so fest zu, dass ihre Knöchel weiß hervortraten. Dann schnappte sie den hässlichen Hund, rief: »Ich bin spät dran!«, und stürmte aus der Wohnung.

Sergio sah ihr stirnrunzelnd nach. Manchmal erkannte er Emilia wirklich nicht wieder. Und ganz, ganz sicher wollte er nicht alles wissen, was sie tat. Doch jetzt bekam er zum ersten Mal Angst.

16

Gemma hatte Carmen Schuster in die Miebach'sche Wohnung gebracht und ihr das Zimmer gezeigt. Sie konnte es sich nicht verkneifen, ihr einzuschärfen, sie dürfe die Geräte im Zimmer auf keinen Fall anfassen. Ihre Computer waren ihr heilig. Dann hatte sie Matthias Groth im »Antic«-Hotel abgeholt und zur Polizeistation gebracht, wo Johanna und Héctor warteten.

Gemma erbot sich wieder, zu übersetzen, aber Héctor winkte ab. »Ich habe bei der Vernehmung von Señora Schuster alles auch so verstanden, es wird schon gehen.«

Groth bestätigte, dass er Claudia Groth in einer Selbsthilfegruppe kennengelernt und seine erste Frau verloren habe. Nachdem er ein wenig herumgedruckst hatte, erklärte er, sie habe Selbstmord begangen.

Das war den Ermittlern neu.

»Ich dachte, sie sei krank gewesen?«, fragte Gemma.

»Na ja, ist jemand gesund, der sich umbringt? Natürlich habe ich das nicht überall an die große Glocke gehängt. Meine Frau, also Claudia, wusste natürlich davon. Aber ich erzähle ja nicht jedem, ›übrigens, meine Frau hat sich erhängt‹«, erklärte er. »Wie sieht das denn aus? Ich meine, für mich?«

Nicht gut, dachte Gemma. »Was sind Sie von Beruf?«

»Ach, ich war Heilpraktiker, aber in den vergangenen Jahren war ich hauptsächlich Claudias Manager.«

»Aha. Sie hatte doch schon eine Agentin. Was haben Sie denn da gemanagt?«, fragte Gemma weiter.

Groth sah missmutig aus. »Und das hat ganz sicher was mit dem Mord zu tun, ja? Was Sie da fragen? Ich habe Reisen gebucht und Mietwagen, die Fanpost gemacht, so was alles.«

Das klang nach keiner sehr aufwendigen Tätigkeit. »Wie würden Sie Ihre Frau beschreiben? Was für ein Mensch war sie?«

Groth zögerte nicht. »Ein toller Mensch. So warmherzig, so großzügig und ehrlich. Und so kreativ, ich habe ihre Bücher geliebt.«

»Haben Sie die Manuskripte vorab gelesen? Ich meine, kennen Sie das neueste Buch?«, fragte Gemma.

Groth hüstelte. »Ähm, nein, sie sagte immer, das mache sie nervös. Sie hat geschrieben und das Manuskript ihrer Agentin geschickt, und ich habe dann immer erst das fertige Buch gelesen. War uns beiden lieber so.«

Gemma überlegte. »Hat sie wirklich nie Kopien gemacht? Was wäre denn passiert, wenn das Original in der Post oder so verschwunden wäre?«

Matthias Groth hob abwehrend die Hände. »Nein, nein, sie trug es immer mit sich herum. In ihrem Rucksack. Und zum Verschicken kam extra ein Bote, das ging nicht in die Post, um Himmels willen!«

»Wussten Sie, worum es in dem neuen Buch ging?«

»Na ja, den Titel kannte ich. ›Mord in Llucmajor‹. Deshalb wollte sie ja auch herkommen, für letzte Recherchen vor Ort, Atmosphäre, solche Sachen.«

Gemma nickte. Ihr hatte der Krimi zwar nicht wirklich gefallen, aber die Schauplätze waren mit akribischer Genauigkeit beschrieben, jeder Straßenname, jede Pflanzenart, alles stimmte haargenau.

»Es ist alles so furchtbar«, sagte Matthias Groth und wirkte resigniert. »Wir haben uns so geliebt, alles gemeinsam gemacht, was soll ich allein nur tun?«

Gemma fand, er klang gekünstelt. Sie gab aber durchaus gern zu, dass sie keine Expertin für große Gefühlsausbrüche war.

»Haben Sie die Finca zusammen ausgesucht?«, wollte Héctor wissen.

Groth sah unbehaglich aus, denn er musste eingestehen, dass er beim Hauskauf gar nicht dabei gewesen war, was seine vorherige Aussage unglaubwürdig klingen ließ.

»Ähm, nein, Claudia hatte eine sehr genaue Vorstellung,

welche Art Haus sie wollte, und da mir das, ähm, egal war, ist sie allein gefahren und hat die Finca gekauft.« Er hustete. »Ich fand das etwas komisch, weil ihr erster Mann auf Mallorca ums Leben gekommen ist, aber sie wollte unbedingt hier kaufen.« Er hustete noch mal. »Und dann wollte sie nie hin, als hätte sie die Entscheidung im Nachhinein bereut. Sie kam mir ohnehin etwas depressiv vor in den letzten Wochen. Kränklich.«

»Haben Sie sie gefragt, ob es ihr schlecht geht?«, fragte Johanna.

»Natürlich!«, rief Groth und klang verärgert. »Aber sie hat nichts gesagt, sonst hätte ich Ihnen das ja wohl mitgeteilt.«

Héctor beugte sich über den Tisch. »Ich habe die Spurensicherung weitersuchen lassen, aber es gibt keine Unterlagen über den Hauskauf.«

Matthias Groth nickte. »Die haben wir alle daheim in Deutschland. Kann ich Ihnen gern einscannen, wenn ich wieder zu Hause bin.«

»Was machen Sie jetzt mit dem Haus?« Gemma erwartete, dass Groth empört erwidern würde, er wisse es noch nicht. Schließlich war der Mord an seiner Frau gerade erst vierundzwanzig Stunden her. Doch er antwortete sofort.

»Ach, das verkaufe ich. Mich zieht nicht so viel in den Süden, ist mir zu warm.«

Zumindest diese Aussage klingt nicht gelogen, dachte Gemma.

17

Johanna löste Barbara im »Gecko Galdent« ab, sie würde heute früher zumachen. Gemma hatte Héctor versprochen, ihm bei den unsäglichen Protokollen zu helfen, und um neunzehn Uhr wollten sich alle drei im »Bistro Mercat« auf dem Marktplatz von Llucmajor treffen, um die Ergebnisse durchzugehen. Die Kriminaltechnik hatte immer noch nicht angerufen.

»Sprich doch bitte noch mit dieser Schwester von Claudia Groth«, hatte Héctor Johanna entnervt gebeten und sich in die Schlacht mit den Protokollen geworfen. Johanna setzte sich ins Hinterzimmer des Ladens und wählte die Nummer in Darmstadt. Tanja Schmidt nahm ab.

»Guten Tag, hier ist Johanna Miebach. Ich bin Privatermittlerin aus Mallorca und helfe der Polizei bei der Ermittlung zum Tod Ihrer Schwester Claudia Groth«, sagte Johanna ihren Spruch auf. »Mein herzliches Beileid. Wie geht es Ihnen denn?« Sie wollte das Gespräch freundlich und zugewandt beginnen, merkte aber schnell, dass sie die falsche Frage gestellt hatte.

Die nächste Viertelstunde verwendete Tanja Schmidt dazu, eindringlich zu schildern, wie die schlimme Nachricht vom Mord an ihrer Schwester ihre ohnehin angegriffene Gesundheit weiter geschädigt hatte.

»Ich weiß nicht, wie ich damit weiterleben soll«, verkündete sie schließlich.

»Gibt es jemanden, der sich um Sie kümmern kann?«, fragte Johanna.

»Nein, ich lebe ganz allein«, sagte Tanja Schmidt mit tragischem Tremolo.

»Sie haben doch sicherlich einen Hausarzt?«

Tanja Schmidt nannte ihr einen Namen. Dr. Koch, Praxis gleich in der nächsten Straße.

Johanna notierte sich die Daten. »Ich rufe Dr. Koch für

Sie an und sage ihm, er soll nach Ihnen sehen«, versprach sie.

»Meinen Sie, Sie könnten mir ein paar Fragen beantworten?«

Tanja Schmidt schniefte und schnäuzte sich, dann bejahte sie.

»Kennen Sie den Ehemann Ihrer Schwester? Matthias?«, fragte Johanna.

»Den Witwer, meinen Sie«, sagte Tanja Schmidt. »Ja, den kenne ich. Mein Gott, bin ich froh, dass ich den nie wiedersehen muss. Schrecklicher Mann.«

»Wie kommen Sie zu der Einschätzung?«, fragte Johanna.

»Ach! Der! Der meint, er wäre ein halber Arzt, dabei ist er noch nicht einmal richtiger Heilpraktiker. Er hat wohl die Prüfung geschafft, aber keine Zulassung bekommen. Oder war das umgekehrt?« Tanja Schmidt überlegte. »Ich weiß es nicht mehr. Aber er wollte mir immer einreden, es wäre alles psychisch bei mir. Und wollte mir so Kügelchen geben. Kügelchen! Ich kann seit Jahren nur mit starken Medikamenten durch den Tag kommen, und der will mir Kügelchen geben! Aus irgendwelchen Pflanzen!«

»Ich verstehe schon«, sagte Johanna schnell und verstand wirklich. Ob Arzt, Heilpraktiker oder Problemlöserin – dass Tanja Schmidt eine Hypochonderin erster Güte war, lag auf der Hand. Das hatte sogar Matthias Groth bemerkt.

»Mich interessiert mehr die Beziehung zwischen Ihrer Schwester und Matthias Groth. War es eine gute Ehe?«

»Ach ja, wie Ehen so sind«, sagte Tanja Schmidt vage. »Mal so, mal so, glaube ich.«

»Gibt es noch weitere Verwandte, die wir benachrichtigen müssen?«, erkundigte sich Johanna.

»Nein, Claudi und ich waren ganz allein. Unsere Eltern sind tot. Eine Tante gab es noch, die ist auch tot.«

»Haben Sie sich häufig gesehen, Sie und Claudia? War sie oft bei Ihnen? Haben Sie regelmäßig mit ihr telefoniert?«, fragte Johanna freundlich.

»Nicht so oft. Das letzte Mal miteinander gesprochen haben wir vor, lassen Sie mich überlegen, vor ungefähr drei Jahren. Bei der Hochzeit von Claudi und diesem Kerl.«

Das überraschte Johanna sehr. Es gab nur noch diese beiden Schwestern, und sie sahen sich nie, telefonierten nie?

»Gab es einen Grund dafür? Hatten Sie sich gestritten?«

Tanja Schmidt antwortete zunächst nicht. Dann sagte sie: »Ja. Ja, schon. Claudi dachte wohl, ich sei neidisch auf sie. Weil sie doch so eine tolle Bestsellerautorin war und so einen Schönling aufgegabelt hatte.«

»Und, waren Sie neidisch?«

»Nein, das war es nicht.« Tanja Schmidt schwieg wieder lange.

Johanna wartete. Sie hatte den Eindruck, dass sie mit sich rang. Dann kam es.

»Ich wollte die Hochzeit verhindern.« Tanja Schmidts Stimme hatte sich verändert, war hart und bestimmt geworden.

»Oh«, sagte Johanna. »Und warum?«

»Am Abend vorher habe ich es gesehen. Am Abend vor der Hochzeit. Wir saßen in einem Restaurant, Claudi und Matthias, Carmen und ich. Und Claudi hat eine, na ja, eine nicht besonders witzige Geschichte über eine Autogrammstunde erzählt, die sie abgehalten hatte. Und da habe ich es gesehen.«

»Was haben Sie gesehen?«, fragte Johanna.

»Wie er sie ansah. Matthias. Voll Abscheu. Einen Moment lang blitzte das auf. Er hat sie überhaupt nicht geliebt, meine kleine Claudi. Er hat sie noch nicht einmal gemocht.« Tanja Schmidt schluchzte wütend auf. »Da bin ich zu Claudi hin und habe ihr gesagt, du darfst ihn nicht heiraten, der liebt dich nicht.«

Es raschelte. Johanna hörte, wie sich Tanja Schmidt geräuschvoll die Nase putzte.

»Sie war wütend auf mich. Hat gesagt, ich sei nur neidisch. Hat nach der Hochzeit kein Wort mehr mit mir gesprochen. Danach habe ich sie nie wiedergesehen. Jetzt bin ich ganz allein, niemand ist mehr da.«

»Das tut mir sehr leid«, sagte Johanna ehrlich. »Ich rufe umgehend Ihren Hausarzt an, es kümmert sich gleich jemand um Sie.«

Nachdem sie das Gespräch beendet hatte, wählte sie die Nummer von Dr. Kochs Praxis in Deutschland. Er tat ihr ein bisschen leid.

Nach dem Telefonat saß Johanna noch eine Weile an der Verkaufstheke und dachte über Matthias Groth nach. Er kam nicht besonders gut weg. Sie versuchte, sich möglichst genau an Claudia Groth zu erinnern. Wie hatte sie ausgesehen, als sie abgehetzt ins »Gecko Galdent« gekommen war, um Johanna verwirrt und durcheinander um Hilfe zu bitten? Krank hatte sie ausgesehen, bleich. Was war sie für ein Mensch gewesen?

Johanna grübelte. Sie konnte nicht fassen, dass sie sich immer noch nicht an den einen Satz erinnern konnte, den Claudia Groth nebenbei formuliert hatte.

Sie versuchte, sich an das Gespräch zu erinnern, Wort für Wort, während sie anfing, im Laden aufzuräumen. Die routinierten Handgriffe halfen ihr meist beim Nachdenken. Drei überdrehte Britinnen hatten vorhin alle Seidentücher aus dem Regal gerissen, nichts gekauft und ein größeres Chaos angerichtet. Johanna sortierte die Tücher wieder nach Farbe in die Fächer.

Dann nahm sie sich die Verkaufstheke vor, auf der noch die Kaffeetassen vom Morgen und Gemmas MacBook standen. Sie trug das Gerät ins Hinterzimmer. Durch die Bewegung erwachte es aus dem Ruhemodus. Surrend leuchtete der Bildschirm auf.

Johannas Blick fiel auf die Internetseite, die Gemma zuletzt aufgerufen hatte. Sie erstarrte.

Es waren Wohnungsangebote. Für kleine Apartments. Für eine Person.

Johanna musste sich erst einmal setzen. Es war also so weit. Sie wusste natürlich, dass die schöne Zeit mit ihrer seltsamen, geliebten Enkelin begrenzt sein würde. Gemma wird irgendwann erwachsen werden und eigene Wege gehen, hatte sie sich immer wieder ins Gedächtnis gerufen. Doch insgeheim hatte sie gedacht, ja, gehofft, dass Gemma, die in so vielen Dingen anders tickte als Gleichaltrige, auch in diesem Punkt anders ticken könnte. Sie hatte ganz unvernünftig gehofft, dass Gemma einfach für immer bei ihr bleiben würde.

Johanna schluckte schwer und versuchte, langsam und tief zu atmen.

Gemma suchte offenbar eine Wohnung in Palma, was Johanna logisch vorkam. Die Jugend will eben etwas Trubel um sich herum, dachte sie. Und vielleicht sollte sie froh sein, dass Gemma nicht nach Barcelona oder womöglich zurück nach Deutschland ziehen wollte.

Dann kam ihr noch ein weiterer, schrecklicher Gedanke. Vielleicht hatte Gemma zu wenig Spaß. Sie war so ernst für ihr Alter, so kontrolliert. Johanna hatte sie völlig selbstverständlich im Laden und bei den Ermittlungen helfen lassen, weil sie dachte, das mache ihr Freude. Vielleicht wollte sie aber einfach mit den anderen Studenten ein sorgenfreies Leben führen, anstatt Paprikapulver zu verkaufen und Verbrecher zu stellen.

Johanna versuchte, sich Gemma bei einer Erstsemester-Party vorzustellen, albern mit Freundinnen kichernd, mit einem Bier in der Hand mit Jungs flirtend. Es gelang ihr nicht, und das machte ihr Sorgen.

Sie dachte an Héctor und fragte sich, ob Gemma wohl in ihn verliebt war. Manchmal kam es ihr so vor, als schaute sie den jungen Polizisten verträumt an. Das war ungewöhnlich für Gemma und hatte sicher etwas zu bedeuten. Doch dann wieder war Gemma derart vertieft, fast verbissen in eine Fragestellung, eine Aufgabe, dass sie um sich herum niemanden mehr wahrnahm.

Johanna mochte Héctor sehr. Sie hatte ihn gleich gerngehabt, als Gemma mit ihm vor über einem Jahr plötzlich in den Laden gekommen war und ihn als ihren »neuen Kontakt bei der Policía Nacional« vorgestellt hatte. Johanna hatte damals gefragt, wie sich die beiden kennengelernt hatten.

»Er hat mich festgenommen«, hatte Gemma trocken geantwortet, und Héctor hatte etwas verlegen dreingesehen. Mehr war aus beiden nicht herauszubekommen gewesen.

Seitdem gehörte Inspector Héctor Ballester praktisch zur Familie.

Johanna warf noch einmal einen Blick auf die Wohnungsanzeigen. Die Preise waren lächerlich hoch. Der seit einigen Jahren anhaltende Touristenboom in ganz Spanien und die Wirtschaftskrise hatten es fast unmöglich gemacht, als Normalbürger irgendwo ein Mietobjekt zu finden, das nicht als überteuerte Ferienwohnung vermietet wurde. Nicht umsonst wohnten achtzig Prozent der jungen Spanier unter dreißig noch daheim, es gab schlichtweg keinen bezahlbaren Wohnraum.

Auch Héctor wohnte in einem Haus, das seinen Eltern gehörte. Er hatte eine winzige Ein-Zimmer-Wohnung über der Tapas-Bar seiner Familie in El Molinar.

Mit viel Glück, dachte Johanna und schämte sich ein bisschen dafür, wird sich Gemma gar keine eigene Wohnung leisten können.

Sie klappte das MacBook zu und nahm ihre Tasche, um Gemma und Héctor zur Besprechung zu treffen. Ihr Blick fiel auf den Stuhl im Hinterzimmer, auf dem Claudia Groth erst gestern Vormittag gesessen hatte.

Und dann fiel es Johanna wieder ein.

»Es war genau das Haus, von dem Richard und ich immer geträumt hatten. Genau das Haus. Aber ich hätte es nicht kaufen sollen. Das war Unrecht. Er hatte es doch schon gekauft.«

Exakt das hatte Claudia Groth gesagt, als der Lieferant mit dem Olivenöl hereingekommen war.

Jetzt stellten sich die Fragen: Welches Unrecht war geschehen, und spielte das für den Fall überhaupt eine Rolle? Und – wer war dieser »er«?

18

»Maus ist aus dem Rennen«, fasste Héctor zusammen und studierte die Speisekarte. Johanna, Gemma und er hatten ihre Lagebesprechung ins »Bistro Mercat« am Marktplatz in Llucmajor verlegt, ihr Stammlokal. Die Literaturagentin Carmen Schuster besuchte an diesem Abend eine Freundin, die in Campos wohnte und sie bei Miebachs abgeholt hatte.

»Ihr müsst heute unbedingt das Magret vom Freilandhuhn probieren«, rief ihnen die Besitzerin des »Mercat« zu, die gerade mit Tellern voller Speisen vorbeihastete. »In Orangensoße. Und den Steinbutt! Der ist so frisch, der springt euch vom Teller!«

Sie bestellten Huhn und Fisch und als Vorspeisen *frito marinero, albóndigas* und *croquetas de queso.*

»Den Ehemann können wir wohl auch streichen. Er ist zwar unsympathisch, aber vermutlich unschuldig. Arnau war eben bei Holger Sengespeick. Der hat offiziell bestätigt, dass er mit Matthias Groth zur Tatzeit Kaffee getrunken hat. Arnau hat ihm Fotos gezeigt. Sengespeick hat Groth eindeutig erkannt. Pech für uns. Unser bester Tatverdächtiger hat ein Alibi«, schloss Héctor.

»Nur mal so – ist denn ganz sicher, dass Claudia Groths Ex-Mann, Richard, tatsächlich gestorben ist?«, fragte Gemma. »Ich meine, ohne Leiche …?«

Héctor hob die Hand. »Das hat Arnau auch nachgeprüft. Ein Kollege von der Guardia Civil, der an dem Tag zufällig am Strand war, hat selbst gesehen, wie der Mann untergegangen ist. Sie haben dann an der Stelle gesucht, aber die Ebbe hatte eingesetzt. Sie haben ihn nicht mehr gefunden. Die Möglichkeit, dass er noch leben könnte, wie und wo auch immer, können wir ausschließen.«

Die Vorspeisen wurden serviert. Er nahm sich eine *albóndiga* und biss in das saftige Fleischbällchen. »Die sind heute besonders gut«, schwärmte er kauend und blickte wieder auf seinen Notizblock. »Dann haben wir noch den Mann am Tor. Die Nachbarin war zwar vermutlich betrunken, aber die Zeit kommt hin: Um zwölf Uhr fünfundfünfzig ging jemand an ihrem Tor vorbei, sie hat aber nicht gesehen, wer es war.«

»Dann die Sache mit dem Haus«, fiel Johanna ein und berichtete den anderen, dass ihr die seltsame Aussage von Claudia Groth wieder eingefallen war: »Er hatte es doch schon gekauft.« Sie schüttelte den Kopf. »Das schien ihr zu schaffen zu machen, aber ich habe keine Ahnung, was es bedeuten soll.«

Gemma durchsuchte die Kontakte in ihrem Smartphone, dann stand sie vom Tisch auf und führte zwei Telefonate.

»Alles klar«, sagte sie, als sie zurückkehrte. »Ich treffe mich morgen mit Frank und Diego, vielleicht wissen die mehr über Probleme oder Vorfälle bei Hauskäufen hier auf der Insel.«

Héctor schaute mürrisch, sagte aber nichts. Frank Kässmann war ein erfolgreicher Makler, Marke glatt gebügelter Angeber, und Diego Meier ein junger Redakteur der Mallorca Zeitung, der sich auf Immobilienthemen spezialisiert hatte. Beide hatten, argwöhnte Héctor, ein Auge auf Gemma geworfen. Aber beide, das musste er zugeben, kannten sich beim Thema Immobilien sehr gut aus.

»Dann kann ich Frank Kässmann auch gleich nach einer Wohnung fragen«, sagte Gemma leichthin und verspeiste eine Käsekrokette.

Johanna empfand einen schmerzhaften Stich. Gemma hat mit Héctor schon über ihre Auszugspläne gesprochen und sagt mir kein Wort, dachte sie betrübt. Dann gab sie sich einen Ruck und berichtete von ihren Erlebnissen mit Pit Menke und seinem kuriosen Nachbarn. Sie versuchte, die Begegnung mit Boris als witzige Episode darzustellen, aber weder Héctor noch Gemma fielen darauf herein.

»Beruhigt euch, es ist ja nichts passiert. Die Befragungen des Nachbarn und des Gärtners haben nicht viel ergeben, denke ich. Außer dass der Nachbar verrückt ist und vermutlich früher in der DDR Hundeausbilder oder in einer Hundestaffel war. Oder nur Hundefreund, ich weiß es nicht. Er kannte sich jedenfalls gut mit Kynologie aus«, sagte Johanna. »Das ist die Kunde von Hunden, Hunderassen und so weiter. Er kannte einen Fachbegriff, ›rechtslastig‹, der vor allem bei der Hundeausbildung in der DDR verwendet wurde. Und er spricht Russisch, denke ich. Zumindest wirkte er, als hätte er verstanden, was ich auf Russisch gesagt habe.«

Héctor und Gemma sahen sie überrascht an. »Ich frage nicht, woher du das alles weißt«, bemerkte Gemma. »Das gehört ja zu deinen Geheimnissen, die du nicht verrätst.«

Johanna guckte verschlossen. »Ich bin vierundsiebzig, da weiß man eben allerhand«, sagte sie barsch und machte sich über die *fritas marineros* her. »Ich werde morgen mal bei Emilia Flores nachhören«, fügte sie hinzu. »Wenn da etwas falsch gelaufen ist bei dem Hauskauf, müsste die Maklerin dies am besten wissen.«

Die beiden anderen nickten.

»Wie hieß Claudia Groth eigentlich vorher?«, fragte Gemma plötzlich.

Héctor blätterte in seinen Unterlagen. »Broselius«, antwortete er. »Und davor Schmidt. Geborene Schmidt.« Er sah hoch. »Das muss mir mal einer erklären, warum ihr das macht.«

Gemma sah ihn erstaunt an. »Warum wir *was* machen?«

»Ihr Deutschen, das mit dem Namen bei der Hochzeit. Ist doch Quatsch. Hier in Spanien behält jeder seinen Namen und gut ist. Warum sollte man denn seinen Nachnamen ändern, bloß weil man heiratet? Und was ist bei einer Scheidung? Ändert ihr den Namen dann wieder zurück? Hat man dann alle paar Jahre einen neuen Namen?«

»Ja, so in etwa«, sagte Gemma und lachte. »Immerhin darf in Deutschland seit 1979 auch der Name der Frau zum Ehenamen werden. Und in der DDR schon seit 1966. Das war ein Fortschritt, hat damals aber kaum jemand gemacht. Ist heute noch nicht üblich, die meisten heißen nach wie vor wie ihre Männer.« Mit Daten und Fakten zu Frauenrechten kannte sie sich gut aus.

Héctor wirkte nachdenklich und murmelte vor sich hin. Es klang verdächtig nach »Gemmaballester«.

Gemma sah ihn mit hochgezogenen Augenbrauen an.

Johanna lächelte. »Mir ist das ja erspart geblieben, ich habe gar nicht erst geheiratet«, sagte sie. Marion wurde 1972 geboren, als unverheiratete Frauen und alleinerziehende Mütter noch verpönt gewesen waren.

»Du hast nie etwas von Opa erzählt«, stellte Gemma sachlich fest. »Und von Papa auch nicht, du und Mutti.«

»Das ist vollkommen richtig«, sagte Johanna. »Gut, dass die Autorin ein Pseudonym gewählt hat. Tess Turner. Dann kann man heiraten, so oft man will, und muss nicht dauernd die Visitenkarten ändern.« Das Ablenkungsmanöver war mehr als fadenscheinig.

Héctors Handy klingelte. Er warf einen Blick auf die Anzeige auf dem Smartphone und rief: »Daniela! Na endlich! Ich telefoniere rasch mit der Kriminaltechnik, bin gleich wieder da.«

Johanna und Gemma genossen ihre Vorspeisen und beobachteten durch das große Fenster Héctor, wie er vor dem Lokal auf dem Marktplatz auf und ab ging und telefonierte. Er führte offenbar mehrere Telefonate.

Das Magret vom Freilandhuhn in Orangensoße und der Steinbutt waren ausgezeichnet. Der Fisch zerging im Mund, die Orangensoße war fruchtig und würzig.

Als er zurückkam, war Héctor bleich und sah verärgert aus. Er ließ sich kopfschüttelnd auf den Stuhl fallen, als könnte er kaum glauben, was er gehört hatte.

Johanna und Gemma starrten ihn erwartungsvoll an.

»Claudia Groth«, stieß er hervor. »Sie war vollgepumpt mit Thallium. Thallium-Dingsda-Sulfit oder so. Rattengift. Noch ein paar Tage und sie wäre ohnehin gestorben.«

»Thallium(I)-Sulfat«, korrigierte Gemma. »Echt krass. So hat sie es in ihrem Krimi beschrieben. Thelma wird von ihrem Ehemann langsam vergiftet.«

»Unglaublich!«, rief Johanna. »Dann erklärt sich dadurch

vermutlich auch, warum sie so angeschlagen und durcheinander wirkte, als sie bei mir im Laden war. Die ersten Vergiftungssymptome hatten schon eingesetzt.«

Gemma nickte. »Wahrscheinlich. Das ist ein echtes Dreckszeug, Thallium. Riecht und schmeckt nach nichts und verursacht Kopfschmerzen, Übelkeit, Krämpfe, alles. Und dann Mattigkeit, Delirium, Bewusstseinsstörungen – und am Ende versagen die Nieren, das Nervensystem verabschiedet sich, und dann bricht das ganze Herz-Kreislauf-System zusammen. Und dann ist Schluss.«

»Und das ist frei verkäuflich?«, fragte Johanna. »Wisst ihr das? Früher gab es Rattengift überall zu kaufen, aber heute ist man da ja vorsichtiger.«

Gemma stocherte mit der Gabel in ihrer Vorspeise. »Hm. Keine Ahnung, wo er das Zeug herhat. Ist in Europa eigentlich nicht mehr zugelassen. Darf nur noch mit spezieller Genehmigung und nur in geschlossenen Räumen verwendet werden. Macht aber kaum jemand, es gibt heute besser wirkende Gifte bei Mäusen und Ratten.«

»Die Kriminaltechnik hat eindeutig dieses Thallium-Zeug festgestellt?«, versicherte sich Johanna noch einmal.

»*Sí*«, sagte Héctor. Er wirkte unglücklich. »Der Jefe war schon informiert und hat angeordnet, dass wir Matthias Groth einkassieren sollen. Er meint, die Beweise reichen. Arnau ist gerade auf dem Weg ins ›Antic‹ und nimmt ihn fest. Der Chef sagt, ein Alibi von diesem Sengespeick wäre doch sowieso nichts wert.«

Gemma sah ihn irritiert an. Sie hatte in die Computeranlage des Kampfclubs Spyware installiert und konnte so ziemlich alles nachverfolgen, was Sengespeick trieb. Sie hatte bereits alle denkbaren Anknüpfungspunkte und Kontakte zwischen ihm und Groth überprüft, aber rein gar nichts gefunden. Sie hätte ihre Hand dafür ins Feuer gelegt, dass die beiden sich vor dem zufälligen Treffen am Strand nicht gekannt hatten. Es waren einfach nur zwei Männer, die einen Kaffee zusammen getrunken und über Boxen gefachsimpelt hatten. Welchen

Grund sollte Holger Sengespeick haben, einem völlig Fremden ein falsches Alibi zu geben, »Pate von Palma« hin oder her? Gemma schüttelte den Kopf.

»Ich weiß«, knurrte Héctor. »Aber wenn der Chef sagt, nehmt ihn fest, dann nehmen wir ihn fest. Er will einen Ermittlungserfolg, und zwar sofort. Die Presse sitzt uns im Nacken wegen der vielen Skandale in letzter Zeit.«

»Habt ihr überhaupt in der Strandbar nachgefragt, wo die beiden angeblich gewesen sind?«, fragte Gemma. »Ob sich jemand erinnern kann? Ob ein Dritter das Alibi bestätigen kann?«

»Natürlich«, sagte Héctor empört. »Allerdings ist der Kellner, der an dem Tag nachmittags bedient hat, nach Hause zurückgekehrt.«

»Na und?«, fragte Gemma.

»Der kommt aus Kolumbien«, erklärte er. »Und die in der Strandbar wussten noch nicht mal, woher genau.«

»Als würde das heute noch eine Rolle spielen. Wir leben im digitalen Zeitalter«, brummte Gemma und tippte sich eine Notiz ins Smartphone.

Héctor sah sie mit gerunzelter Stirn an. »Ich habe die ganze Spurensicherung noch mal losgejagt, um die Waffe zu finden«, sagte er dann. »Das war ein ziemlich ausgefallenes Kaliber, behauptet Daniela. 9x18.«

Johanna sah überrascht auf. »So ausgefallen ist das Kaliber gar nicht«, stellte sie fest. »Im Kalten Krieg hat der komplette Ostblock damit geballert.«

19

Héctor hatte nach dem Essen bis in die Nacht am Schreibtisch in seinem von der Policía Local okkupierten Büro gesessen und Protokolle geschrieben. Dabei hatte er abwechselnd seinen Jefe, die abwesenden Kollegen, die Bürokratie und sein gesamtes Schicksal verflucht. Er war deshalb überhaupt nicht nach Hause gefahren, sondern hatte in einer leeren Zelle der Polizeistation neben den Farbeimern übernachtet und gleich am Morgen, nach einem Kaffee und einem Stück angetrocknetem Weißbrot, weitergeschrieben. Um neun Uhr rief Jefe Robla an und beorderte ihn nach Palma.

Robla schritt durch sein Chefbüro und wirkte siegessicher. Er wollte den schnellen Ermittlungserfolg besiegeln und verkündete dem erstaunten und übermüdeten Héctor, stehenden Fußes eine Pressekonferenz anberaumen zu wollen. »Täter gefasst nach einem Tag. Hervorragend, junger Kollege, hervorragend! Wir stehen glänzend da. War ja mal Zeit nach der ganzen schlechten Presse die letzten Monate.«

Héctor sah den Chef entsetzt an. »Für eine Pressekonferenz ist es aber zu früh. Wir müssen erst das Alibi noch mal überprüfen.« Er dachte an Gemmas Einwurf. »Und Matthias Groth weiter vernehmen. Ähm, ich fand die Festnahme etwas übereilt. Es fehlen doch noch alle Beweise«, erklärte er.

Robla winkte ab. »Dann mal los, los. Beweise suchen. Die Pressekonferenz übernehme ich, du hast mit Journalisten ja noch keine Erfahrung, nicht wahr?«

Damit war Héctor entlassen. Er hatte kein gutes Gefühl. Gar kein gutes Gefühl. Er fuhr sofort ins Centro Penitenciario de Mallorca, das Inselgefängnis, um noch einmal mit Matthias Groth zu sprechen.

Die weitere Vernehmung erbrachte nichts Neues, von Gift wisse er nichts. Und dass seine Frau krank war, habe er zwar gemerkt, aber gedacht, sie habe sich überarbeitet oder eine

Grippe. Dafür war Matthias Groth höchst empört über »die Machenschaften der Spaniokels«.

»Haben Sie mein Alibi nicht überprüft?«, hatte er gebrüllt. »Ich habe ein Alibi! Und dann werde ich festgenommen? Was ist das hier für ein Saftladen?«

Héctor kannte den deutschen Begriff »Saftladen« zwar nicht, konnte sich aber aus dem Zusammenhang ungefähr erschließen, dass das nicht als Kompliment gemeint war.

Das Schlimmste war: Der Mann hatte ja recht. Und sie konnten den Kellner aus dem Strandcafé nicht finden, der die Aussagen von Groth und Sengespeick hätte bestätigen können. Der Sachbeweis wog zwar immer schwerer als ein Alibi oder sogar ein Geständnis, aber der war noch nicht erbracht – die Kriminaltechnik hatte zumindest weder auf der Finca noch in Matthias Groths Gepäck und im Mietwagen einen Krümel Gift entdeckt. Das Thallium, das Claudia Groth vergiftet hatte, war schlichtweg nicht da.

Die Fingerabdrücke am Tatort hatten auch nicht weitergeholfen. Es gab einige Abdrücke, die sich sichern ließen. Doch die meisten konnten nicht zugeordnet werden. Es waren Handwerker im Haus und im Garten gewesen, die Leute, die zum Stromablesen kamen, sonst wer. Der Fingerabdruckabgleich hatte keinen Treffer ergeben, weder in Spanien noch europaweit.

Héctor fuhr zurück nach Llucmajor, hockte zusammengesunken im Baulärm und beugte sich über seine Protokolle. Gerade wurden die Flurdielen vor dem kleinen Büro abgeschliffen. Es machte einen Höllenkrach. Er beschloss, noch am Vormittag ins Rathaus zu fahren und dem Geheimnis um das Haus auf die Spur zu kommen.

Er hatte sich ankündigen lassen. Im Rathaus wartete bereits der Leiter des Katasteramts auf ihn. Señor Sestre war ein Mann mit einem unzufriedenen Zug um den Mund und unstetem Blick.

»Ich helfe Ihnen natürlich gern«, versicherte er und sah nicht so aus. »Wenn es da irgendwelche Unregelmäßigkeiten gegeben haben soll, also, ich weiß nichts von so etwas.«

Ist klar, dachte Héctor sarkastisch und sagte freundlich: »Ich möchte mir lediglich alle Unterlagen zur Parzelle der verstorbenen Señora Groth ansehen. Wenn Sie so freundlich wären, mir diese herauszusuchen?«

Sie gingen durch die Flure ins Aktenzimmer.

»Und wenn Sie auch so freundlich wären, mir vom Grundbuchamt ebenfalls alle Unterlagen zu dem Haus zuschicken zu lassen?«

Señor Sestre sah ihn abwehrend an. »Vom Grundbuchamt? Ich weiß nicht …« Er brach ab.

Héctor war sehr bewusst, dass die unterschiedlichen Ämter auf Mallorca ihr Bestes taten, möglichst nie untereinander zu kommunizieren. Das hätte ja womöglich Abläufe effizienter und bürgerfreundlicher machen können.

»Jetzt. Grundbuchamt. Alle Auszüge. Zu der Finca. Sie wollen doch nicht die Ermittlungen behindern?«, sagte Héctor weiter überaus freundlich und setzte sich im Aktenzimmer an den Schreibtisch. »Lassen Sie sich die Unterlagen bitte schicken. Jetzt.« Dann fing er an zu blättern.

Señor Sestre sagte nichts mehr. Er verschwand und brachte tatsächlich zwanzig Minuten später einen dünnen Stapel Auszüge vom Grundbuchamt.

Nachdem Héctor sich zwei Stunden durch Akten gewühlt hatte, war er so schlau wie vorher. Er machte sich eine Liste der Personen, die damals an dem Verkauf des Hauses beteiligt gewesen waren:

Käuferin Claudia Groth, Heimadresse in Aachen, verstorben
Verkäuferin Kristine Svensson, Heimadresse in Malmö
Notar Sergio Pons, verstorben vor einem Jahr
Maklerin Emilia Flores, Flores Real Estate, Palma
Anwalt Marino Mueller, Palma
Registriert und ans Grundbuchamt weitergereicht hatte den Vorgang Gabriela Armengol vom Katasteramt.

In den Unterlagen des Katasteramtes war die Visitenkarte eines anderen Anwalts angeheftet: Antonio Nadal. Den Namen kannte Héctor gut, doch der Mann hatte offenbar mit dem Verkauf gar nichts zu tun gehabt.

Das führt doch alles nirgendwohin, dachte Héctor. Ich sollte mich lieber um Beweise gegen Matthias Groth kümmern, als hier Schnitzeljagd zu spielen. Das Geheimnis rund um diesen Hauskauf sah für ihn verdächtig nach einem ganz toten Pferd aus, auf das ihn Gemma und Johanna gesetzt hatten.

Er seufzte. Dann nahm er sein Smartphone und rief Anwalt Marino Mueller an. Der konnte sich sofort an den Verkauf erinnern. »Die Frau ist ermordet worden, oder? Auf dieser Finca! So unfassbar!«, rief er in den Hörer. Ansonsten hatte er nichts zum Thema beizutragen. Normaler Verkauf, alles wie immer, er arbeite oft mit Emilia Flores zusammen, nichts Ungewöhnliches passiert.

Héctor nahm noch einmal die Unterlagen und suchte sich die Telefonnummer von Kristine Svensson heraus. Hoffentlich spricht sie Englisch, dachte er. Es stellte sich aber heraus, dass die Schwedin fließend Spanisch sprach.

Auch sie konnte sich gut an den Verkauf erinnern. Die Maklerin hatte ihr einen Verkäufer angekündigt, aber der sei wohl im letzten Moment abgesprungen. Und dann habe Claudia Groth das Haus gekauft und viel mehr bezahlt als sie, Svensson, eigentlich haben wollte. »Das war ein gutes Geschäft«, stellte sie am Telefon fest.

»Wissen Sie noch, wie der erste Käufer hieß?«, fragte Héctor.

Kristine Svensson überlegte eine Weile. »Nein, tut mir leid. Das ist so lange her, ich weiß es nicht mehr.« Héctor bedankte sich und legte auf. Dann rief er noch einmal nach Señor Sestre und fragte ihn nach seiner Kollegin Gabriela Armengol.

»Die hat sich Urlaub genommen«, sagte Sestre. »Ist zu einer Beerdigung gefahren, die Tante ist gestorben.«

Totes Pferd, dachte Héctor. Diese Spur hier ist ein ganz totes Pferd.

20

Señora Gabriela Armengol eilte um sieben Uhr morgens über die Plaça Espanya in Llucmajor. Sie sah sich immer wieder um, aber sie bemerkte die dunkel gekleidete Gestalt nicht, die ihr folgte.

Gabriela schloss eine Seitentür des Rathauses auf und lief rasch durch die leeren Gänge, vorbei an verwaisten Büros. Es war noch früh, ihre Kollegen waren noch nicht zum Dienst gekommen. Sie war überzeugt davon, sich allein im Ajuntament der Stadt zu befinden.

Die stellvertretende Leiterin des Katasteramts betrat ihr Büro und fuhr den Rechner hoch. Dann schrieb sie ihrem Vorgesetzten Sestre eine Nachricht, in der sie um Urlaub bat, ab sofort, aus privaten Gründen. Gabriela erfand rasch eine verstorbene Tante, schickte die Mail ab und lehnte sich zurück. Es musste sein, sie hatte zu große Angst.

Dieser Mord. Hatten dieser Zettel und der Mord etwas miteinander zu tun? Ja, keine Frage. Sie konnte sich nichts mehr vormachen.

Gabriela rieb sich die Augen und seufzte. Sie hatte immer gewusst, dass es nicht gut gehen würde. Was hatte sie sich nur dabei gedacht? Warum hatte sie auf Emilia gehört? Es hatte sich noch nicht einmal richtig gelohnt. Das machen doch alle, hatte sie sich gedacht, aber vielleicht stimmte das gar nicht.

Sie strich sich über das blondierte Haar. Sonst gab sie viel auf ihr Äußeres, doch heute Morgen hatte sie die blütenweiße Bluse schief geknöpft, und da war ein dunkler Fleck auf dem hellgrauen Rock. Sie wollte den Fleck wegreiben, vergrößerte ihn aber nur.

Sie starrte noch einmal auf den Zettel, der in ihrem Briefkasten gelegen hatte. Was sollte sie tun? Am besten fuhr sie fort, zumindest für eine Weile. Zu Tante Maria? Immerhin war dann die Nachricht an den Chef nicht vollkommen gelogen, obwohl sich *tía* Maria bester Gesundheit erfreute. Ja, das war eine gute Idee. Zu ihrer Tante nach Barcelona, für mindestens drei Wochen.

Sie rief die Tante an. Maria ging sofort ans Telefon. Sie war zeit ihres Lebens eine Frühaufsteherin gewesen.

»*Tía?* Hier ist Gabriela. Du, ich habe ein bisschen Urlaub. Kann ich zu dir kommen?«

Maria war zwar alt, aber weder taub noch dumm. »Kind, was ist denn los?«, fragte sie. »Deine Stimme ist ja ganz zittrig?«

Gabriela weinte fast. »Nichts, Tante, nichts. Ich muss nur mal ein paar Tage weg von dieser Insel.«

»Ist es ein Mann?«, riet Maria.

Vermutlich ja, dachte Gabriela. Wenn das passiert ist, was ich vermute, dann ist es ein Mann. »Ja, *tía*«, sagte sie.

Die alte Dame seufzte. »Ach, die Männer. Immer Ärger mit den Männern. Komm schnell zu mir, wir machen uns ein paar schöne Tage. Ich freue mich auf dich, Kind.«

Gabriela schloss die Augen und war erleichtert. Das kurze Gespräch mit ihrer lieben *tía* hatte sie ein wenig beruhigt.

Doch sie sollte Tante Maria nie wiedersehen.

Denn als sie die Augen öffnete, blickte sie in den Lauf einer Pistole. Und sie erkannte die Person, die die Pistole hielt. Doch bevor sie um Gnade betteln, erklären oder bereuen konnte, war Señora Gabriela Armengol tot.

21

Johanna hatte das Prachtstück von einer mallorquinischen Angebervilla auf der Webseite von Flores Real Estate entdeckt: Panoramablick und Pool, fünf Schlafzimmer, großes Grundstück, ein rundum zu Tode saniertes altes Gutshaus mit grotesken römischen Säulen und geschmacklosen Anbauten. Das bisschen Atmosphäre, die das Haus mal hatte, war der Modernisierung und der protzigen Ausstattung zum Opfer gefallen. Es hätte sicherlich dennoch Käufer gefunden, wenn das Anwesen nicht vollkommen überteuert und weitab vom Schuss gewesen wäre. Mit anderen Worten: Das Haus war perfekt für Johannas Plan.

Sie hatte mit ihrer aristokratischsten Telefonstimme bei Flores Real Estate angerufen und einen Besichtigungstermin erfragt oder besser gesagt gefordert. Möglichst heute noch, sie habe noch diverse andere Objekte im Auge. Die Assistentin war vor so viel Selbstbewusstsein in die Knie gegangen und hatte tatsächlich ihre Chefin erreicht, die den Termin noch am selben Tag möglich machen wollte.

Das hatte Johanna sich schon gedacht. Das Objekt war vermutlich praktisch unveräußerlich. Wenn sich dafür ein Käufer meldete, musste man als Makler sofort handeln.

Sie schritt durch ihr Ankleidezimmer und wählte das Outfit »reiche Alte mit wenig Geschmack«: ein cremefarbenes Spitzenkleid, das ihr überhaupt nicht stand, dazu einen großen schwarzen Hut. Rick Riera, ein Juwelier aus Palma, hatte ihr das passende Geschmeide geliehen, dicke Klunker, die viel hermachten. Er war ihr immer noch dankbar, seitdem sie vor Jahren einen Überfall auf sein Geschäft aufgeklärt hatte. Rick war es auch, der ihr seinen Bentley mit Fahrer geliehen hatte. Sie konnte schlecht als »reiche Alte« gehen und dann mit dem Fiat 500 vorfahren.

Johanna trug drei Lagen Make-up auf und entschied sich für

den fliederfarbenen Lidschatten, dazu einen erdbeerfarbenen Lippenstift. Es passte gar nicht.

So ist es gut, dachte sie, schob die Goldketten und Juwelenarmbänder zurecht und machte sich auf den Weg zu der Protzvilla in San Font.

Die Villa sah in Wahrheit noch viel schlimmer aus als auf den Hochglanzfotos der Webseite. Man merkte dem Haus an, dass es schon lange leer stand. Es roch muffig. Die Maklerin hatte sich vergeblich bemüht, den Geruch mit Blumensträußen und Raumspray zu überlagern. Im Wohnzimmer stand ein Champagnerkübel. Ja, sie hatte sich Mühe gegeben.

Emilia Flores begrüßte Johanna begeistert. Sie einigten sich auf Deutsch als Konversationssprache, dann führte die Maklerin sie herum.

Johanna musste zugeben, dass die Aussicht und der Garten wirklich sehr schön waren. Obwohl niemand mehr im Haus wohnte, hatte ein Gärtner den Rasen gut gepflegt, die Büsche gestutzt und die Beete in Ordnung gehalten.

Der Weg vom Haus verlief an Blumenrabatten entlang hinunter zu einem leeren Pool. Dort, unter einem Pavillon, stand eine Gruppe Gartenstühle aus verschlungenen Metallstäben, die schrecklich unbequem aussahen.

Sie wanderten wieder zurück auf die Terrasse.

»Hier würde wunderbar eine Skulptur hinpassen«, sagte Emilia und wies auf einen Vorsprung. »Ich kann Ihnen da einen ganz hervorragenden Künstler empfehlen, vertreten von der ›Galerie Garcia‹. Wirklich, toller Mann, dieser Künstler, macht ganz faszinierende Plastiken. Er hat auch die Villa von Sabio mit Skulpturen ausgestattet.«

Johanna fragte sich, wer oder was Sabio sein könnte. Vermutlich ein Musiker oder Schauspieler, dessen Existenz an ihr vorübergegangen war.

Emilia schritt unbeirrt weiter über die Terrasse und pries die Vorzüge des Anwesens in den höchsten Tönen. »Das Haus hat mal Marc Mitzer gehört, Sie wissen doch, der deutsche Nationalspieler. Hier ging viel Prominenz ein und aus. Und, na ja, solch große Namen zahlt man ja immer ein bisschen mit.« Sie kicherte geziert.

Sie redet zu viel, dachte Johanna. Soviel sie wusste, war der Sportler restlos pleite. Ihm war nur das unverkäufliche Haus hier am Ende der Welt geblieben. Sie fragte sich, ob es Emilia Flores jemals gelingen würde, die Villa an den Mann zu bringen.

»Ach ja, ich kenne ja auch sehr viele Stars«, sagte Johanna alias »reiche Alte« eitel. »Ich habe erst vor wenigen Wochen zu einem Kaminabend geladen in München. Da waren die Ferres und ihr Mann da und der Lauterbach. Und auch meine gute Bekannte Claudia Groth. Tess Turner, Sie wissen doch, die berühmte Autorin.« Johanna sah, wie Emilia zusammenzuckte, und fuhr fort: »Sie haben doch sicherlich auch schon die furchtbare Nachricht gehört, oder? Fürchterlich, ganz fürchterlich. Das waren bestimmt Einbrecher. Davon hört man ja so viel.«

Emilia murmelte zustimmend und beeilte sich, den Champagner zu köpfen. »Darf ich Ihnen ein Gläschen anbieten? Es passt doch so schön zur Atmosphäre hier. Der Marmor kommt aus Carrara«, plapperte sie und wies auf den hellen Fußboden.

Johanna nahm einen Schluck. »Sie kannten sie doch auch, Claudia Groth? Nicht wahr?«, fuhr sie fort. »Sie haben ihr die Finca in Llucmajor verkauft. Das hat mir Claudia erzählt. Von ihr habe ich Ihre Telefonnummer.«

»Ja«, sagte Emilia einsilbig.

»Ich weiß gar nicht, da war irgendwas nicht gut gelaufen, oder?«, plauderte Johanna munter weiter. »Claudia sagte so was.«

Emilia sah mittlerweile alarmiert aus. »Was meinen Sie?«

Johanna wechselte von der Rolle »reiche Alte« auf »reiche und gewiefte alte Businesslady«. »Jetzt mal Butter bei die Fische. Wenn ich hier Geschäfte machen soll, möchte ich nicht auf die Nase fallen. Was war da los damals?« Sie riet nun wild drauflos und erinnerte sich an diesen einen Satz, den Claudia

Groth in Johannas Hinterzimmer formuliert hatte. »Das Haus war schon verkauft, richtig?«

Emilia starrte sie an. »Was wollen Sie? Das war doch nicht meine Schuld! Bei meiner Kundin, die das Haus verkauft hat, war kein Cent angekommen. Und ich muss ja wohl auch auf meine Provision kommen, oder? Warum hat sich dieser Rosenmüller auch ausgerechnet Nadal als Abwicklungsanwalt genommen. Und ihm das ganze Geld gegeben. Das wusste doch jeder, dass der mit einem Bein im Knast stand.«

Johanna nippte geziert am Champagner. »Ach ja, so hieß der Herr, nicht wahr? Claudia hatte mir von ihm erzählt. Rosenmüller, richtig. Markus Rosenmüller, oder?«

»Hans-Peter«, sagte Emilia automatisch, dann riss sie misstrauisch die Augen auf. Ihr Gesichtsausdruck veränderte sich. »Sie haben ja nun alles gesehen. Wenn Sie weitere Fragen haben oder Kaufinteresse, wenden Sie sich gern an mein Office.« Sie lächelte Johanna steif an.

Diese ergriff ihren Gehstock und verabschiedete sich.

Wir suchen also einen gewissen Hans-Peter Rosenmüller, dachte sie, als sie wieder im Wagen saß und nach Llucmajor chauffiert wurde. Hans-Peter Rosenmüller, der vor zwei Jahren Claudia Groths Finca gekauft und offenbar irgendeinen Fehler gemacht hatte. Hans-Peter Rosenmüller war ihr unbekannt, aber den Namen Nadal hatte Johanna oft genug in der Presse gelesen: Antonio Nadal, Anwalt und Immobilienhai, Skandalpromi und Lebemann. Und sie wusste auch, wo der feine Herr zu finden war. Wie die Zeitungen ausführlich berichtet hatten, saß Antonio Nadal seit zwei Jahren im Knast.

22

Der Mann saß auf dem Marktplatz von Llucmajor und sah den Kindern auf dem Spielplatz vor dem »Restaurante Tomates Verdes« zu. Warum kommt niemand?, fragte er sich immer wieder.

Er war am helllichten Morgen in das Rathaus spaziert, hatte eine Frau getötet und war wieder hinausspaziert. Er hatte sich noch nicht einmal sonderlich beeilt beim Weggehen. Es war zwar noch früh gewesen, aber die Sonne war bereits aufgegangen. Und es waren schon Leute unterwegs, die über den Platz hasteten, auf dem Weg zur Arbeit oder zur *panadería*.

Er sah auf die Uhr. Es war fast zwölf. Er sah, wie Menschen im Rathaus ein und aus gingen. Keine Schreie, keine Polizei. Er hatte eine Frau im Rathaus getötet, mitten in der Stadt, und niemand bemerkte es.

Ich bin unsichtbar, dachte er dann. Ich bin schon tot und weiß es gar nicht. Ich habe das alles nur geträumt. Ich habe überhaupt niemanden ermordet, ich träume und wache auf und bin in meinem Bett.

Er tastete nach der Waffe in seiner Hosentasche. Da war sie, kalt und ganz wahrhaftig. Eine Frau auf dem Spielplatz sah ihn misstrauisch an. Er drehte sich auf dem Bänkchen um und beobachtete den Eingang des Rathauses. Die Glocke der Iglesia San Miguel schlug Mittag. Nichts geschah.

Der Mann durchsuchte seine Jacke nach einem Bonbon. Er fand eines, dick bepelzt mit Fusseln. Nachdenklich betrachtete er das Bonbon, dann warf er es weg und suchte weiter.

Er hatte sich stellen wollen, damit es vorbei ist. Er hatte hier warten wollen, bis sie im Rathaus Krach schlugen, die Polizei mit Sirenen angefahren kam. Und dann hatte er hingehen und sagen wollen, ich war es. Doch es kam niemand. Seltsame Welt. Er hatte zweimal getötet, und niemand nahm ihn fest.

Langsam stand der Mann auf. Er wühlte in der Innentasche

der Jacke und fand ein Pfefferminzdragee, verklebt mit einem alten Ausweis einer Videothek. Er pulte das Dragee von der laminierten Karte und steckte es in den Mund, die Karte warf er in den Mülleimer.

Wenn ihr es nicht beendet, dachte er, dann werde ich es eben beenden.

23

Gemma hatte sich mit Makler Frank Kässmann am Hafen in Portixol verabredet. Kässmann war Anfang dreißig, fuhr einen Porsche und war das, was der eifersüchtige Héctor einen *tipo asqueroso* nannte, einen Kotzbrocken. Offenes Hemd, Goldkettchen, Gel im Haar, Designersonnenbrille.

Gemma fand den Mann hingegen recht unterhaltsam, er konnte wirklich sehr lustige Geschichten über seine Klienten erzählen – Käufer und Verkäufer. Dass Kässmann versuchte, bei ihr zu landen, war sogar Gemma selbst aufgefallen, und das wollte etwas heißen. Oft flirteten sich die Herren der Schöpfung bei ihr einen Wolf, ohne dass sie es überhaupt bemerkte.

Allerdings fragte sie sich, warum er so interessiert an ihr war. Soweit Gemma beurteilen konnte, passte sie überhaupt nicht in sein Beuteschema. Der Makler umgab sich sonst mit rassigen Schönheiten in knallengen Kleidern, wie die Selfies auf seiner Facebook-Seite eindrucksvoll belegten. Einmal hatte sie ihn genau das direkt gefragt. Kässmann hatte ein wenig herumgestammelt und zugegeben, dass es ihm gefiel, wie sie ihn sah. Nicht als reichen Typen, von dem man teure Geschenke oder schicke Partys erwarten konnte. Sondern als amüsanten, interessanten Gesprächspartner. Gemma sei die einzige Frau in seinem Umfeld, die ihn nicht als wandelnde Geldbörse sah, hatte Kässmann erklärt. »Alle anderen treffen sich doch nur mit mir, weil ich Geld für sie ausgebe«, hatte er geklagt.

Gemma hatte ihn ausgelacht. »Vermutlich, weil du mit deinem Porsche und deinen Goldkettchen genauso aussiehst: wie eine Kreditkarte auf zwei Beinen.«

Frank Kässmann war schon da und stand am Hafen, an seinen Porsche gelehnt. Er umarmte Gemma überschwänglich, was sie überhaupt nicht mochte.

Sie wand sich aus der Umarmung und sagte: »Hi, Frank,

schön, dich zu sehen. Du kennst doch Diego? Von der Mallorca Zeitung? Der kommt gleich auch noch dazu.«

Kässmann sah Gemma enttäuscht an. Er hatte mit einem Date gerechnet, und jetzt sollte noch ein Kerl dabeihocken. »Süße, du tust dem alten Fränkieboy aber weh. Ich dachte, wir sitzen hier schön romantisch zu zweit?«

Bevor Gemma antworten konnte, kam Diego Meier auf seiner Vespa angebraust. Er parkte den Roller an der Mole, nahm seinen Helm ab und sah ebenfalls enttäuscht drein, als er Frank Kässmann entdeckte.

Die beiden Männer begrüßten sich kühl, Gemma bekam ein Wangenküsschen von Diego. Er war drei Jahre älter als sie und auf Mallorca geboren als Sohn einer Mallorquinerin und eines Deutschen. Er kam auch aus Llucmajor und war der Bruder von Gemmas Schulfreundin Lina.

»Ihr kennt euch?«, fragte Gemma noch einmal, und beide Männer antworteten frostig mit »Ja«.

Sie glaubte, das Dreierdate irgendwie erklären zu müssen. »Es ist wirklich wichtig, und es muss schnell gehen. Sonst hätte ich euch natürlich nacheinander getroffen«, sagte sie und hatte das Gefühl, die Sache damit nicht besser zu machen. Sie hatte weder Verständnis noch den Nerv für überflüssige männliche Eifersüchteleien.

»Oh, wir sollen uns also beeilen? Ist das deine Form von Speeddating?«, fragte Frank säuerlich. Diego nickte dazu.

Jetzt verbünden sie sich auch noch, dachte Gemma.

»Es geht immerhin um einen Mord«, erklärte sie nachdrücklich, was beide Männer tatsächlich dazu brachte, sich mit ihr gemeinsam in die nächste Bar zu setzen und zuzuhören.

Es war fast windstill, die weißen Boote im Hafen von Portixol schaukelten sacht auf den leisen Wellen. Sie wählten ein Café mit Meerblick und rückten die Stühle so, dass sie alle drei in der warmen Februarsonne saßen.

»Fakten haben wir fast gar keine«, sagte Gemma und schilderte, wie der eine Satz des Mordopfers den Ermittlern weiter Kopfzerbrechen bereitete. »Es war genau das Haus, von dem

Richard und ich immer geträumt hatten«, hatte Claudia Groth an jenem Morgen zu Johanna gesagt. »Genau das Haus. Aber ich hätte es nicht kaufen sollen. Das war Unrecht. Er hatte es doch schon gekauft.«

»Oma und ich haben so gut wie keine Erfahrung mit Immobilienthemen, deshalb wollte ich euch als ausgewiesene Experten heranziehen«, schmeichelte Gemma und hoffte, dass das funktionierte. Johanna behauptete zumindest immer, es sei vorteilhaft und nützlich, Männern möglichst viel Honig um den Bart zu schmieren. Da Kässmann und Diego sie nun wesentlich milder ansahen, wertete Gemma das als Beweis für diese These.

»Wie funktioniert denn überhaupt so ein Immobiliengeschäft? Wer ist da alles dabei?«, fragte Gemma.

Kässmann setzte seine schicke Sonnenbrille ab und legte los. »Also, ein Hausverkauf läuft im Prinzip so ab: Käufer, Verkäufer, meistens auch Anwalt und Makler treffen sich beim Notar. Der Vertrag wird unterzeichnet, nachdem der Notar sich überzeugt hat, dass der Verkauf rechtens ist, keine Hypothek oder Steuerschuld auf dem Grundstück lastet und die Steuernummer korrekt eingetragen ist. Der Anwalt hat hier im Normalfall schon alles vorbereitet und gegengecheckt, damit es vor Ort keine Überraschungen gibt. Der Käufer gibt dem Verkäufer einen bankbestätigten Scheck und einen Teil des Kaufpreises in, na ja, in *negro*, also Schwarzgeld.«

Diego nickte bestätigend. »*Negro*, das kann ganz schön viel sein. Manchmal sogar die Hälfte des Gesamtbetrags und mehr. Viele Verkäufer wollen einen Teil der Kaufsumme als Schwarzgeld. Spart Steuern.«

»Hm«, machte Gemma. »Und wie geht das vor sich? Ich meine, sagt der Notar dann, bitte übergeben Sie jetzt den Scheck und das Schwarzgeld? Oder wie kann ich mir das vorstellen?«

Kässmann winkte entsetzt ab. »Aber um Himmels willen, natürlich nicht! Jeder Notar hat ein diskretes Hinterzimmer, in dem solche Geschäfte abgewickelt werden. Da werden dann der Käufer und derjenige, der das Schwarzgeld entgegennimmt, hineingebeten. Das kann der Verkäufer sein oder jemand, der die Vollmacht zur Abwicklung hat – Anwalt oder Makler. Offiziell sagt dann der Notar, er biete hier ›die Möglichkeit, noch letzte Details zu besprechen‹ oder so was. Aber jeder weiß, nun wird das Schwarzgeld ausgehändigt.«

»Aha«, sagte Gemma neutral. Sie dachte nach. »Okay, es wird also ein Teil der Kaufsumme schwarz gezahlt, um Steuern zu sparen, der weitere Teil als Scheck. Es ist ein Notar dabei, ein Anwalt, ein Makler. Was kann denn da schiefgehen?«

Diego lachte auf. »So ziemlich alles kann schiefgehen bei Immobiliengeschäften auf dieser Insel. Die Formen der Betrügereien sind unendlich. Wir hatten hier einige Fälle, da sind Grundstücke, Fincas und Häuser mehrfach verkauft worden. Doppelt und dreifach. Und hinterher gab es ein großes Geschrei, wem der Besitz denn wirklich gehört.«

Die Bedienung kam, Gemma bestellte ein Wasser, Diego einen *americano* und Kässmann ein Bier.

»Da hatten so einige geglaubt, sie hätten eine tolle Geldanlage. Ich habe mal einen Fall recherchiert, da hatte eine Deutsche ein Grundstück gekauft, vor Jahren, ach was, Jahrzehnten. Die Grundstückspreise sind explodiert, und die Frau wollte ihre Parzelle jetzt mit gutem Gewinn verkaufen. Mit richtig gutem Gewinn.«

Sie bekamen ihre Getränke, und Diego nahm einen Schluck Kaffee, ehe er fortfuhr. »Und was war? Ihr Grundstück war schon zweimal weiterverkauft worden. Ohne ihr Wissen und natürlich ohne dass sie etwas von dem Geld gesehen hätte. Da war jemand in ihrem Namen aufgetreten, hat die Parzelle verscheuert und die Knete eingestrichen, mit gefälschten Unterschriften, gefälschten Urkunden und allem.«

Das war zwar alles hochinteressant, schien aber irgendwie nicht zu ihrem Fall zu passen. »Was ist denn mit den Ämtern? Wird da nicht genau festgehalten, wem ein Grundstück gehört?«, fragte Gemma.

Kässmann sah Diego an. Beide wiegten den Kopf.

»Na ja«, sagte Kässmann. »Theoretisch ja. Das Katasteramt hat die Steuernummer, die zur Parzelle gehört. Das ist gleichzeitig auch die Katasternummer. Es wird geprüft, ob das Ganze übereinstimmt, ob man da die richtige Parzelle gerade verkauft. Wenn der Verkauf durch ist, wird die Änderung der Besitzverhältnisse vom Katasteramt ans Grundbuchamt weitergegeben.«

»Allerdings meist erst Wochen oder sogar Monate später«, fiel Diego ein.

»Wenn also der Satz fiel, dass schon jemand anders das Haus gekauft hatte, gibt es etliche Möglichkeiten, was da passiert sein könnte«, fasste Kässmann zusammen.

Diego nickte. »Ohne Details kommen wir hier nicht weiter. Aber eines steht fest: Wenn ein Hauskauf aus irgendeinem Grund vom Verkäufer rückgängig gemacht werden soll, ist das durchaus möglich, solange das Schmiergeld gut genug ist. Da machen dann eben Notar und Amt schön die Augen zu, wenn die Kasse stimmt.«

»Sagt euch der Name Nadal etwas? Antonio Nadal? Der Anwalt?«, fragte Gemma. Johanna hatte sie bereits über ihr Gespräch mit der nervösen Maklerin informiert.

Die beiden Männer wechselten einen kurzen Blick. »Allerdings, wer kennt den nicht?«, sagte Diego trocken. »Geldwäsche, Betrug, Urkundenfälschung, Steuerhinterziehung, such dir was aus.«

»Sie haben vor zwei Jahren die ganze Kanzlei hopsgenommen«, fügte Kässmann hinzu. »Alles durchwühlt. Die Nadals, das ist ja nicht nur ein einziger Anwalt. Die ganze Familie steckt da mit drin im Sumpf.« Er schüttelte den Kopf. »Aber da waren die Bullen mal richtig gut. Haben sogar die geheime Lagerhalle der Nadals gefunden. Haben gleich die Feuerwehr mitgebracht, die hat die Wände eingerissen und lauter versteckte Tresore entdeckt. Da war richtig was los in der Branche.« Er bestellte noch ein Bier. »Ihr auch noch was?«

Gemma sah Kässmann verwundert an. »Warum in der Branche? In deiner Branche?«

Kässmann nickte. »Es ging hauptsächlich um Immobilien. Geldwäsche. Betrug. Nadal hat über Strohmänner Grundstücke gekauft und verkauft. Hat Grundstücke verschachert, die ihm gar nicht gehörten, mit gefälschten Urkunden. Grundstücke, die überhaupt nicht existierten. Mit gefälschten Katasternummern und Deckung vom Amt. Solche Sachen.« Er dachte nach. »Es ist das reinste Bermudadreieck aus Scheinfirmen, Strohleuten, Auslandskonten. Wie gesagt, die Verhaftung ist schon zwei Jahre her, und bei der Staatsanwaltschaft versuchen sie bis heute, die ganze Sache zu sortieren. Sie blicken aber nicht durch. Deshalb wird der Prozess gegen Nadal auch ständig wieder verschoben. Da blickt keiner durch.«

Gemma bedankte sich bei den beiden Männern und übernahm trotz Kässmanns Protest die Rechnung. Sie standen auf und gingen zur Mole zurück, wo Kässmann und Diego geparkt hatten. Kässmann sah seine Chance gekommen. »Süße, als Dank könnten wir ja ein neues Date vereinbaren. Ohne einen zweiten Kerl im Gepäck.« Er deutete auf Diego.

Der sah Gemma mit zusammengekniffenen Augen an und lachte dann. »Vergebliche Mühe, Frank. Ich habe sie letzte Woche mit diesem Polizisten gesehen. Héctor Ballester von der Policía Nacional. Und sie hat ihn ganz verliebt angestarrt. Wir kommen zu spät.« Damit schwang er sich auf seinen Motorroller und verschwand.

»Tja, dann.« Frank Kässmann gab Gemma zum Abschied einen flüchtigen Wangenkuss und trollte sich ebenfalls.

Gemma stand am Hafen und sah den beiden fassungslos nach. Was sollte das heißen? Verliebt angestarrt? Sie hat angeblich Héctor verliebt angestarrt? Darüber musste sie erst einmal ausführlich nachdenken.

24

Die Leiche wurde erst gegen dreizehn Uhr entdeckt. Gabriela Armengols Kollegin Fernanda Gomez, mit der sie sich das Büro teilte, hatte am Vormittag einen Zahnarzttermin gehabt, der ihr nicht gut bekommen war. Der Zahn pochte jetzt wie verrückt, und sie ärgerte sich. Sie war nur zum Nachsehen in die Praxis gegangen. Ohne Schmerzen rein, mit Schmerzen raus.

Sie lief in die Apotheke und kaufte eine große Packung Ibuprofen, dann erstand sie noch eine Flasche Mineralwasser im kleinen Supermarkt an der Plaça Espanya und nahm gleich drei Tabletten auf einmal. Viel hilft viel, war schon immer ihr Motto gewesen.

Fernanda überlegte. Sie sollte am besten ganz daheimbleiben heute, aber Gabriela war zickig. Das war im ganzen Rathaus bekannt. Fernanda durfte nicht Radio hören im Büro, und die Tür musste sogar im Sommer zubleiben, wegen »Durchzug« und weil Gabriela Armengol ja »so empfindlich« sei. Und dann spielte sie sich die ganze Zeit als Chefin auf. Was sie, zugegeben, auch war. Fernanda war einfache Beamtin und Gabriela immerhin die stellvertretende Leiterin des Katasteramts.

Aber die ganze Arbeit mache *ich*, dachte Fernanda trotzig, setzte sich noch ein Weilchen in die Sonne und sah den Kindern auf dem Spielplatz zu.

Aus den Augenwinkeln bemerkte sie einen Mann, der ebenfalls auf einem der Bänkchen saß. Er wirkte nervös, rutschte hin und her.

Jetzt fummelt der sich auch noch an der Hose herum, dachte Fernanda, die Sorte kenne ich.

Dann kramte er in seiner Jacke, schließlich stand der Mann auf, warf etwas in den Mülleimer am Spielplatz und ging weg. Sie sah ihm nach. Komischer Typ, dachte sie.

Fernanda streckte ihr Gesicht in die Sonne. Soll Gabriela

doch warten, bis sie tot umfällt, dachte sie. Ich erhole mich erst einmal von dem schrecklichen Zahnarztbesuch.

Eine Stunde später fühlte sie sich erfrischt genug, um Gabriela entgegenzutreten. Fernanda schlenderte über den Platz, betrat das Rathaus, folgte dem blank gewienerten, schmalen Flur und öffnete die Bürotür.

Ihre Chefin lag kopfüber auf dem Schreibtisch und sah merkwürdig aus. Dort, wo Gabrielas Hinterkopf sein sollte, befand sich eine gelbliche Masse, das Blut tropfte herab und bildete einen See auf dem Schreibtisch und dem blanken Behördenboden. Gabrielas schöne gelbe Wildledertasche, um die Fernanda sie sehr beneidete, stand auf dem Boden und war rot vor Blut.

Fernanda machte einen Schritt ins Büro und hob die schöne Tasche auf. Sie starrte auf die Tasche, auf Gabriela. Dann schrie sie, so laut und ausdauernd, dass sogar die Kinder draußen auf dem Spielplatz innehielten. Viel hilft viel.

Eric Obrador vom Einwohnermeldeamt kam aus seinem Büro gestürzt. Als er sah, was passiert war, zerrte er Fernanda am Arm aus dem Zimmer und wählte den Notruf.

Die Policía Local und dann die Policía Nacional rasten heran und parkten mit den Wagen direkt vor dem Rathaus. Da hatte es sich im Ort schon herumgesprochen: In Llucmajor gab es einen zweiten Mord!

25

Héctor saß gerade wieder fluchend vor dem uralten und fürchterlich langsamen Polizei-PC, als der Notruf aus dem Rathaus kam. Ein sehr aufgeregter Beamter des Einwohnermeldeamts hatte die Tat gemeldet, und Héctor war wenige Sekunden später auf dem Weg zum Tatort.

Es darf nicht wahr sein, dachte er. Es darf einfach alles nicht wahr sein. Er hatte gerade vierzig Minuten im Rathaus verbracht und Akten gewälzt, während praktisch vor seiner Nase ein weiterer Mord verübt wurde? Wie konnte so etwas passieren?

Während die Policía Local das Rathaus mit Flatterband absperrte, inspizierte Héctor den Tatort. Die beiden Beamtinnen Fernanda Gomez und Gabriela Armengol hatten ein hübsches Büro mit Blick auf eine Seitenstraße. Topfblumen auf einem Seitenbord. Familienbilder auf den Schreibtischen. An der Wand prangte ein Kalender mit Eselmotiven. Der Februaresel hatte eine Margerite im Maul und schien zu grinsen.

Die Leiche lag über den Schreibtisch gebeugt und hatte keinen Hinterkopf mehr. Jemand war in all dem Blut herumgetrampelt, da war eine Fußspur zu sehen, die aus dem Zimmer herausführte in das Büro des Einwohnermeldeamts.

Dort saß eine wachsbleiche Fernanda Gomez und klammerte sich an den Arm ihres Kollegen.

Héctor ging zurück zum Tatort, an dem sich nun einige Beamte des Rathauses versammelt hatten, nacheinander aufgeregt einen Blick auf die Leiche warfen und es sofort bereuten. Die Kriminaltechnik traf ein und scheuchte alle Anwesenden aus dem Zimmer.

Héctor erkundigte sich bei der Policía Local, die bereits begonnen hatte, Anwohner und Passanten zu befragen. Es hatte niemand etwas gesehen. Gegen sieben Uhr hatten einige Nachbarn einen dumpfen Knall gehört, aber einfach ihr Frühstück fortgesetzt oder sie hatten sich im Bett umgedreht und weitergeschlafen. Die Erklärungen, die sie sich selbst für den Knall gegeben hatten, reichten von »ein Auto« über »ein Flugzeug« bis hin zu »eine Atombombe«. Nur an einen Schuss hatte niemand gedacht.

Héctor stand ratlos auf dem Flur der Behörde, als ein Kriminaltechniker auf ihn zukam. Er kannte ihn nicht. Vermutlich ein neuer Kollege, dachte er und sagte etwas schnippisch: »Na, aus dem Urlaub zurück? War's schön im Schnee?«

Der junge Mann mit dem kleinen Ring im Ohr sah ihn verärgert an. »Was für Schnee? Ich bin aus Barcelona. Bin hierherbeordert worden, weil ihr hier Personalmangel habt, hieß es.«

Ich werde schon wie Jefe Robla, dachte Héctor beschämt und sah den Kollegen fragend an.

»Wir haben etwas gefunden. Komisch«, sagte der junge Mann und hielt Héctor einen Zettel hin, der in einer Asservatenhülle steckte.

Auf dem Zettel stand: »Diebin«. Auf Deutsch.

Héctor blickte entsetzt auf das Papier.

Dass sie einen Zettel bei Claudia Groth gefunden hatten, auf dem »Diebin« stand, hatte die Polizei nicht an die Presse weitergegeben. Ein Nachahmungstäter war also ausgeschlossen. Und Matthias Groth saß im Knast in Palma.

Héctor wurde schlecht. »Habt ihr schon das Projektil? Und die Hülse?«, fragte er den jungen Kriminaltechniker.

»Ja«, sagte der und hielt zwei andere Tüten hoch. »Das Projektil steckte in der Wand. Die Hülse war in die Handtasche gefallen.« Er betrachtete die Hülse interessiert. »Seltsames Kaliber. 9x18.«

Héctor packte den Mann am Arm. »Du fährst ins Labor zu Daniela Mendoza. Sofort. Sie soll alles stehen und liegen lassen und Projektil und Hülse untersuchen. Ob das von derselben Waffe stammt wie aus dem Mord an Claudia Groth, *entendido*? Verstanden?«

Der Kriminaltechniker entwand sich seinem Griff. »Ja doch.

Ja. Ich bin ja nicht schwachsinnig.« Beleidigt machte er sich auf den Weg.

In Palma beendete Jefe Robla gerade seine Pressekonferenz, bei der er den schnellen Ermittlungserfolg seiner Abteilung gepriesen hatte. »Wir haben den Ehemann der Toten, Matthias Groth, festgenommen«, hatte er soeben verkündet. »Die Beweise sprechen gegen ihn.«

26

Alles Anfänger, dachte Gemma, als sie ihren Skype-Call mit Pedro Juan Montoya beendet hatte. Sie hatte in nur einem Telefonat mit dem Besitzer des Strandcafés den Namen des Kellners erfahren und auch herausgefunden, dass er gut mit dem Portier eines benachbarten Hotels befreundet war.

»Warum hast du das denn nicht auch der Polizei gesagt?«, hatte sie den Cafébesitzer gefragt. Sie kannten sich flüchtig durch Gemmas Freundin Lina, die dort während der Schulzeit manchmal in der Küche ausgeholfen hatte.

»Was weiß ich, was die Polizei von dem Jungen will. Das ist ein guter Junge, der Polizei sage ich gar nichts«, hatte der Cafébesitzer eigensinnig gebrummt.

Dann hatte sie das Hotel angerufen. Der Portier war gerade im Dienst und wurde an den Apparat geholt. Er hatte am Abend zuvor erst mit Pedro Juan Montoya geskypt und Gemma den Skype-Namen des Kolumbianers gegeben.

Fünf Minuten später erschien der Kellner auf dem Bildschirm. Er sah müde und traurig aus.

»*Sí?*«, fragte er. »Was möchtest du denn?«

Gemma beschrieb ihm die Situation und dass er ein Alibi bestätigen solle.

Der traurige junge Mann nickte.

»Zwei Männer behaupten, sie hätten vorgestern während deiner Schicht zusammen Kaffee getrunken. Erkennst du jemanden hiervon?« Sie hielt mehrere Fotografien vor die Kamera am Laptop.

Montoya identifizierte eindeutig Matthias Groth und Holger Sengespeick.

»Weißt du ganz genau, dass die beiden da waren? Und wann?«, vergewisserte sich Gemma.

»Ganz sicher. Das war vorgestern, ein paar Stunden bevor ich wieder heim bin. Meine Schicht hatte um sechzehn Uhr geendet, die beiden kamen gegen vierzehn Uhr«, sagte Montoya und überlegte. »Sie haben sich über Sport unterhalten. Boxen. Über einen Kampf im Fernsehen, den hatte ich auch gesehen. Deniz Ilbay in Potsdam. War ein echt guter Kampf.«

»Wie lange sind sie geblieben?«

»Oh, bestimmt zwei Stunden, bis kurz vor Ende meiner Schicht. Saßen ewig da, haben gutes Trinkgeld gegeben«, sagte Montoya.

Gemma nickte. Sie dachte nach. »Warum bist du zurück nach Kolumbien?«, fragte sie dann. »Die Saison beginnt doch jetzt erst?«

»Meine Oma ist tot«, sagte Montoya traurig. »Sie ist gestürzt und hat sich dann nicht mehr erholt. Ich bin zur Beerdigung heim.«

»Oh«, machte Gemma bestürzt und sah ihn durch die Kamera betroffen an. »Mann, das tut mir leid.«

Nach dem Skype-Call saß sie noch eine Minute am Schreibtisch, dann machte sie sich auf die Suche nach ihrer Oma und Héctor. Eines stand nun fest: Das Alibi von Matthias Groth war bombensicher.

27

Señor Sestre vom Katasteramt wirkte noch verkniffener. Er sah aus, als nähme er es als persönlichen Affront, dass seine beste Mitarbeiterin getötet worden war, und das auch noch an ihrem Arbeitsplatz. So etwas war noch nie, wirklich noch nie passiert im Katasteramt. Ja, die drüben beim Straßenverkehrsamt und beim Ausländeramt, die hatten schon mal Ärger, aber bei ihm? Da gab es so etwas nicht.

Fernanda Gomez saß neben ihrem Chef und sah elend aus, als Héctor beide zu einer ersten Vernehmung bat.

»Ich verstehe das einfach nicht«, begann Sestre sofort, noch bevor Héctor sich setzen konnte. »Gabriela hatte mir doch eine Mail geschrieben heute Morgen. Dass sie zur Beerdigung zu einer Tante wollte. Warum war sie denn überhaupt da?« Offenbar war es ihm peinlich, dass in seiner Abteilung Mitarbeiter stundenlang tot am Schreibtisch sitzen konnten, ohne dass es einer merkte.

»Deshalb bin ich da nicht rein, verstehen Sie?«, verteidigte sich Sestre empört. »Weil sich doch die eine Kollegin zum Zahnarzt abgemeldet hatte und die andere zu einer Beerdigung. Ich hab ja gedacht, da ist überhaupt niemand in dem Büro.«

Héctor hörte Fernanda Gomez leise aufschluchzen. »Ist ja gut, Ihnen macht doch niemand einen Vorwurf«, beruhigte er Sestre. »Aber noch mal von vorn. Gabriela Armengol hat Ihnen also morgens von ihrem Arbeitsplatz eine Mail geschrieben?«

»Ja«, antwortete Sestre barsch. »Ich kam um sieben Uhr fünfundvierzig ins Ajuntament und dachte, ich sei der Erste. Und da sah ich, dass Gabriela mir eine Mail geschickt hatte, um sieben Uhr zehn abgeschickt. Sie müsse zur Beerdigung einer Tante, hatte sie geschrieben.«

Héctor nickte. Das war eine Lüge gewesen, wie er wusste. Er hatte bereits mit Gabriela Armengols Tochter Miriam in

Madrid und der alten Tante Maria in Barcelona telefoniert. In der Familie war keine Tante gestorben, stattdessen hatte Gabriela einen Besuch bei *tía* Maria angekündigt. Die Tante war vollkommen aufgelöst gewesen beim Telefonat mit Héctor.

»Meine Yella, meine kleine Yella«, hatte sie geschluchzt. »Sie wollte doch zu mir kommen. Hatte Ärger mit einem Mann, das hat Yella gesagt.«

Weitere Informationen zum Fall hatte die Tante nicht, und auch die Tochter war ratlos gewesen. »Wir haben uns lange nicht gesehen, Mama und ich«, hatte sie zugegeben. »Nachdem sie sich vor drei Jahren von Papa hat scheiden lassen, bin ich mit Papa nach Madrid gezogen, das mochte sie nicht.« Dann hatte auch Miriam in den Hörer geschluchzt. »Ich habe mich gar nicht mit ihr aussöhnen können«, hatte sie verzweifelt gerufen und aufgelegt.

Héctor wandte sich der betrübten Fernanda Gomez zu. »Sie haben mit Gabriela in einem Büro gesessen, haben Sie im Vorfeld irgendetwas bemerkt? War sie anders als sonst? Besorgt?«

Fernanda schüttelte den Kopf. »Ich weiß nicht recht. Gabriela war nicht sehr, na ja, sehr zugänglich. Sie hat wenig geredet.« Sie überlegte. »Ich hatte den Eindruck, sie interessierte sich sehr für den Mord an dieser Schriftstellerin. Hat alle Artikel dazu gelesen, verschiedene Zeitungen gekauft. Das macht sie sonst nie.« Fernanda sah hoch. »Ich meine damit, sie kauft auch sonst eine Tageszeitung, aber nicht drei verschiedene auf einmal, wissen Sie?« Sie fuhr sich mit der Hand über die Stirn. »Und sie hatte gestern einen Fleck auf dem Rock. Sie ist immer schick, wie aus dem Modekatalog. Das war ungewöhnlich für sie, den Fleck nicht zu bemerken.«

Héctor nickte noch einmal. Offenbar hatte Fernanda Gomez eine gute Beobachtungsgabe. »Schildern Sie doch bitte, wie das heute Morgen war. Was haben Sie gemacht, ist Ihnen heute vielleicht etwas aufgefallen?«

Fernanda wischte sich kurz mit dem Ärmel über die Augen und sah aus dem Fenster. »Heute Morgen«, rekapitulierte sie. »Ich war beim Zahnarzt, nur zum Nachsehen. Dann hat er aber doch gebohrt, und als ich wieder aus der Praxis kam, hatte ich sehr schlimme Zahnschmerzen«, sagte sie. »Ich bin zur Apotheke, dann habe ich mich vors Rathaus auf den Spielplatz gesetzt und zwei Tabletten genommen.« Sie sah zu ihrem Vorgesetzten hinüber, um zu prüfen, wie er es aufnahm, dass sie nicht sofort nach dem Arzttermin an den Arbeitsplatz zurückgekehrt war.

»Es waren sehr schlimme Schmerzen«, sagte Fernanda noch einmal mit Nachdruck.

»Ist Ihnen sonst etwas aufgefallen?«, fragte Héctor in der Hoffnung, die aufmerksame Fernanda Gomez könnte noch eine Beobachtung beitragen.

»Ich weiß nicht, ob das wichtig ist. Da war ein Mann auf dem Kinderspielplatz, den habe ich da noch nie gesehen. Er wirkte irgendwie nervös«, sagte Fernanda. »Hat sich an der Hose herumgespielt und solche Sachen.«

Héctor sah von seinen Notizen auf. »Haben Sie gesehen, wie er aussah, wohin er gegangen ist?«

»Groß und schlank«, sagte Fernanda prompt. »War vermutlich mal blond, jetzt grau. Jeans und blaues T-Shirt. Sein Gesicht habe ich aber nicht richtig gesehen, er saß etwas abgewandt von mir. Deshalb könnte ich das Alter nicht richtig schätzen. Fummelte sich ständig an der Hose herum, dann in den Taschen und steckte sich was in den Mund, ein Bonbon wahrscheinlich. Und er hat etwas in den Mülleimer am Spielplatz geworfen.«

Héctor war beeindruckt. »Sie hätten Polizistin werden sollen«, sagte er und lächelte.

Fernanda warf einen scheuen Blick auf ihren Chef. »Wollte ich auch«, sagte sie leise, »aber meine Eltern waren dagegen.«

Héctor bedankte sich bei den beiden Beamten, verließ das Büro und suchte nach Ángel Perez von der Kriminaltechnik. Er kam ihm in einem weißen Schutzanzug durch den Flur entgegen.

»Durchsucht ihr auch die Mülleimer draußen auf dem Spielplatz?«, fragte er.

Ángel sah ihn erstaunt an. »Auf dem Spielplatz? Der ist aber ein Stück weg. Den haben wir nur mit abgesperrt wegen der Kinder. Also – eigentlich nicht.«

»Mach es bitte. Und schick mir die Liste, was ihr im Mülleimer gefunden habt«, sagte Héctor und dachte: Bonbonpapierchen und Essensreste. Noch ein totes Pferd.

28

Héctor wartete gerade mit Johanna auf die Ergebnisse der Kriminaltechnik vom zweiten Tatort, als Gemma hereinplatzte.

»Bitte schön. Das Alibi von Matthias Groth ist bestätigt. Auch wenn du dich auf den Kopf stellst, er hat Claudia Groth nicht erschossen«, rief sie triumphierend.

Héctor sah sie nur elend an. »Erzähl mir mal was Neues«, sagte er mit Grabesstimme.

Johanna fasste die Ereignisse für Gemma zusammen.

»Noch ein Mord!«, rief Gemma. »Und was sollen diese Zettel? Dieses ›Diebin‹? Krass.«

Héctors Smartphone klingelte, es war Daniela Mendoza. Er sprach kurz mit ihr, wurde immer blasser und legte auf.

»Wir haben die Bestätigung. Das Projektil und die Hülse. Claudia Groth und Gabriela Armengol sind mit derselben Waffe erschossen worden. Es gibt keinen Zweifel.« Er wandte sich zu Gemma. »Und du hast das Alibi von Matthias Groth noch mal bestätigt. Er war es nicht verdammt noch mal, er war es nicht.«

Héctor lief eine kleine Schleife im Hinterzimmer. »Tja, da kann der Chef gleich eine neue Pressekonferenz anberaumen«, sagte er sarkastisch. Dann ging er, um Jefe Robla auf den neuesten Stand zu bringen.

Jefe Robla sei in einem wichtigen Termin, richtete ihm der Assistent des Vorgesetzten aus. Also fasste Héctor die Geschehnisse kurz zusammen und bat, man solle den Jefe doch bitte in Kenntnis setzen. Es dauerte keine zehn Minuten, bis ein tobender Robla zurückrief.

»¿Qué? Qué? Was soll das heißen? Er kann es nicht gewesen sein? Dieselbe Waffe? Sicheres Alibi?«, brüllte er in den Hörer. »Und ich kann mich auf der Pressekonferenz blamieren?« Seine Stimme wurde gefährlich ruhig. »Bueno, erst nimmst du also einen angeblichen Täter fest und lässt *mich* eine Pressekonferenz geben, ja? Und wenn ich mich dann ausreichend blamiert habe, kommst du und behauptest, er war es gar nicht? Ja? Ja? *So* machst du das? Das habe ich davon, dass ich einem *barbipungente* diese wichtige Ermittlung überlasse, einem Anfänger!«

Héctor war fassungslos. Er wollte Robla gerade daran erinnern, dass er selbst die Festnahme angeordnet und auch die Pressekonferenz anberaumt hatte, obwohl Héctor von beidem abgeraten hatte.

»*Calla!*«, donnerte Jefe Robla. »Ich will nichts hören, nichts! Und auch noch herausreden, ja? Wenn du schon Fehler machst, dann steh dazu! Wie ein Mann!«

Langsam wurde es Héctor zu bunt. Aber Robla war noch nicht fertig. »Na, was soll ich denn jetzt machen? Was? Zum Glück sitzen die Journalisten noch unten in der Kantine und trinken Kaffee. Da kann ich sie ja gleich wieder alle zusammenrufen, was? Und noch eine Pressekonferenz geben. Aussage diesmal: Was ich vor zehn Minuten gesagt habe, war gelogen, wir haben den Täter wieder freigelassen. Oder wie?«

Héctor hätte an dieser Stelle klarstellen können, dass sie keineswegs einen Täter freigelassen hatten, sondern einen Tatverdächtigen, dessen Alibi sich bestätigt hatte.

»Ach, ich weiß, was ich sage. Dass ich hier von *diletantes* umgeben bin. Dass alle meine Inspectores unfähig sind und mir falsche Informationen geben.« Robla legte auf.

»Alle deine Inspectores« sind in diesem Fall genau einer, dachte Héctor. Ihn konnten nur noch Johanna und Gemma retten.

»Ich weiß gar nicht, was du noch mit diesem Matthias Groth willst. Er war es nicht, das wissen wir doch«, motzte Héctor. Er saß am nächsten Morgen auf einem zu kleinen Stuhl im Hinterzimmer des »Gecko Galdent« und schüttelte den Kopf. »Beide Frauen wurden mit derselben Waffe ermordet, bei beiden haben wir einen Zettel mit dem Wort ›Diebin‹ gefunden. Und bei Mord Nummer zwei hockte Groth warm und trocken bei uns in der Zelle. Ein Alibi hat er sowieso. Er kann es nicht gewesen sein.«

Gemma saß konzentriert vor ihrem Laptop, tippte und murmelte vor sich hin. Sie antwortete nicht. Héctor mochte es gar nicht, wenn sie das tat.

»Hans-Peter Rosenmüller. Wer ist das? Wo ist er?«, meldete Johanna sich zu Wort, die im Türrahmen lehnte. »Hier müssen wir weitersuchen.«

Héctor nickte vage. »Bisher ist die Suche in den Datenbanken nach einem Rosenmüller auf Mallorca ergebnislos geblieben. Es wohnt niemand auf der Insel, der so heißt«, erklärte er. »Zumindest nicht als eingetragener *residente*. Die Anfrage bei den Fluggesellschaften und den Fähren läuft.«

Gemma hörte gar nicht hin. »Und das Thallium? Habt ihr das vergessen? Ihr habt es doch gehört von der Kriminaltechnik. Claudia Groth wäre an der Vergiftung gestorben, wenn sie nicht vorher erschossen worden wäre. Das ist eine konkrete Spur, und der gehe ich nach. Wir wühlen mal ein bisschen in Groths Vergangenheit.«

Sie suchte im Netz nach »Luise Groth« und fand den Namen nach kurzer Zeit auf einer Sammelseite für Traueranzeigen. Es gab sogar zwei Anzeigen.

Wenn wir dir auch Ruhe gönnen
Ist voll Trauer unser Herz

Dich leiden sehen, nicht helfen können
War unser größter Schmerz

Am 3. Oktober wurde unsere geliebte Tochter,
Schwester und Tante
Luise Groth (geb. Recklinghausen)
aus unserer Mitte gerissen.
In tiefer Trauer:
Josef und Elisabeth Recklinghausen
Wolfgang Recklinghausen mit Simone, Pia und Tim
Andrea Schröter (geb. Recklinghausen) mit Stefan
und Alexander.
Und alle Anverwandten

Das Bild der Toten in der Traueranzeige zeigte eine unscheinbare Frau mit schüchternem Lächeln und mausfarbenem Haar.
Darunter befand sich eine weitere Anzeige, die drei Tage zuvor
aufgegeben worden war.

Ich werde dich nie vergessen
Am 3. Oktober starb meine geliebte Ehefrau
Luise Groth (geb. Recklinghausen)
In stiller Trauer
Matthias Groth

Auch hier war ein Foto abgebildet. Es zeigte – für eine Traueranzeige recht ungewöhnlich – das Ehepaar Groth, links der
gut aussehende Matthias, rechts die schmucklose Luise.

»Interessant. Keine gemeinsame Anzeige der ganzen
Familie. Aber wie bist du denn auf den Namen Luise gekommen?«, wunderte sich Héctor.

»Assoziationsketten«, antwortete Gemma. Als er sie weiter fragend ansah, fuhr sie fort: »Denkprozesse. Sind meistens ähnlich und nachvollziehbar. Claudia Groth hat die
Hauptfigur ihres letzten Romans Thelma genannt. Seltener
Name in Deutschland. Was ich bisher von Claudia Groth weiß,

lässt mich vermuten, dass sie den Film ›Thelma & Louise‹ gut fand. Gedankenketten. Sie dachte an die tote Luise und nannte die Hauptfigur Thelma. Ganz simpel.«

Héctor und Johanna sahen aus, als fänden sie das alles andere als simpel, sagten aber nichts. Héctor studierte den Text.

»Das ist auch auffällig«, sagte Gemma und übersetzte Wort für Wort. »Die Familie schreibt, sie habe Luise ›leiden sehen und nicht helfen können‹, und dann ›wurde aus unserer Mitte gerissen‹. Seltsame Formulierung bei einem angeblich völlig unerwarteten Selbstmord.«

Sie setzte sich wieder an die Tastatur, googelte »Wolfgang Recklinghausen« und fand mehrere Treffer in Hamburg, wo die Traueranzeigen aufgegeben wurden.

Gemma ging auf die Bildersuche und wurde sofort fündig. Auch Wolfgang Recklinghausen hatte eine Facebook-Seite, allerdings keine öffentliche. Das Profilfoto zeigte einen ungefähr fünfzig Jahre alten Mann, blond, wasserblaue Augen. Im Arm hatte er eine hübsche, etwa vierzigjährige Frau und die farblose Luise Groth.

»Schwesterherzen, Andrea und Luise«, stand als Text dabei.

Das Foto musste mindestens fünf Jahre alt sein, rechnete Gemma, und es war immer noch sein Profilbild. Offenbar hatte Wolfgang Recklinghausen seine Schwester nie vergessen.

Die Facebook-Seite gab Aufschluss darüber, dass der Mann Besitzer einer Autowaschanlage in Hamburg-Alsterdorf war: »Recklinghausen Fahrzeugpflege Superclean«.

Sie googelte die Telefonnummer des Unternehmens und rief an.

Herr Recklinghausen sei »zu Tisch«, sagte eine Frau Westers, die sich gemeldet hatte. Gemma hinterließ die Nachricht, er solle doch bitte zurückrufen, es ginge um Herrn Recklinghausens Schwester Luise.

Héctor sah Gemma an. »Was hast du vor?«

»Herausfinden, was mit Luise Groth wirklich passiert ist«, sagte sie dumpf.

Héctor nickte und stand auf. »Ich werde bei den Kollegen in Hamburg nachhören, ob ihnen bei dem Selbstmord damals etwas komisch vorgekommen ist.« Er hob die Schultern. »Was sollen wir auch sonst tun? Sackgasse. Wir sind in einer Sackgasse.« Er nahm sein Smartphone und ging zum Telefonieren in den Verkaufsraum.

Eine Viertelstunde später war er zurück. »Waren sehr nett da in Hamburg. Ich habe mit einer Hauptkommissarin Sandra Ortiz gesprochen. Halbspanierin! Ihr Vater kommt hier von Mallorca, aus Santanyí, interessant, oder?«

Johanna lächelte. »Und?«

»Nichts Auffälliges erst einmal. Sandra Ortiz hat in die Akte geguckt. Es war ein Abschiedsbrief da, Fremdverschulden haben sie ausgeschlossen, Todesursache war offensichtlich: Tod durch Erhängen. Deshalb gab es auch keine Obduktion.« Er schwieg kurz. »Aber dennoch schien dem damals verantwortlichen Beamten wohl etwas komisch vorgekommen zu sein, denn er hat die Kreditkartenabrechnungen des Ehepaars geprüft. Und festgestellt, dass das Seil mit Luise Groths Kreditkarte gekauft worden war. Stand im Bericht, so hat es die Kollegin vorgelesen. Das war es dann aber auch an Ermittlungen.«

Gemma wirkte alarmiert. »Kannst du noch mal anrufen, dir den Ermittlungsbeamten geben lassen und ihn fragen, warum er das getan hat?«

Héctor schüttelte den Kopf. »Wollte ich ja. Aber der Kollege ist vor einem Jahr gestorben, hat Sandra Ortiz gesagt. Krebs.«

Gemma nickte betrübt. »Ruf bitte trotzdem noch mal an und lass dir diese Kreditkartenabrechnung von damals zuschicken.«

Héctor sah zwar irritiert aus, griff aber gleich zum Telefon und ging wieder hinaus.

Zwei Minuten später poppte das Foto von der Abrechnung in seinem Messenger-Dienst auf. »Ich weiß gar nicht, wie wir das früher gemacht haben, als es noch kein WhatsApp und so was gab«, wunderte er sich, als er sich wieder zu Gemma und Johanna setzte. »Man musste ewig darauf warten, bis die Leute wieder an irgendeinen PC kamen und eine E-Mail schreiben konnten.«

Johanna sah aus, als wollte sie gleich loslachen. »Oh ja, früher, vor fünf Jahren, da war das Leben wirklich schwer«, bemerkte sie sarkastisch und dachte kurz an Zeiten, als viele überhaupt kein Telefon hatten und alles mit der Post geschickt wurde.

Héctor und Gemma sahen sie verwundert an.

»Leite mir die Abrechnung bitte weiter, ich habe da eine Idee«, sagte Gemma kryptisch, dann klingelte das Telefon.

Wolfgang Recklinghausen wirkte erregt. »Recklinghausen. Meine Sekretärin sagt, es geht um meine Schwester. Warum, wieso, was wollen Sie da wissen? Meine Schwester ist tot. Fünf Jahre schon. Was gibt es da zu reden?«

Dass es da allerhand zu reden gibt, sieht man schon daran, dass du direkt zurückgerufen hast, dachte Gemma. »Mein Name ist Gemma Miebach«, sagte sie. »Ich habe eine Frage zu Matthias Groth. Sie kennen den Mann, nehme ich an? Das war der Mann Ihrer Schwester Luise?«

Recklinghausen schnaubte. »Und ob ich den kenne. Ohne diesen Idioten würde meine Schwester noch leben, da bin ich sicher.«

»Ich rufe an, weil ich mehr über Matthias Groth und Luise wissen möchte«, sagte Gemma.

Héctor sah ob dieser Information ratlos drein, doch Gemma hielt die Hand auf den Hörer und erklärte den Schachzug. »Ich wende hier das Kausalitätsprinzip an«, flüsterte sie. »Menschen sind in der großen Mehrheit zu einer Kooperation bereit, wenn man sein Anliegen begründet. Und dabei ist es vollkommen egal, wie sinnvoll der Grund ist. Das Zauberwort ist das kleine Wörtchen ›weil‹.«

Und tatsächlich schien Recklinghausen diese Begründung zu genügen. »Ich habe den Typen von Anfang an nicht gemocht. Aber Lu war ja völlig beratungsresistent. Verknallt!«

Er schnaufte. »Wissen Sie, die Männer haben sich ja nie so für Lu interessiert, und als dann dieser Schönling kam und sie heiraten wollte, war sie hin und weg. Dabei hat ein Blinder gesehen, dass der nur ihr Geld wollte.«

»Hm«, machte Gemma und dachte an die unscheinbare Bestsellerautorin. »Hatte sie denn Geld? Luise?«

»Ach«, sagte er. »Wir haben alle ein bisschen geerbt, als Opa gestorben ist. Ich habe dann die Autowaschanlage aufgemacht. Andi, also Andrea, hat ein Haus gekauft. Und Luise hat alles Matthias in den Rachen geworfen. Der lebte gern auf großem Fuß, dicke Autos und so.« Recklinghausen seufzte. »Und dann hat sie den Typen auch noch geheiratet. Moment.«

Im Hintergrund erklangen Stimmen, und Wolfgang Recklinghausen sagte barsch: »Auf keinen Fall.« Dann war er wieder am Telefon.

»Er hat sie von uns ferngehalten!«, rief er aufgebracht. »Wir wurden nicht mehr eingeladen, Lu sollte nicht zu uns kommen. Wir hätten was gegen beide, hat er ihr eingeredet. Dann ist der Kontakt tatsächlich abgebrochen. Ach, ich hätte es nicht so weit kommen lassen dürfen. Ich hätte was tun müssen. Ich war doch ihr großer Bruder!« Wolfgang Recklinghausen hustete, dann weinte er in den Hörer.

Gemma gab ihm einen Moment Zeit. »Wurde damals eine Obduktion veranlasst?«, fragte sie dann.

Recklinghausen hustete noch einmal. »Was? Nein. Ich glaube nicht. Die Todesursache war ja klar, ich meine, schließlich hat sie sich erhängt. Was gibt es da noch zu obduzieren?«

»Wann haben Sie Luise denn das letzte Mal gesehen? Wirkte sie da labil?«

Recklinghausen schwieg und überlegte. »Das letzte Mal habe ich sie gesehen, hm, ungefähr drei Wochen vor ihrem Tod. Da bin ich einfach hingefahren. Ich habe mich tatsächlich auf die Lauer gelegt und gewartet, bis Matthias allein wegfuhr. Wie ein Privatdetektiv.«

Er lachte bitter auf und wurde gleich wieder ernst. »Sie sah krank aus, sagte, sie hätte eine Grippe. War aber nicht beim Arzt, weil dieser Matthias ja angeblich Heilpraktiker war. Hat mir diese homöopathischen Kügelchen gezeigt, die sie nahm, und war auch noch stolz darauf, nicht das ›Gift aus der herkömmlichen Medizin‹ zu schlucken. Rote Kügelchen. Bekloppt.«

Er dachte nach. »Sie wirkte verändert. Nervös. Zuckte immer zusammen, wenn ein Auto vorbeifuhr. Ich hatte trotzdem den Eindruck, dass da noch etwas anderes war. Nur so ein Gefühl. Als ich ging, sagte sie noch, vielleicht hätte ich ja immer recht gehabt. War sehr komisch.«

Recklinghausen schwieg kurz. »Mir fällt noch ein, was auch merkwürdig war: Sie hat nach ihrer Teetasse greifen wollen, aber sie hat danebengegriffen. So, als ob sie nicht richtig sehen konnte.«

Er schluckte. »Ich hätte doch was merken müssen? Oder? Dass sie sich umbringen will? Das geht mir bis heute nicht aus dem Kopf. Dass meine Schwester sich das Leben nehmen will und ich habe es nicht gemerkt, das werde ich mir nie verzeihen.«

Im Hintergrund waren wieder Stimmen zu hören, und Recklinghausen sagte abweisend: »Ja, ja, gleich.«

»Und dann kam die Anzeige«, fuhr er fort. »Matthias hatte sie einfach ausgeschnitten und uns zugeschickt. Kein Anruf und nichts, wir mussten selbst herausfinden, was mit Lu passiert ist. Wir hatten Glück, dass wir es überhaupt noch zur Trauerfeier geschafft haben. Dafür habe ich ihn gehasst, den Idioten. Es war unsere Schwester. Mutti hatte danach einen Herzinfarkt, so furchtbar war das alles für sie. Nicht nur der Tod, auch die ganzen Umstände, einfach so herzlos.«

Der Mann wirkte, als hätte er schon lange jemandem endlich sein Herz ausschütten wollen. Gemma bedankte sich bei ihm und legte auf. Sie behielt das Telefon in der Hand.

»Geben wir ihm fünf Minuten. Dann wird er anrufen und fragen, wer ich bin und warum ich das alles wissen wollte. Normal bei emotionalen Themen, die Leute reden und reden und denken erst hinterher«, erklärte sie, rational wie immer.

Vier Minuten und fünfundfünfzig Sekunden später klingelte

das Telefon. Die Stimme von Wolfgang Recklinghausen klang nun anders.

»Sagen Sie mal. Klingt vielleicht doof, dass ich das jetzt erst frage, aber Sie haben mich so überrumpelt mit Luise – wer sind Sie überhaupt, und warum rufen Sie hier an? Warum fragen Sie mich das alles?«

»Ich bin Privatdetektivin und helfe im Mordfall von Claudia Groth. Matthias Groths zweiter Frau«, sagte Gemma und wartete eine Reaktion ab.

In der Leitung herrschte Totenstille. »Ach so«, sagte er dann langsam. »Noch eine tote Ehefrau. Mordfall. Kein Selbstmord?« Seine Stimme klang nach mühsamer Beherrschung.

»Nein«, antwortete Gemma. »Ganz sicher nicht.« Beide schwiegen, dann fuhr Gemma fort: »Nur mal theoretisch gesprochen: Was wäre, wenn jemand die Ermittlungen zum Tod Ihrer Schwester wieder aufnähme und eine Exhumierung der Leiche und eine Obduktion anfragte. Würden Sie zustimmen?«

Recklinghausen sagte nur »Ja« und legte auf.

»Warum hast du ihm denn nicht gleich gesagt, warum du anrufst?«, fragte Héctor tadelnd.

»Psychologie«, sagte Gemma. »Er sollte mir die Geschichte so erzählen, wie er sie erlebt hat. Ohne ihm schon einen Mordverdacht zu suggerieren.«

Héctor runzelte die Stirn. »*Disculpa*, aber eine Exhumierung bekommen wir in Deutschland nicht durch. Nicht ohne weitere Beweise«, sagte er skeptisch.

»Gib mir ein paar Stunden«, sagte Gemma, nahm Laptop und Smartphone und verschwand.

Héctor und Johanna sahen irritiert hinter ihr her. »Was hat sie nun vor?«, fragte Héctor.

»Ich weiß es nicht«, antwortete Johanna. »Wir sollten sie im Auge behalten.«

Héctor nickte. Sein Handy klingelte, es war Arnau. Er druckste eine Weile herum, bis Héctor die Geduld verlor. »Was ist los, Arnau? Egal, was du mir erzählen möchtest, viel schlimmer kannst du es sowieso nicht machen.«

»Ach so«, sagte Arnau erleichtert. »Dann kann ich es dir ja sagen. Guck mal in die Online-Zeitungen, die berichten über dich.« Er legte auf.

Was soll das nun wieder bedeuten?, fragte sich Héctor, rief das nächstbeste Newsportal auf und musste sich erst einmal wieder setzen.

Zweiter Mordfall in Llucmajor – Polizei tappt im Dunkeln

Ein zweiter Mordfall erschüttert Llucmajor, doch die Policía Nacional tappt offenbar völlig im Dunkeln. Nachdem am Dienstag die deutsche Schriftstellerin Claudia Groth erschossen aufgefunden wurde, fand man nun die Leiche der hochrangigen Beamtin Gabriela Armengol, die im Rathaus der Stadt getötet wurde. Widersprüchliche Aussagen in hastig anberaumten Pressekonferenzen zeugen von der Inkompetenz der örtlichen Behörden. Wann schaltet Madrid sich ein?

__Llucmajor.__ Eine Mordserie in Llucmajor lässt die Policía Nacional Palma in einem denkbar schlechten Licht dastehen. Gestern wurde die stellvertretende Leiterin des Katasteramts, Gabriela Armengol, erschossen im Rathaus aufgefunden.

Nachdem Jefe superior de Policía, José Robla Rubio, bereits vollmundig die Festnahme eines Täters verkündet hatte, wurde nun eilig zurückgerudert. Matthias Groth (43), der Ehemann der verstorbenen Claudia Groth, kam wieder auf freien Fuß. »Das war ein ungeheuerlicher Vorgang«, sagte der Deutsche. »Ich habe ein Alibi. Das hat aber hier niemanden interessiert. Sie haben mich in Handschellen abgeführt.«

Robla musste bei der zweiten Pressekonferenz eingestehen, dass man von dem Alibi gewusst habe, es aber als fingiert eingeschätzt hatte. Neue Beweise hätten jedoch die Unschuld von Groth untermauert. »Gabriela Armengol

wurde mit derselben Waffe getötet wie Claudia Groth«,
sagte Jefe Robla vor Journalisten. Somit könne der Deut-
sche nicht der Täter sein. Man habe derzeit jedoch noch
keine weitere Spur von einem oder mehreren möglichen
Tätern. Einen Raubüberfall schließt die Polizei aus, da
in beiden Fällen keine Wertsachen entwendet wurden.

Unerfahrener Beamter leitet die Ermittlungen
Robla verwies darauf, dass der Fall leider von einem un-
erfahrenen jungen Beamten bearbeitet werden müsse,
Eric Ballester. »Wegen einiger Unregelmäßigkeiten in
dieser Dienstgruppe, denen natürlich mit aller Härte
nachgegangen wird, haben wir derzeit einen immensen
Personalmangel«, rechtfertigte sich der hochrangige Be-
amte. »Damit lassen sich diese unglaublichen Fehlein-
schätzungen natürlich erklären«, so Robla. »Wenn ich
gewusst hätte, dass ein Alibi vorliegt, wäre ich bei der
Festnahme von Señor Groth natürlich eingeschritten.«
Die Autorin Groth wurde am Dienstag gegen vierzehn
Uhr dreißig auf ihrer Finca in der Nähe von Llucma-
jor erschossen. Beamtin Armengol wurde nach Angaben
von Bruno Vega, Rechtsmediziner der Kriminaltechnik,
gestern zwischen sieben und acht Uhr in ihrem Büro im
Rathaus ermordet. Für beide Morde gibt es weder Au-
genzeugen noch bislang verwertbare Hinweise.
Claudia Groth hinterlässt einen Ehemann und eine
Schwester. Die 48-Jährige ist in Deutschland als Bestsel-
lerautorin bekannt und ist Verfasserin von Kriminalro-
manen wie »Der Affenkopf« oder »Leere Räume«. Ihr
neuester Roman sollte in Llucmajor spielen, hieß es.
Das zweite Opfer, Gabriela Armengol (50), war geschie-
den und hinterlässt eine erwachsene Tochter. »Wer konnte
Mama so etwas antun?«, sagte Miriam Armengol gegen-
über unserer Zeitung. »Ich kann das einfach alles nicht
verstehen.«

Keine Stellungnahme von Ballester
Auf die Frage, wann sich Madrid einschalten werde,
um diesen desaströs verlaufenden Ermittlungen auf die
Sprünge zu helfen, sagte Robla nur: »Madrid brauchen
wir nicht.« Eine Einschätzung, die zumindest von den
anwesenden Journalisten auf der Pressekonferenz nicht
geteilt wurde.
Man kann angesichts der dramatischen Entwicklung mit
einem zweiten Mord nur hoffen, dass Jefe Robla sich be-
sinnt und endlich erfahrene Beamte an den Fall setzt.
Inspector Eric Ballester (25) war für eine Stellungnahme
nicht erreichbar.

Johanna hatte mitgelesen und schüttelte den Kopf. »Die haben noch nicht einmal deinen Namen richtig notiert«, sagte sie empört und überflog noch einmal den Artikel. »Das Alter stimmt auch nicht. Du bist doch schon achtundzwanzig.«

Héctor starrte auf sein Smartphone. »Was soll das heißen, ›Keine Stellungnahme von Ballester‹? Es hat doch überhaupt niemand angerufen.« Er wählte noch einmal Arnaus Telefonnummer.

»Sag mal, hat zufällig irgendwer von der Zeitung für mich angerufen?«, fragte er.

»Ja!«, rief Arnau Álvarez fröhlich in den Hörer. »Aber ich habe gesagt, du hast keine Zeit. Du bist bei deiner Freundin, habe ich denen gesagt. Stimmt doch, oder?«

Héctor legte einfach wieder auf und sagte gar nichts mehr. Es konnte eben doch immer schlimmer kommen.

30

Gemma hatte sich in ihrem »Deep Space Nine« vergraben und alle Hackerkontakte und Nerdbekanntschaften angehauen, die ihr eingefallen waren. Sie suchte jemanden, der jemanden kannte, der in der EDV der Baumarktkette »WERKER« beschäftigt war. Neben ihr lag der Kreditkartenauszug von Luise Groth. Angeblich hatte die Frau am 2. Oktober vor fünf Jahren im Baumarkt »WERKER« in Hamburg-Alsterdorf ein Seil gekauft. Das wollte Gemma genauer wissen. Und auf ihre Nerds war Verlass.

Nach zwei Stunden meldete sich ein gewisser »Spock«, seines Zeichens »Computer-Män« in der Zentrale von »WERKER«. Er kündigte einen Skype-Call an.

Gemma setzte sich vor den Bildschirm und wartete. Nach einer Minute kam der Videoanruf.

»Hey«, sagte Spock. Der EDV-Spezialist war Ende zwanzig, trug ein gestreiftes Hemd, hatte hohe Geheimratsecken und sah so normal aus, wie ein Nerd normal aussehen konnte.

»Hey«, sagte Gemma und erklärte gleich ihr Anliegen. »Habt ihr Videoüberwachung in den Märkten?«

»Klar«, sagte Spock und grinste. »Du ahnst gar nicht, was alles bei uns geklaut wird. Kürzlich ist einer mit 'ner kompletten Hobelbank rausspaziert.«

»Wie lange speichert ihr die Aufnahmen?«

»Kommt drauf an. Den ganzen Kram aus den Gängen löschen wir nach einem Monat. Die Bilder von den Kassen behalten wir ziemlich lange. Fünf Jahre.«

»¡Perfecto!«, rief Gemma. »Tust du mir einen riesigen Gefallen? Ich brauche die Bilder von den Kassen in Alsterdorf, vom 2. Oktober vor fünf Jahren.«

Spock betrachtete Gemma begeistert via Screen. »Gehst du mit mir mal 'nen Kaffee trinken?«

Gemma lächelte. »Gern. Wenn du nach Mallorca kommst.«

Spock sah enttäuscht aus. »Ach, so weit weg. Wozu brauchst du die denn, die Bilder? Ich will keine Schwierigkeiten kriegen.«

»Ich muss einen Mörder überführen«, sagte Gemma schlicht.

Spock verzog keine Miene. Die Begründung schien ihm einzuleuchten. »Krass. Dann helfe ich gern.« Damit verschwand er.

Fünf Minuten später hatte Gemma die Videoaufzeichnung in ihrem Messenger. Sie holte sich ein Mineralwasser, setzte sich bequem hin und erwartete, sich im Schnelldurchlauf einen kompletten Kassentag ansehen zu müssen, doch schon bei Zeitstempel neun Uhr elf am Morgen des 2. Oktober drückte sie auf die Stopptaste. Und sah noch einmal hin. Dort an der Kasse, mit einem Seil unter dem Arm, stand Matthias Groth. Er hatte die Kreditkarte seiner Frau genutzt.

Sie hatte ihn. Jetzt musste sie nur noch das Thallium finden, und er war erledigt.

Zurück zum Schauplatz, dachte sie. Zurück zur schönen Finca der toten Autorin.

Eine halbe Stunde später kauerte Gemma am Rand des Finca-Pools und überlegte. Sie konnte nun nachweisen, dass nicht Luise Groth, sondern der Ehemann das Seil gekauft hatte, mit dem sich Luise angeblich selbst getötet hatte. Aus dieser Schlinge konnte Matthias Groth sich immer noch herauswinden. Sie musste das Thallium finden, mit dem er nicht nur Luise, sondern auch Claudia Groth vergiftet hatte.

Gemma hatte ihr Fahrrad am Müllplatz geparkt und war den Rest des Wegs zu Claudia Groths prächtiger Finca zu Fuß gelaufen, verbellt von Churchill, dem Pinscher. Sie spähte durch das Tor.

Da stand der Mietwagen. Matthias Groth war nicht zu sehen. Gemma wusste, dass die Polizei ihn wieder freigelassen hatte, doch wohin war er dann gegangen? Zurück ins Hotel? Die Spurensicherung hatte die Finca freigegeben, es war also gut möglich, dass er hierher zurückkehrte. Schon zurückgekehrt war.

Gemma umrundete das Gelände und stieg über den Zaun. Hinter einem mächtigen *algarroba*, einem Johannisbrotbaum, blieb sie eine Weile stehen und lauschte. Außer dem Rauschen der Bäume war nichts zu hören.

Es ist wirklich schön hier am Hang des Galdent, dachte sie.

Sie ahnte nichts davon, dass Johanna glaubte, Gemma könne den Trubel der Stadt vorziehen. Gemmas Suche nach einem Apartment hatte einen vollkommen anderen Grund.

Sie betrachtete den Himmel. Wolken und Sonne wechselten sich ab, aber es sah nach Gewitter aus. Sie lauschte noch einmal, dann schlich sie im Schutz der verwilderten Oleanderbüsche zum Haus.

Mittelgroß, vermutlich drei Schlafzimmer, dachte sie. Links neben dem Tor befanden sich ein kleines Nebengebäude, ein großer Schuppen und die Zisterne.

Gemma lauschte noch einmal. Kein Geräusch, keine Bewegung.

Sie wartete zehn Minuten und kam zu dem Schluss, dass Groth nicht da war. Er war entweder im Hotel oder zu Fuß unterwegs.

Gemma umrundete den Pool. Das hochgiftige Metall war bereits in kleinen Dosen tödlich. Sie suchte also nach einem vermutlich sehr kleinen Behälter, was die Sache nicht einfacher machte.

Sie versuchte, sich den Ablauf vorzustellen. Groth musste schnell und einfach an das Gift herankommen, gleichzeitig durfte es niemand ohne Weiteres finden.

Gemma seufzte. Das Gelände war riesig, so ein kleines Döschen konnte überall sein. Sie setzte sich auf die Terrasse und grübelte.

Die Sonne kam hinter den Wolken hervor und schien warm und sanft auf Oleander und Zwergpalmen im Garten, ein Hund bellte. Dann sah sich Gemma den kleinen Oleander im Topf neben der Terrasse noch einmal genauer an. Die Blätter hatten eine andere Farbe bekommen, sie wirkten gelblich und krank. Gemma fasste in die Erde. Sie war feucht, gestern Nacht hatte es noch geregnet.

Sie griff zum Smartphone, wischte durch die Fotos vom Tatort, die Héctor ihr geschickt hatte, und vergrößerte mit zwei Fingern das Bild von der Terrasse. Vor vier Tagen noch prangte der kleine Zierstrauch in dunkelgrünem Blätterwerk.

Sie hob vorsichtig die Pflanze aus ihrem Topf und drehte ihn um. Eine Pillendose voller kleiner knallroter Kügelchen kullerte heraus. Der Deckel hatte sich offenbar geöffnet, einige Kugeln hatten sich mit der Erde vermischt und die Pflanze vergiftet.

Vermutlich hat Groth es beim Eintopfen eilig gehabt, dachte Gemma. Sie zog Einmalhandschuhe und eine Asservatentüte aus der Hosentasche, die sie extra für ihre Suchmission mitgenommen hatte. Gemma verstaute die Pillendose vorsichtig in der Tüte und stellte sie auf die Terrasse. Sie zog die Handschuhe aus und sah sich um. Sie sollte nicht zu lange hier herumlungern, Groth konnte jeden Moment wiederkommen.

In diesem Moment klingelte ihr Smartphone. Eine unbekannte Nummer.

Gemma nahm den Anruf an und bereute es sofort.

»Maus hier, ich sollte doch anrufen, wenn ich noch eine Beschwerde habe. Ich bin am Flughafen, und die wollen mir die beiden Flaschen Rotwein wegnehmen«, klagte der glücklose Schriftsteller. »Sagen, die dürfen nicht ins Handgepäck.«

»Dann trinken Sie sie doch aus«, schnappte Gemma, beendete das Gespräch, stellte den Klingelton auf stumm und stopfte das Smartphone in die Hosentasche. Den Schatten auf der Terrasse nahm sie zu spät wahr.

Oh Gott, der Hund, dachte sie noch. Churchill. Hatte gebellt. Dann wurde es schwarz um sie herum.

Als Gemma wieder zu sich kam, dröhnte ihr Kopf. Sie lag in einer sehr engen Kiste, es roch nach Benzin.

Kofferraum, dachte sie. Ich liege im Kofferraum des Jaguars. Ihre Handgelenke und Füße waren mit festem Gartendraht umwickelt, sie konnte sich kaum rühren. In ihrem Mund steckte ein Knebel, der erstaunlicherweise nach vergorener Milch schmeckte.

Vermutlich ein Stück Küchenhandtuch, dachte Gemma rational. Er hat verschüttete Milch damit aufgewischt und das Tuch ein paar Tage draußen liegen lassen.

Der Knebel war mit breitem Klebeband fixiert, der Draht schnitt schmerzhaft in ihre Hand- und Fußgelenke, das Blut lief die Knöchel hinab.

Es ruckelte, als der Wagen anfuhr. Dann ein Stopp. Er hält an und schließt das Tor, dachte Gemma.

Der Wagen fuhr wieder an, und Gemma bemühte sich, zu erahnen, welchen Weg Matthias Groth nahm. Erst rumpeln, dann wieder ein Stopp, dann glatter Asphalt.

Er ist in Richtung Norden gefahren, dachte Gemma. Die Baustelle ist weg. Auf dem Schotterpfad in die südliche Richtung hätte es wesentlich länger gebraucht, um wieder auf eine geteerte Straße zu gelangen.

Gemma versuchte, durch die Nase zu atmen. Der Geruch von Benzin und der Milchgeschmack brachten sie fast zum Würgen, Angst blitzte auf. Ein alter Benzinkanister drückte in ihren Rücken. Ruhig, dachte sie. Ruhig. Sie drehte den Kopf, um möglichst weit weg von dem Benzingestank zu kommen. Wenn mir schlecht wird, werde ich ersticken, dachte sie. Nicht daran denken, bloß nicht daran denken. Der Knebel saß fest.

Zählen und rechnen. Angenommene Geschwindigkeit und Sekunden. Gemma kalkulierte, wo sie waren. Sie spürte den Bewegungen des Wagens nach, sie bogen nach rechts ab. Er fährt mit mir durch die Stadt, dachte sie. Wo will er hin?

Gemma zählte die Sekunden mit und wartete, bis der Wagen das zweite Mal abbremste. Nach ihrer Berechnung mussten sie sich auf der Ronda Ponent befinden, in etwa auf Höhe von Eusebio, beim Kreisverkehr.

Sie versuchte, gegen den Deckel des Kofferraums zu treten, sich irgendwie bemerkbar zu machen, es gelang ihr nicht.

Groth hatte sie fest verschnürt, sie lag eingeklemmt in dem engen Fach wie in einem Sarg.

Sie lag nun still, um den weiteren Weg zu erlauschen. Ihr Kopf dröhnte so, dass sie kaum denken konnte. Plötzlich trommelte etwas auf den Wagen. Es regnet, dachte Gemma. Ganz schlecht. Viel weniger Menschen unterwegs, damit auch weniger Menschen, die etwas bemerken könnten. Wo bringt er mich nur hin?, fragte sie sich. Sie war es gewohnt, jederzeit ihren klaren Verstand nutzen zu können. Doch jetzt war sie von dem Schlag auf den Kopf halb betäubt, der Benzindunst machte sie dämmrig.

Gemma rollte sich mühsam auf die Seite und spürte dann etwas Kantiges am Hüftknochen. Er hat mir mein Smartphone nicht weggenommen, dachte sie. Anfänger. Es gab die – zugegeben kleine – Hoffnung, dass Johanna und Héctor sie vermissten und probierten, ihr Handy zu orten. Gemma hatte Johanna schon einmal gezeigt, wie das ging. »Deep Space Nine« war ständig mit den Smartphones der beiden verbunden. Gemma war sich aber nicht sicher, ob ihre Oma die Einweisung tatsächlich verstanden hatte.

Groth fuhr zügig, offenbar eine Schnellstraße. Richtung Campos, dachte Gemma. Sie fand das dumm, denn um eine Leiche loszuwerden, wäre sie persönlich ins Tramuntana-Gebirge gefahren. Viel weniger Leute.

Der Regen prasselte jetzt auf den Wagen.

Na ja, überlegte Gemma, bei dem Wetter ist es vermutlich egal, wo er mich ablädt. Es wird niemand draußen unterwegs sein.

Das Smartphone vibrierte. Dann noch mal. Und noch mal. Und noch mal. Oma. Oder Héctor. Sie suchen mich, dachte Gemma verzweifelt.

Der Wagen hielt kurz und fuhr wieder an, Gemma wurde an die Außenseite des Kofferraums gedrückt. Er fährt im Kreisverkehr herum, zweimal, rechnete sie. Er kennt sich nicht aus hier auf der Insel. Er weiß nicht, wo er hinsoll. Dann bog der Jaguar ab, und es ging wieder geradeaus.

Gemma hatte ein wenig die Orientierung verloren. Es ging ohne Stopp weiter. Richtung Porreres oder Felanitx, dachte sie. Der Wagen wurde langsamer, bog offenbar irgendwo ab und blieb stehen. Was jetzt? Was wird passieren?

Der Kofferraum öffnete sich, Regen prasselte herein.

Gemma hob den Kopf und blickte sich wild um. Sie erkannte das Gebäude hinter den Regenschleiern sofort. Sie waren an der alten Bodega in Felanitx.

Das halb verfallene Gebäude stammte aus dem Jahr 1920 und war von Architekt Guillem Forteza entworfen worden, im Stil des *noucentisme*, dem katalanischen Neoklassizismus. Der einst prächtige Bau beherbergte jahrzehntelang eine Genossenschaftskellerei. Die weitläufigen Innenräume und der Hauptsaal mit seinen hundertvier großen Weintanks aus Beton zogen heute nur noch spielende Kinder und heimliche Besucher an, die in dem alten Gebäude fotografierten.

Hier habe ich Héctor zum ersten Mal gesehen, dachte sie. Ihr war schwummrig. Warum habe ich ihm nie gesagt, dass ich auf ihn stehe? Ihr Kopf pochte, sie hatte kein Gefühl mehr in Händen und Füßen. Sie schloss die Augen. In diesem Moment spürte sie, wie Matthias Groth sie hochriss, ihr Kopf schlug hart an den Deckel des Kofferraums, und ihr wurde erneut schwarz vor Augen.

Als sie wenige Momente später wieder zu sich kam, hatte Groth sie über die Schulter geworfen und schleppte sie keuchend in eines der Nebengebäude. Gemma war mit ihren einen Meter achtzig und ihren Muskeln kein Leichtgewicht. Hier wird er mich töten, dachte sie und versuchte, klar zu denken. Alles drehte sich.

In diesem Moment hörte sie die leisen Stimmen. Sie summten. »*Satanàs, Satanàs. Veniu aquí.*« Satan. Satan. Komm her.

31

Wenn Johanna gewusst hätte, dass ihre Enkelin ihr nicht die Bedienung der Schaltzentrale zutraute, hätte sie vermutlich nur freundlich gelächelt und sich ihren Teil gedacht. Sie hatte schon mit computergestützten Observierungssystemen gearbeitet, als Laptop, Smartphone und PC noch überhaupt nicht erfunden waren. Und sie hatte bereits oft an einem von Gemmas Laptops gesessen, um sie aufzuspüren, wenn sie manchmal stundenlang einfach verschwunden war. Sie nannte das nicht »nachspionieren«, sondern »nachsehen, wo das Kind ist«. Johanna fand es ungemein praktisch, dass junge Leute heutzutage nie das Haus ohne Smartphone verließen. Als hätte man ihnen kleine GPS-Chips implantiert. Ungeheuer praktisch, wirklich.

Nachdem Gemma wie wild aus dem »Gecko Galdent« gerannt war und Héctor den Schock mit dem Zeitungsartikel verdaut hatte, war er aufgestanden. Er hatte geseufzt und gesagt, er müsse mal mit seinem unangenehmen Chef telefonieren, und war ebenfalls gegangen.

Johanna war unruhig, konnte sich aber nicht erklären, warum eigentlich. Ziellos schritt sie durch den kleinen Laden, ordnete die Seidentücher, ergriff wahllos Essigflaschen und Dosen voller *flor de sal* und stellte sie wieder hin. Draußen hatten sich dunkle Wolken vor die Sonne geschoben, es hatte angefangen zu schütten wie aus Kübeln. Heute würde ohnehin keine Kundschaft mehr kommen.

Johanna schloss das Geschäft ab, spannte den Regenschirm auf und beeilte sich, nach Hause zu kommen.

Carmen Schuster war unterwegs, und Gemma war ebenfalls nicht daheim, dafür stellte Johanna fest, dass jemand die Terrassentür offen gelassen hatte. Der Regen hatte bereits einen beachtlichen See auf dem Dielenboden hinterlassen.

Fluchend schloss sie die Tür und wischte das Wasser auf.

Sie hatte ein komisches Gefühl. Ein ganz komisches Gefühl. Ein Druck auf dem Magen, der Kopf schmerzte.

Johanna ging ins Bügelzimmer und setzte sich an die Schaltzentrale. Was hatte Gemma zuletzt gemacht? Wo war sie hingegangen? Sie klickte, der Bildschirm leuchtete auf. Gemma hatte in »Deep Space Nine« offenbar alles stehen und liegen lassen und war losgestürzt.

Auf dem Bildschirm war ein Videofenster zu sehen. Johanna ließ das Video ablaufen. Es zeigte einen Kassenbereich. Ein Supermarkt?

Johanna setzte ihre Brille auf und sah noch mal hin. Ein Baumarkt. Nach kurzer Zeit war ihr klar, wonach Gemma gesucht hatte. Da stand Matthias Groth in einem Baumarkt und hatte ein Seil unter dem Arm. Gemma war Groth auf der Spur.

Rasch klickte Johanna auf die Smartphone-Suche, über die ihre beiden Handys aufzuspüren waren. Ein blauer Punkt blinkte in Llucmajor gleich neben der Kirche. Das war ihr eigenes Smartphone. Und ein anderer Punkt bewegte sich schnell über die Ma-19 in Richtung Campos.

Johanna stutzte. Gemma konnte nicht mit dem Auto unterwegs sein, der kleine Fiat 500 stand unten friedlich in seiner Parklücke. Mit was, mit wem fuhr sie da weg?

Sie bekam Angst. Irgendetwas war da ganz und gar nicht in Ordnung, das spürte sie. Sie wählte Gemmas Nummer, doch es sprang nur die Mobilbox an. Sie versuchte es noch dreimal, dann rief sie Héctor an.

»Bist du mit Gemma unterwegs?«, fragte sie hoffnungsvoll, doch er verneinte. »Sie geht nicht ans Telefon«, sagte Johanna kläglich. »Sie fährt irgendwohin, ich weiß nicht, mit wem. Und ich habe ein schlechtes Gefühl. Da ist etwas nicht in Ordnung.«

Héctor dachte gar nicht daran, Großmuttergefühle in Frage zu stellen, sondern rief nur: »Bleib, wo du bist! Ich hole dich ab, und wir fahren hinterher.«

Johanna klickte auf die GPS-Historie von Gemmas Smartphone. Sie war vom »Gecko Galdent« erst in die Wohnung gegangen und dann zur Groth'schen Finca. Dort hatte sie das Grundstück umrundet und war offenbar hin und her gegangen.

Johanna zoomte noch näher an die Bewegungskarte heran. Es folgten dreißig Minuten, in denen sich Gemma gar nicht bewegt hatte, und dann war sie offenbar mit einem Auto losgefahren. Quer durch Llucmajor, dann auf die Schnellstraße in Richtung Campos. In Campos schien der weitere Weg unklar gewesen zu sein, das GPS-Signal fuhr gewissermaßen im Kreis.

Da stimmt etwas nicht, dachte Johanna wieder. Gemma kennt die Insel wie ihre Westentasche, sie würde blind jeden Weg finden.

Johanna fuhr mit dem Aufzug nach unten und wartete auf Héctor. »Moment, ich schalte die App an«, sagte sie, als er eingetroffen war. »Fahr schon einmal in Richtung Campos.«

Und Héctor fuhr. Der Inspector, der nie Geschwindigkeitsbegrenzungen übertrat, fuhr heute wie der Teufel, Johannas Angst hatte ihn angesteckt.

Die App zeigte zwar auch den Standort von Gemmas Smartphone, war aber bei Weitem nicht so genau wie die umfangreiche Funktion, die Gemma in der Schaltzentrale installiert hatte.

Der blaue Punkt blinkte nun in Felanitx. Im Fahren warf Héctor einen kurzen Blick auf den Screen. »Die alte Bodega«, sagte er verblüfft. »Was will sie denn da?«

In diesem Moment hatte sich der blaue Punkt wieder in Bewegung gesetzt und wanderte in Richtung Süden, nach Santanyí.

32

Matthias Groth hatte die Stimmen offenbar auch gehört. Bislang hatte er überlegt agiert, fast ruhig. Ein Psychopath, dachte Gemma. Doch nun geriet Groth in Panik. Satan. Satan, komm her.

Die Stimmen summten leise im rauschenden Regen. Matthias Groth zerrte sein Opfer durch den Wolkenbruch zurück zum Wagen.

Im Gegensatz zu ihm wusste Gemma sehr genau, woher die Stimmen kamen. Sie hatte sie schon einmal gehört. Damals, als sie Héctor kennengelernt hatte.

Die kurze Zeit im Regen und an der frischen Luft hatte Gemmas Sinne wieder klarer werden lassen. Nachdem Groth den Kofferraum zugeworfen hatte und mit durchdrehenden Reifen gestartet war, hatte Gemma wieder mitgezählt und gerechnet. Geradeaus, Kreisverkehr, links, rechts. Es geht in Richtung Santanyí. Sie zählte die Sekunden und versuchte zu schätzen, wie schnell der Wagen fuhr. Offenbar hatte sich Groth beruhigt, denn nach den ersten Metern hörte das Geschüttel auf und die Limousine rollte ruhig über die Landstraße. Er will nicht riskieren, jemandem aufzufallen.

Ihr Smartphone vibrierte wieder. Hoffentlich suchen sie mich, dachte sie, hoffentlich, hoffentlich.

Der Wagen stoppte, fuhr an und stoppte noch sechsmal, dann bog Groth rechts ab.

Wir fahren die Umgehungsstraße von Santanyí, wusste Gemma. Sie zählte mit. Sechsmal Kreisverkehr, sechsmal anhalten. Er will in Richtung Meer.

Was mache ich, wenn er den Kofferraum wieder öffnet?, überlegte sie und versuchte, sich an Pucki zu erinnern.

Krav Maga, das ultimative Selbstverteidigungssystem. Wurde von Militär und Polizei weltweit angewendet. Sie hatten in Puckis Kurs alle möglichen Situationen trainiert,

Angriff von vorn, von hinten, im Liegen, im Sitzen. Die Möglichkeit, dass man mit gefesselten Händen und Füßen in einem Kofferraum lag, hatte leider bisher nicht auf dem Trainingsplan gestanden. Vielleicht war das für Fortgeschrittene. Krav Maga. »Hau drauf und Schluss«, nannte Pucki die Technik.

Was hatte Pucki gesagt? »Verschaff dir zuerst einen Überblick über die aktuelle Gefahrensituation. Angreifer, Ort. Gibt es etwas, womit du dich verteidigen kannst?«

Gemma zählte im Kopf auf. Angreifer: ein durchtrainierter, einen Meter neunzig großer Mann im besten Alter. Ort: derzeit Kofferraum. Verteidigungsmittel: keine, und sie war gefesselt.

»Zweitens«, hatte Pucki ihr eingeschärft, »aktuelle Gefahrenlage einschätzen. Versuche, zu deeskalieren. Versuche, abzuhauen.«

Okay, das wird nicht möglich sein, abgehakt, dachte Gemma.

»Und drittens: Wenn Deeskalieren und Abhauen nicht möglich ist, dann kämpfe um dein Leben. Setze alles ein, was du hast. Versuche, den Gegner so schnell es geht auszuschalten. Du darfst nicht abwarten, keine Sekunde.«

Es rumpelte wieder, und Gemma wusste plötzlich, wo sie waren. Die Steilküste. Das letzte Stück zum alten Leuchtturm von Santanyí, hoch über dem Meer, war nicht geteert.

Es krachte, ein gewaltiger Donner folgte.

Das Gewitter ist direkt über uns, dachte Gemma.

Der Wagen hielt, sie hörte eine Tür klappen.

Er geht und sieht nach, wo er mich möglichst unbeobachtet über die Klippe stoßen kann, überlegte Gemma und rechnete kurz. Die Ebbe setzte gerade ein. Die Chancen standen gut, dass ihre Leiche weit fortgeschwemmt und nie wieder auftauchen würde.

Der Kofferraum wurde aufgerissen, Matthias Groth beugte sich über sie. Über ihm tobte der Sturm, die dunklen Wolken schluckten fast jedes Tageslicht. Dann erhellte ein Blitz die Szenerie, und wieder krachte der Donner.

Der Regen peitschte Gemma ins Gesicht, im Hintergrund konnte sie schemenhaft den kleinen Leuchtturm und die Radarstation erahnen. Aktuelle Gefahrensituation. Angreifer. Ort.

»Ja, ja«, sagte Groth leise. »Die gefährlichen Ermittler. Der dicke Polizist, die liebe Omi und ein kleines Mädchen. Aber nicht mit mir, kleines Mädchen. Nicht mit mir!«

Er packte Gemma und zog sie aus dem Wagen, dann warf er sie über die Schulter – und ging in die Knie.

Gemma hatte begonnen, sich nach Leibeskräften zu wehren. Ohne eine Sekunde zu zögern, rollte sie sich im Fall ab, zog die Beine an und trat Groth mit voller Wucht ins Gesicht. Sein Kiefer knackte hässlich. Blut lief das Kinn hinunter und vermischte sich mit den Regentropfen. Der Mann heulte vor Wut und Schmerz auf und versuchte, wieder auf die Beine zu kommen.

Gemma trat noch einmal zu und traf dieselbe Stelle.

»Du Miststück!«, brüllte Groth und warf sich auf sie. Sein Körpergewicht drückte sie in den Schlamm.

Adrenalin, dachte sie. In einer normalen Situation hätte jemand mit einem zertrümmerten Kiefer vor Schmerzen nicht mehr sprechen können. Aber bei einem Kampf um Leben und Tod sorgt Adrenalin dafür, dass wir einfach weiterkämpfen und den Schmerz erst hinterher spüren.

Das gilt allerdings auch für mich, dachte sie und versuchte, ihre Fäuste freizubekommen. An ihren Handgelenken liefen Ströme von Blut hinunter, der Gartendraht hatte sich tief ins Fleisch gegraben, bis auf den Knochen. Doch Gemma lag eingeklemmt zwischen dem schweren Körper und dem kühlen Schlamm. Sie bekam keine Luft mehr, ihre Rippen knackten. Sie war kurz vor einer Ohnmacht.

Panik überrollte sie wie eine Welle und riss alles mit sich. Die Logik, die Vernunft, die Kontrolle.

Ich schaffe es nicht, dachte Gemma zum ersten Mal. Oma. Héctor. Es tut mir so leid. Ich glaube, ich schaffe es nicht.

Bilder blitzten auf. Ihre Großmutter vor sieben Jahren auf

dem Flughafen. Klein und schmal stand sie da, damals noch mit dunkelblonden Strähnen in den grauen Haaren. Gemma hatte sich vorgenommen, ihr zu misstrauen. Sie hatte damals allen Erwachsenen misstraut. Sie redeten viel, die Erwachsenen, und taten dann meist selbst das Gegenteil. Und sie hatten alle so unendlich viel gefragt. Ihre Mutter, der unangenehme Stiefvater, die Therapeuten, die Lehrer. Warum sie nicht am Unterricht teilnehme. Warum sie so aggressiv sei. Sie waren ihr auf die Pelle gerückt, und das war etwas, was Gemma nicht ausstehen konnte.

Johanna hatte ihr einmal lachend erzählt, sie sei schon immer so gewesen. »Andere Babys wollen immer auf den Arm. Du nicht«, hatte sie erzählt. »Hast dich freigestrampelt, als ginge es um dein Leben, schon mit sieben Monaten.«

Sie hatte Gemma gar nichts gefragt. Genau einmal hatte sie versucht, ihr den Laptop wegzunehmen, und danach nie wieder. Sie hatte nicht gefragt, nicht lamentiert, nicht »über alles reden wollen«. Sondern gehandelt und Gemma einfach bei sich behalten. Damals, als dann alles gut wurde.

Ein neues Bild. Ihre Oma mit Rollator, in der schrecklichen geblümten Bluse. Wie sie verschmitzt lächelnd in die Kamera guckt, sich die Armbanduhr vor den Mund hält, hineinspricht und James Bond spielt.

Ein anderes Bild. Da ist Héctor, wie er in der Küche steht und in einer großen Pfanne voller Paella rührt, mit Johannas karierter Küchenschürze um den Bauch. Lachend wirft er die dunklen Locken zurück und wedelt mit dem Kochlöffel. Héctor, wie er sie bei ihrem ersten Aufeinandertreffen in dem dunklen Gewölbe entschlossen ansieht und sie kurzerhand festnimmt. Héctor, wie er mit Gemma über die Promenade am Hafen von El Molinar schlendert und dabei wie zufällig ihre Hand berührt.

Gemma bäumte sich auf. Sie riss den Kopf hoch und versuchte verzweifelt, mit der Stirn erneut Matthias Groths Kinn zu treffen. Er wich aus. Sie kam einen Moment frei und bemühte sich, auf die Beine zu kommen. Doch Groth hatte seinen

Gürtel aus den Schlaufen der Jeans gezogen, packte Gemma und warf sie auf den Boden, zurück in den Schlamm. Er hielt sie mit seinem Gewicht am Boden, während er seinen Gürtel um ihre Fußgelenke schlang.

Ein gewaltiger Blitz erhellte die Klippe. Sie waren keine zehn Meter mehr von der Kante des Felsens entfernt.

Matthias Groth stand auf, ergriff das Ende des Gürtels und zog Gemma über den steinigen Boden. Sie wand sich verzweifelt, riss die Beine an sich und brachte Groth erneut zu Fall.

Er warf sich auf Gemma. »Warum stirbst du nicht?«, keuchte er. Blut und Regentropfen flossen über sein Kinn und tropften auf Gemmas Bauch. »Warum verdammt noch mal stirbst du nicht einfach?« Er legte seine Hände um ihren Hals und drückte zu.

33

Der blaue Punkt wurde langsamer. »Sie ist am Caló de ses Faves«, sagte Johanna.

Beide wussten, was das hieß. An der Steilküste, am alten Leuchtturm.

Héctor raste über die Landstraße. Es war kaum jemand unterwegs, das Gewitter kam näher. Sturmböen fegten über die Felder links und rechts hinweg, eine Gruppe verängstigter Schafe drängte sich auf einer Weide im Regen zusammen.

Am Friedhof hinter Santanyí bog Héctor ab und folgte der schmalen Straße zur Küste. Jetzt tobte der Sturm in voller Stärke los, die Wolken hingen pechschwarz am Himmel. Héctor schlitterte mit dem Dienstwagen in die Schotterstraße und raste in Richtung Leuchtturm.

Da stand Matthias Groths Jaguar, mit geöffnetem Kofferraum. Der Wagen war leer.

In der Dunkelheit hinter den Regenschleiern sah Héctor eine Bewegung, vorn an der Klippe. Er sprang aus dem Wagen, riss seine Dienstwaffe heraus und rannte.

Groth hockte über Gemma und hatte die Hände fest um ihren Hals gelegt. Auf einmal sah er hoch und erblickte Héctor, der mit gezogener Waffe durch den Sturm auf die Klippe zulief.

Groth sprang auf und zog Gemmas schlaffen Körper an sich. Er stand nur zwei Meter vom Abhang entfernt.

Héctor wurde langsamer. Seine Gedanken rasten. Er konnte nicht schießen, ohne Gemma in Gefahr zu bringen. Groth hielt sie als Schild vor sich. Selbst wenn er den Mann traf, war das Risiko zu groß, dass er die Klippe hinabstürzte und Gemma mit sich riss.

Héctor steckte die Waffe weg. Er ging langsam auf Groth zu. »Ruhig. Ruhig. Es ist vorbei!«, rief er in den Sturm.

Über dem tosenden Meer zuckten Blitze, grollender Donner zog über die windgepeitschte Küste. Durch die bleiernen

Regenschleier blinkten die Lichter von Cala Figuera, freundlich und warm.

Héctor überlief ein eiskalter Schauer, als er näher kam. Über der Klippe ragte Groth auf, Blut sickerte aus seinem Mund, sein Blick flackerte. Gemma hing leblos in seinen Armen und bewegte sich nicht. Héctor hielt den Atem an. Er konnte nicht sehen, ob sie noch atmete.

In diesem Moment kam Johanna die Klippe herauf. Sie war hingefallen und voller Schlamm, aber sie hinkte so schnell sie konnte voran und schwang ihren Gehstock. »Weg! Weg von meiner Enkelin!«, brüllte sie voll Wut.

Dieser Anblick schien Groth für einen Moment zu irritieren, er stutzte. Und Héctor nutzte seine Chance.

Er sprang mit einem Satz vor und hieb Groth die Faust ins Gesicht. Der ließ Gemma fallen, schrie vor Wut und stürzte sich auf Héctor. Die beiden Männer fielen und rollten kämpfend bis zum Rand der Klippe. Groth bekam einen Stein zu fassen und schlug zu, doch er verfehlte Héctors Kopf. Der Polizist rollte instinktiv zur Seite und spürte, wie der Stein seine Schulter traf. Er hieb Groth wieder die Faust ins Gesicht, doch der zweite Schlag mit dem Stein traf ihn mit Wucht an der Schläfe. Héctor sah wilde Lichtblitze.

Groth sprang auf und holte noch einmal mit dem Stein aus. Dann schwankte er plötzlich, versuchte noch, das Gleichgewicht zu halten, und rutschte ab. Héctor zog keuchend seine Waffe hervor, kroch zur Klippe und sah hinab.

Matthias Groth lag auf einem Felsbrocken in fünfzehn Metern Tiefe, die Beine bizarr abgewinkelt, der Kopf zerborsten.

Schnell wandte sich Héctor um, kniete neben Gemma und durchschnitt Knebel und Drähte. Im selben Moment hatte Johanna die Klippe erreicht.

Gemma schlug die Augen auf. »Héctor«, krächzte sie leise. »Oma, was willst du denn mit dem Spazierstock?« Sie lächelte und griff nach Héctors Hand, dann wurde sie wieder ohnmächtig.

34

Johanna kauerte auf den Plastiksitzen im tristen Flur des Hospital General in Palma und beobachtete besorgt Héctor, der neben ihr hockte, ein Kühlpack an seine Schläfe hielt und leise stöhnte.

Johannas linker Fußknöchel war bandagiert, eine freundliche Krankenschwester hatte ihren aufgeschürften linken Arm desinfiziert und ebenfalls verbunden.

»Señora, was haben Sie denn nur gemacht?«, hatte sie erstaunt gefragt und Johanna die Schlammbrocken von der Jacke geklopft.

»Ich bin hingefallen«, sagte Johanna. »Im Schlamm ausgerutscht und hingefallen.« Gemma lebte, und das war das Wichtigste.

Johanna sah Héctor dankbar und mit Hochachtung an. Sie dachte an den Moment, als sie auf die Klippe gekommen war. Und dann bei diesem Kampf um Leben und Tod zusehen musste, mitten im Sturm. Wie Héctor dem Mann die Faust ins Gesicht rammte, daneben Gemma, bewusstlos.

Der Junge kann wirklich sehr ordentlich zuschlagen, dachte Johanna. Alle Achtung. Sie verstand etwas davon.

Ein Arzt kam aus Gemmas Krankenzimmer, sah sich um und ging rasch auf die beiden Wartenden im Flur zu. Er war um die dreißig, hatte rosige Wangen, flaumiges gelocktes Blondhaar und himmelblaue Augen. Der weiße Kittel wehte wie Flügel hinter ihm her.

Er sieht aus wie ein Weihnachtsengel, dachte Johanna.

Der Arzt versicherte ihnen, dass Gemma keine bleibenden Schäden davontragen würde. »Drei Rippen sind gebrochen. Gehirnerschütterung. Aber das wird wieder. Die Handgelenke und die Fußgelenke allerdings, na ja«, sagte der Engel mit seiner überraschend rauchigen Whiskey-Stimme. »Das gibt Narben. Und sie muss Ruhe halten. Sie schläft jetzt.«

Johanna wollte etwas sagen, doch der Arzt hob lächelnd die Hand. »Ja, ja, ich weiß. Sie können kurz reingehen und sich versichern, dass alles in Ordnung ist. Aber dann gehen Sie bitte. Sie braucht wirklich Ruhe.«

Johanna nickte.

Gemma lag im Krankenzimmer, Hände und Füße dick verbunden, Geräte piepten leise und gleichmäßig. Sie schlief.

»Wie lange …?«, fragte Johanna den Arzt.

»Sie wird frühestens in fünf oder sechs Stunden wieder wach«, antwortete er und schwebte mit seinen Arztkittelflügeln den Flur hinunter.

Johanna und Héctor sahen sich erleichtert an.

»Lass uns einen Kaffee trinken gehen«, schlug Héctor vor. »Falls sie uns so irgendwo reinlassen«, sagte er, während er an sich und Johanna hinabschaute. Sie waren vollkommen verdreckt, hatten Abschürfungen und trugen Verbände.

Sie wurden hereingelassen. Die Bedienung im Straßencafé neben dem Hospital schien Schlimmeres gewohnt zu sein. Sie nahm gelassen die Bestellung auf und verschwand kommentarlos.

Johanna und Héctor saßen eine Weile schweigend da und nippten an ihren Kaffees.

Als der Kampf auf der Klippe vorbei gewesen war, hatte Héctor die bewusstlose Gemma aus dem Schlamm gehoben und zum Wagen getragen. Er hatte inständig gehofft, dass sie nicht starb. Und er hatte gebetet. Das erste Mal seit dreizehn Jahren.

Kurz danach waren die Policía Local aus Santanyí und zwei Krankenwagen gekommen, gerufen von Johanna. Der Notarzt hatte Gemma sofort nach Palma bringen lassen und Johanna und Héctor im zweiten Wagen hinterhergeschickt. Matthias Groths Leiche hatte der Polizist leichten Herzens der Kriminaltechnik und den Kollegen von der Höhenrettung überlassen, die mit ihren Seilen und Leitern die Bergung übernahmen.

Johanna bestellte sich eine Portion *churros* und wandte sich Héctor zu. »Wo habt ihr euch eigentlich kennengelernt? Du und Gemma? Sie hat es mir nie erzählt. Sie hat nur gesagt, bei eurem ersten Treffen hättest du sie festgenommen.«

Héctor lachte leise. Er konnte sich gut an diesen Tag vor über einem Jahr erinnern.

Er war noch Subinspector gewesen. Sie hatten gerade einen besonders dämlichen Kriminellen festgenommen. In TV-Thrillern und Krimis kommen häufig sogenannte Profiler zu Wort, die dann mit wichtigen Mienen darlegen, der gesuchte Serienmörder oder Entführer oder Attentäter sei »hochintelligent«. Die Erfahrung hatte Héctor nicht gemacht. Seiner Ansicht nach waren Kriminelle selten hochintelligent, sonst wären sie nicht Kriminelle geworden. Die meisten waren doch eher recht durchschnittlich begabt, viele regelrecht dumm.

Ziemlich dämlich war auch der Erpresser gewesen, den sie gerade dingfest gemacht hatten. Der Mann hatte eine Weile in Palmas Luxusviertel Son Vida sein Unwesen getrieben. Er hatte Drohbriefe an reiche Villenbesitzer geschickt und gedroht, er werde ihre Kinder entführen und töten, wenn sie ihm nicht hohe Summen zahlten. Statt einen Übergabeort zu nennen, hatte er seine eigene Kontonummer in die Briefe geschrieben. Dass es dennoch einige Tage gebraucht hatte, um ihn zu finden, ging auf das Konto eines schludrigen Einwohnermeldeamts. Der Mann hatte Héctor fast leidgetan. Bei der Festnahme gestand er schluchzend, er habe seinen Job verloren und nur verzweifelt versucht, irgendwie an Geld zu kommen. Niemals habe er einem Kind etwas antun wollen.

Doch dann war eine erneute Meldung hereingekommen, aus Artà. Eine Vierjährige war verschwunden, die Tochter eines britischen Diplomaten, der auf der Insel Urlaub machte. Die kleine Jessi hatte eben noch im Garten gespielt, sagte das Kindermädchen aus. Sie sei nur kurz im Haus gewesen, um dem Kind ein Jäckchen zu holen. Und dann war das Mädchen plötzlich weg, wie vom Erdboden verschluckt, und das Tor stand weit offen. Bevor die Policía Local mit der Suche nach dem Kind beginnen konnte, rief der Erpresser an und forderte hunderttausend Euro in kleinen Scheinen. Die Policía

Nacional übernahm sofort und lokalisierte den Anruf. Er kam aus der Nähe von Manacor.

Héctor und seine Kollegen hatten alle Straßen abgesperrt, durchsuchten jeden Wagen, durchkämmten Feldwege und Wäldchen, aber fanden die Kleine nicht.

»Die können jetzt überall sein«, hatte Inspector Jefe Carlos Crespi gesagt und die Suche abgeblasen. »Wir müssen warten, bis der Kerl noch einmal anruft.«

Sie waren alle seit Stunden auf den Beinen gewesen, und die Kollegen fuhren erschöpft heim. Héctor nicht. Bei einer Entführung kam es auf jede Minute an, er konnte einfach nicht zurück nach Palma fahren und warten. Er nahm sich einen Zivilwagen und fuhr die Gegend ab. Wo würde er hinfahren, wenn er ein Kind entführt hätte?

Es ist eine Nadel im Heuhaufen, hatte er gedacht und war langsam über Feldwege und Landstraßen gefahren, hatte in Ställe und leer stehende Häuser geschaut. Nach drei weiteren Stunden musste Héctor einsehen, dass sein Chef vermutlich recht hatte. Die Entführer und das Kind konnten überall auf der Insel sein. Und dennoch. Wenn ich ein halbwegs intelligenter Entführer wäre, würde ich es nicht riskieren, sehr weit zu fahren, hatte er überlegt. Es war allgemein bekannt, dass die Polizei sofort Straßensperren errichtet. Wenn ich Entführer wäre, würde ich schön in der Gegend bleiben und abwarten.

Héctor hatte von der Sucherei Hunger bekommen und sich in einer *panadería* am Ortsrand von Felanitx eine große *ensaïmada* gekauft. Mit Schokolade gefüllt. Beim Fahren versuchte er, sich Stücke abzureißen und zu essen, und verursachte sofort eine fürchterliche Sauerei im Wagen. Er verschmierte Schokolade, verstreute Puderzucker und hinterließ einen Fettfilm auf dem Armaturenbrett, dann gab er auf. Bei der alten Bodega bog er ab, um sich in Ruhe in die breite Einfahrt zu stellen und sein Mahl dort zu sich zu nehmen, bevor er sich in dem alten Gebäude umsehen wollte. Er stieg aus und setzte sich auf ein kleines Mäuerchen. Da hörte er die Stimmen, die aus einem

Westflügel der alten, verfallenen Bodega drangen. »*Satanàs, Satanàs. Veniu aquí*«, summten die Stimmen.

Héctor fuhr zusammen, warf das Gebäck beiseite und zog die Waffe. Durch seinen Kopf tobten die wildesten Bilder über Satan-Kulte. Waren das nicht die, die kleine Kinder auf Altären opferten? Blutrituale? Teufelsanbetung? Er konnte sich an Filme erinnern, in denen er so etwas gesehen hatte. Gab es das wirklich? Oder nur im Kino?

Er sah sich noch einmal um. Diese alte, verlassene Wein-Kooperative war zumindest ein idealer Ort, um ein Entführungsopfer zu verstecken.

Mit gezogener Waffe schlich Héctor über den Hof und betrat das Nebengebäude. Über ihm schwebte, rostig und schief, ein mächtiges Rolltor. Er hoffte sehr, dass dieses Rolltor sich nicht diesen Moment aussuchen möge, um herabzustürzen.

Er ging langsam weiter und versuchte, in dem Halbdunkel etwas zu erkennen. Es knirschte unter seinen Schuhen, und er zog erschrocken den Fuß zurück. Dort lagen Tausende und Abertausende von PVC-Kapseln, Verschlüsse für Weinflaschen, die nun nie mehr hier abgefüllt werden würden.

Durch eine schmale Tür ging Héctor weiter und kam in ein mächtiges Gewölbe, groß wie eine Kathedrale. Seine Augen hatten sich an die Dunkelheit gewöhnt. Er wanderte langsam an den meterhohen Weintanks entlang, die sich links und rechts des breiten Gangs auftürmten. Er hörte die Stimmen immer noch, aber undeutlicher, sie summten ein Lied. Er erkannte die Worte »*sang*«, »*mort*« und »*víctima*«. Blut. Tod. Opfer.

Héctor erschauerte und ging schneller, die Waffe im Anschlag.

Plötzlich flog ihm etwas mitten ins Gesicht. Er erschrak dermaßen, dass er fast begonnen hätte, wild um sich zu schießen. Eine Taube hatte sich ihren Weg nach draußen gesucht. Héctor sah nach oben, um Ausschau nach weiteren Tauben zu halten, und erstarrte.

Dort oben, auf einem Balken dicht unter der Decke der Halle, hockte jemand. Ein Mädchen. Eine junge Frau. Eine hübsche Frau, wie Héctor fand. Sie sah ihn an und legte den Finger auf den Mund. Dann kletterte sie katzengleich hinab, sprang die letzten Meter herunter und landete direkt vor Héctors Füßen.

Er fackelte nicht lange. Satan-Singsang und Mädchen, die von der Decke fielen, das war alles höchst verdächtig. Er steckte die Waffe weg und ging forsch auf die junge Frau zu. Sie wollte gerade etwas sagen, aber da hatte Héctor sie schon gepackt, umgedreht und ihr Handschellen angelegt.

»Bist du denn verrückt«, zischte sie ihn an. »Sie sind doch hier! Wir müssen sie retten!«

»Genau das habe ich vor«, sagte Héctor mit zusammengebissenen Zähnen und schleifte die junge Frau am Kragen vor sich her in Richtung der Stimmen.

»Aber doch nicht da«, flüsterte sie wütend. »Wir müssen nach hinten, zu den Silos«

»*Calla!*«, flüsterte Héctor. »Sei still!« Sie hatten die Stimmen fast erreicht. Er sah, wie die junge Frau verärgert die Augen verdrehte. Er hatte keine Ahnung, wer sie war und was sie überhaupt hier tat, aber sie ging ihm jetzt schon auf die Nerven. Mit ihr am Schlafittchen stürzte er in den kleinen Raum, aus dem die Stimmen kamen, und blieb wie angewurzelt stehen.

In dem Raum hockten vier Teenager. Mit Zahnklammern und Babyspeck, bleichen Gesichtern, schwarz geschminkten Augen und Kapuzenpullis. Sie saßen um eine Kerze herum und hielten sich an den Händen. Um die Jugendlichen verstreut lag das, was sich Provinzkids vermutlich unter einer Schwarzen Messe vorstellten. Kerzenstummel, ausgerissene Seiten aus Schulheften, auf die sie Pentagramme gemalt hatten. Und in der Mitte, neben der Kerze, lag eine Barbiepuppe. Mitten in deren Herzen steckte eine große Stopfnadel.

Die Teenager sahen Héctor eine Sekunde entsetzt an und flohen dann durch das offene Fenster.

Die junge Frau wand sich aus seinem Griff. »Was willst du denn mit den Spinnern hier?«, zischte sie wieder. »Sie haben das kleine Mädchen. Hinten im Silo.«

Héctor hatte aufgegeben, sich an diesem Tag noch über irgendetwas zu wundern, und fragte deshalb nur: »Wo genau?«

»Dort hinten«, sagte die junge Frau und hielt ihm die gefesselten Hände entgegen.

Wortlos schloss Héctor die Handschellen auf und folgte ihr. Sie ging ihm zwar auf die Nerven, aber aus irgendeinem verrückten Grund vertraute er ihr. Es war ohnehin ein völlig verrückter Tag, fand Héctor.

Leise schlichen sie durch die große Halle und versuchten, nicht auf die Kapseln zu treten. Er fragte sich, wer wohl das große, schlanke Mädchen sein mochte, das vor ihm an den Weintanks entlangging und immer wieder stehen blieb und lauschte. Was tat sie hier? Sie mochte ungefähr zwanzig Jahre alt sein, schätzte er. Blonder Pferdeschwanz, schwarze Trainingsjacke, schwarze Jeans, Sneakers.

Plötzlich hörte er das Wimmern eines Kindes. Jessi. »Wir müssen von außen an die Silos ran«, flüsterte das Mädchen. »Ich heiße Gemma.«

»Héctor Ballester, Subinspector, Policía Nacional«, sagte Héctor und fand den Zeitpunkt für eine offizielle Vorstellung denkbar schlecht gewählt.

»Ich glaube, die Kerle sind ein Stück den Hügel hoch, weil sie hier drin keinen Handyempfang haben. Sie haben das Kind da im Silo eingesperrt«, wisperte Gemma. »Ich war auf dem Dach, um mir einen Überblick zu verschaffen. Da habe ich sie gesehen.«

»Gut«, flüsterte Héctor zurück. »Hol du das Mädchen, ich suche die Typen. Zwei sind es, ja?«

Gemma nickte und verschwand im Gebüsch vor den Silos.

Héctor umrundete ein weiteres Nebengebäude. Alte Lkw-Reifen und Benzintanks verrieten ihm, dass hier der Fuhrpark der Bodega gewesen sein musste. Leise schlich er den kleinen Pfad hügelaufwärts. An einem Baumstamm lehnten zwei Männer und rauchten. Héctor richtete die Waffe auf sie. »Und jetzt ganz langsam, ja?«, sagte er.

Gemma hatte inzwischen die kleine Jessi aus dem Silo befreit und den Notruf gewählt. Eine Streife der Policía Local war ganz in der Nähe, kam sofort und stürmte dem Kollegen auf den Hügel nach. Nach einer Weile kamen die Polizisten mit den Entführern, gut in Handschellen verpackt, wieder herunter. Da war Gemma schon verschwunden, wie vom Erdboden verschluckt.

»Wo ist die junge Frau?«, hatte Héctor seine Kollegen gefragt. »Gemma heißt sie.«

Die Beamten zuckten mit den Achseln. »Da hat eine Frau angerufen und gesagt, du brauchst Hilfe auf dem Hügel. Aber als wir ankamen, saß das kleine Mädchen in deinem Auto. Sonst war hier keiner mehr.«

»So habe ich Gemma kennengelernt«, schloss Héctor und trank seinen *café con leche* aus. »Sie hat mich aber am nächsten Tag im Büro angerufen und wollte wissen, wie es Jessi geht. Sie sagte, sie sei verschwunden, weil ihre Oma nicht wissen sollte, dass sie Entführern hinterherschleicht. Und sie hat mich noch gebeten, ich solle sie in den offiziellen Protokollen nicht erwähnen.« Er lächelte. »Ihr habt den Polizeifunk abgehört, was? Deshalb wusste Gemma, dass wir ein kleines Mädchen suchen, und hat auf eigene Faust ermittelt.«

Johanna lachte. »Polizeifunk abhören?«, sagte sie grinsend. »Das ist doch gar nicht erlaubt.«

Héctor bestellte für Johanna und sich gerade einen zweiten Kaffee, als sein Handy klingelte. Jefe Robla.

»¿Sí?«, meldete er sich.

»Was soll das? Was? Was? Jetzt habe ich gerade erst die zweite Pressekonferenz gegeben und gesagt, dieser Groth war nicht der Täter.« Robla schrie schon wieder. »Und dann gehst du hin und erschießt den Mann?«

Héctor seufzte. »Ich habe ihn nicht erschossen. Ich habe mit ihm gekämpft, und er ist die Klippe hinuntergefallen. Er hat das Gleichgewicht verloren, als er mich mit einem Stein erschlagen wollte.«

Robla keuchte. »Was ist das denn für eine Räuberpistole? Gekämpft? Stein erschlagen? Soll das ein Witz sein?«

»Nein. Er wollte die Privatermittlerin töten, die ich im Fall Groth engagiert habe. Sie war ihm auf die Schliche gekommen.«

»¿Qué?«, brüllte Robla in den Hörer. »Also war er es doch? Oder wie?«

»Nein«, sagte Héctor so ruhig wie möglich. »Groth hat vor fünf Jahren seine erste Frau ermordet. Luise Groth. In Deutschland. Das können wir ihm nachweisen. Und auch, dass er Claudia Groth Gift gegeben hat.«

»Luise?«, donnerte Robla. »Wer soll das denn sein? Und warum erledigst du den Job von den Kollegen in Deutschland und nicht deinen Job? Wer hat Claudia Groth getötet? Gabriela Armengol? Weißt du das endlich?«

»Nein«, musste Héctor zugeben und rieb sich den Kopf. Das Gebrüll des Chefs war wirklich unerträglich.

»Das gibt eine Untersuchung, Kollege!«, schrie Robla. »Ich werde gegen dich eine offizielle Untersu–«

Héctor legte auf und schaltete das Smartphone aus.

Johanna nickte. »Unangenehmer Mann«, bemerkte sie. »So

einen Chef hatte ich auch einmal. Fürchterlich. Inkompetenz und Größenwahn.«

Héctor sah sie an. »Ich würde ja zu gern wissen, was du früher alles gemacht hast.« Er zog die Augenbrauen hoch. »Ladenbesitzerin. Privatermittlerin. Klar. Deshalb erkennt man ja auch sofort Waffenkaliber aus dem Ostblock und kann Russisch und weiß Dinge über Kynologie.«

»Ich trinke Kaffee, und ich weiß Dinge. Das ist, was ich tue«, sagte Johanna kryptisch und nippte an ihrem *americano*.

Héctor schwieg. Dann sagte er: »Ich habe da so eine Ahnung. Und irgendwann wirst du mir bestätigen, dass diese Ahnung richtig ist.«

Johanna schwieg ebenfalls. »Ja, irgendwann«, sagte sie schließlich.

Héctor kehrte nach einer unruhigen Nacht in seinem kleinen Apartment zurück in sein Büro in Llucmajor. Er setzte sich ächzend auf den wackeligen Stuhl. Ihm tat alles weh.

Die Mordermittlungen kommen nicht von der Stelle, dachte er. Die Zeitungen und Jefe Robla haben vielleicht doch recht. Vielleicht habe ich zu wenig Erfahrung. Vielleicht habe ich etwas übersehen. Zwei Morde, und er hatte keine Ahnung, was er als Nächstes tun sollte.

Arnau kam freudestrahlend hereingestürzt, ohne vorher anzuklopfen. »Hier ist ein Fax von Daniela!«, rief er. »Irgendeine Liste mit Müll.«

Daniela Mendoza gehörte zu den wenigen Kolleginnen und Kollegen, die noch faxten, anstatt zu mailen. Sie fand es »persönlicher«, was auch immer sie damit meinen mochte.

Héctor griff müde nach der überraschend kurzen Liste.

Arnau wedelte mit einem zweiten Fax. »Sie hat auch noch etwas dazugeschrieben. Es war so wenig Müll, weil der Mülleimer gegen zehn Uhr geleert wurde. Und die Kriminaltechnik hat den Inhalt gegen fünfzehn Uhr gesichert.«

Héctor nickte und überflog die Liste. Dort stand:

Pfefferminzbonbon, ohne Einwickelpapier
Bananenschale
Abgelaufener Mietvertrag für Mietwagen von Isla Car,
ausgestellt für Jeremie Lee
Kopf einer blonden Barbiepuppe, Modell Skipper
Einwickelpapier vegane Fruchtschnitte, Maracujageschmack
Ausweis für deutsche Videothek »Videoboom«, ausgestellt für Hans-Peter Rosenmüller
Leere Coladose, Marke Pepsi

Hans-Peter Rosenmüller. Da war er wieder! Und das konnte kaum ein Zufall sein, dass dieser Name wieder auftauchte. Héctor dachte fieberhaft nach. Claudia Groth hatte Johanna gesagt, sie habe jemandem Unrecht getan, offenbar beim Kauf der Finca. Dieser Jemand war Hans-Peter Rosenmüller gewesen. Rosenmüller, den sie nicht finden konnten, weder in Deutschland noch auf der Insel. Und genau dieser Rosenmüller wirft am Tag des zweiten Mordes seine alte Videothekenkarte in einen Mülleimer am Tatort.

So etwas ist kein Zufall, sondern eine echte Spur, entschied Héctor.

Die Fluggesellschaften und Fährunternehmen hatten jedoch unisono gemeldet, sie hätten in den vergangenen Monaten keinen Passagier namens Rosenmüller an Bord gehabt.

Héctor griff zum Hörer und rief Daniela an.

»Diesen Müll, den ihr gesichert habt«, stieß er grußlos hervor. »Die Karte von der Videothek. Untersuch die bitte sofort. Fingerabdrücke, DNA, was weiß ich!«

»*Hola*, Héctor«, antwortete Daniela gelassen. »Mache ich. Da klebten übrigens ein paar Haare dran, falls es dich interessiert. Hund, nehme ich an. Untersuche ich noch.«

»Hundehaare? Gibt es sonst noch etwas? Adresse?«, fragte Héctor schnell.

»Nein, keine Adresse, noch nicht einmal eine Stadt. Ich melde mich, wenn die Karte fertig untersucht ist«, sagte Daniela und legte auf.

Arnau hatte mitgehört und suchte bereits nach der deutschen Videothek »Videoboom«. »Aha, die gab es in ganz Deutschland, die Kette. Ist vor vier Jahren pleitegegangen. Netflix-Syndrom«, befand er in Anspielung darauf, dass die Streamingdienste fast allen Videotheken den Garaus bereitet hatten.

»Ich rufe jetzt beim Bundeskriminalamt in Deutschland an und frage die, ob sie etwas zu einem Hans-Peter Rosenmüller haben«, kündigte Arnau an. Und bevor Héctor antworten oder seinen übereifrigen Untergebenen stoppen konnte, griff er auch schon zum Hörer und wählte, ohne die Angaben vorher herauszusuchen.

Hoffentlich geht das gut, dachte Héctor und stellte perplex fest, dass Arnau die Nummer des BKA im Kopf hatte. Und Héctor staunte noch viel mehr, als Arnau gleich begann, wild auf die Person am anderen Ende der Leitung einzureden. In geschliffenem Englisch.

Der Junge überrascht mich immer wieder, dachte er. Arnau kannte die andere Person offenbar, denn er nannte sie »Kiki« und »Darling«.

Nach fünf Minuten legte Arnau wieder auf und wandte sich strahlend Héctor zu. »Kiki sagt, sie haben keinen Hans-Peter Rosenmüller in den Akten. Hat sich nie jemand dieses Namens in Alemania etwas zuschulden kommen lassen. Wieder nichts.«

Das enttäuschende Ergebnis des Telefonats stand in krassem Missverhältnis zu Arnaus fröhlicher Miene.

Héctor seufzte. »Hans-Peter Rosenmüller«, sagte er. »Wer bist du und vor allem – wo bist du?«

37

Hans-Peter Rosenmüller setzte zum Finale an. Sie ist die
Letzte, sagte er sich. An die anderen beiden kam er nicht heran.
Anwalt Nadal saß im Knast, der Notar war schon tot. Herz-
infarkt.

Sie wird den Brief schon bekommen haben, dachte er. Sie
darf sich jetzt fürchten, sie darf bereuen, noch ein paar Stunden
lang.

All dein Geld, deine Schönheit, deine Arroganz werden dir
nichts nützen, dachte Rosenmüller. Er holte die Pistole heraus,
die er schon so viele Jahre, Jahrzehnte, bei sich hatte. Kaliber
9x18. Die hatten alle damals. Der ganze Ostblock.

Wo soll es geschehen?, fragte er sich. Wo werde ich sie töten?

In einem der schönen, teuren Häuser, beschloss er. In einer
echten Villa, mit Wendeltreppen, Pool und einem großen Garten. Er brauchte das richtige Anwesen als Kulisse für sein Finale.

Eine letzte Rache, dann würde für ihn die Sache begraben
sein. Früher hatte er ergründen wollen, warum sie ihm das
angetan hatten. Es war ihm jetzt egal.

In wenigen Stunden, dachte Hans-Peter Rosenmüller, in
wenigen Stunden wirst auch du tot sein, schöne Emilia Flores.

38

Johanna saß vor dem »Café Colón« auf der Plaça Espanya in Llucmajor, trank ihren *cortado* und grübelte, wo der geheimnisvolle Hans-Peter Rosenmüller stecken mochte. Héctor hatte sie angerufen und von dem Fund der Videothekenkarte berichtet.

Gemma ging es besser, sie war wieder zu Hause. Wegen der Gehirnerschütterung musste sie das Bett hüten, bewacht von Carmen Schuster als Zerberus. Das Schlimmste ist wohl, dass sie die Finger von Smartphone, Laptop, PC und MacBook lassen muss, dachte Johanna. Carmen Schuster hatte tatsächlich alle Geräte im Bügelzimmer eingeschlossen und den Schlüssel an sich genommen.

Es war sieben Uhr morgens, und um Johanna herum bauten die Händler ihre Stände auf. Es war Markttag. Sie nahm sich vor, Gemma etwas besonders Gutes mitzubringen. Sie kaufte am liebsten auf dem Markt ein. Frische Orangen aus Sóller, aromatisch und süß, Wildblumenhonig aus dem Tramuntana-Gebirge, pikante Würste aus dem würzigen Fleisch des schwarzen Mallorca-Schweins und frisch gebackener Mandelkuchen.

Johanna schnupperte. Marcel war bereits da und hatte seinen Stand hergerichtet. Der gutmütige Mittvierziger aus Campos verkaufte frisch in Olivenöl ausgebackene Kartoffelkrapfen, der süße Duft zog über den Marktplatz.

Thomas Hase grüßte und warf sich neben Johanna in einen Bistrostuhl. »Wie geht es dir, alles fein?«, fragte er und bestellte sich einen *americano*.

Hase war Fotograf und betrieb ein kleines Studio in Llucmajor. Meistens war er jedoch unterwegs; er fotografierte Prominente auf Mallorca für deutsche Klatschzeitschriften und machte künstlerische Naturaufnahmen für internationale Reisemagazine. Johanna und er kannten sich seit Jahren.

Sie lächelte. »Mir geht es gut, mein Lieber. Aber ich grüble gerade über einem Rätsel.«

Ein blonder Mann im Trikot des 1. FC Köln ging vorbei. »Hey, Hasi!«, grüßte er den Fotografen.

»Ey, Schinki!«, rief Thomas Hase zurück.

Johanna musste lachen. »Dass ihr Männer euch immer mit abgekürzten Nachnamen anreden müsst.«

Der Mann im Trikot hieß Bert Schinkbroich und arbeitete als Koch in einem Hotel, wusste sie. Dann erstarrte Johanna. Rosi. *Rosi*, dachte sie. Rosenmüller. Pit. Hans-Peter. Hans-Peter Rosenmüller. Pit Menke, der Handwerker. Hundehaare auf der Videothekenkarte. Ein alter Freund aus der DDR. Was hatte Héctor über die seltsame Angewohnheit der Deutschen gesagt, bei einer Hochzeit den Nachnamen zu ändern und dann auch noch wieder zurückzuändern, wenn man sich scheiden ließ? Was hatte Gemma über die Gesetze gesagt? In der DDR durfte ein Paar seit 1966 auch den Namen der Frau wählen. DDR. Ihr Kopf schwirrte.

»Ich muss weg!«, rief sie knapp, warf zwei Euro auf den Tisch und eilte davon.

»Schön, dass ich helfen konnte«, murrte Hasi hinter ihr her.

Johanna fuhr wieder die steilen Sträßchen in Richtung Algaida. Diesmal musste sie nicht stehen bleiben und sich orientieren, sie kannte den Weg und stand bald vor der verwahrlosten Kate mit der grünen Tür.

Menke war nicht da.

Johanna setzte den Wagen zurück und fuhr weiter über das holprige Sträßchen bis zum Häuschen von Walter, dem Verrückten.

Der Alte saß vor der Tür, neben ihm Boris. Der Hund blickte sein Herrchen erwartungsvoll an, doch der sagte nur: »Sitz!« Boris setzte sich.

Johanna befand, es sei sicher, die Autotür zu öffnen. Sie stieg aus, ließ die Tür jedoch hinter sich auf.

»Na, haste Sehnsucht nach mir?«, fragte Walter höhnisch.

Johanna ignorierte die Frage. »Weißt du, wo Herr Rosenmüller ist? Rosi?«, fragte sie.

Beeindruckt sah Walter sie an. »Haste rausgekriegt, ne? Hab ich gesehen, bist 'ne Schlaue. Ich mag kluge Frauen.«

»Ich habe so einiges rausgekriegt, ja«, sagte Johanna. »Hab mal ein bisschen nachgedacht. Alte Freunde seid ihr, sagst du? Ich wette, ihr kennt euch noch von früher, aus der DDR. Und ich wette, ihr wart beide bei der NVA.«

»Ja, die Nationale Volksarmee. Das waren Zeiten«, sagte Walter versonnen und streichelte Boris den Kopf.

Der Hund starrte Johanna unverwandt an.

»Du warst bei der Hundestaffel damals, was? Grenzaufklärer. Und Rosenmüller alias Menke? Er hat damals den Namen seiner Frau angenommen, oder? Und er war auch Grenzer, nicht wahr? Hat seine Waffe behalten nach dem Mauerfall.«

»Hat rübergemacht, noch vor dem Mauerfall. Waffe weiß ich doch nicht, hat er nie was von gesagt.«

»Eine Makarow, was? Oder vzor 82?«

»Die vzor hatten nur die Tschechen«, murmelte Walter.

»Und dann habt ihr euch hier auf Mallorca wiedergetroffen?«

»Man trifft sich immer zweimal, ne?«, sagte er amüsiert. »Plötzlich eierte Rosi hier in Llucmajor rum. Hatte sich beim Hauskauf total über den Tisch ziehen lassen, komplett pleite war er. Seine Frau war laufen gegangen. Da habe ich ihm die Hütte da drüben vermietet.«

»Ach, das Haus gehört auch dir?«, fragte Johanna und betrachtete die beiden verkommenen Katen.

»Mir gehört der ganze Hügel. Manchmal stell ich Rosi den Strom ab, wenn er frech wird.« Walter kicherte zufrieden.

»Ja, davon hörte ich schon. Weißt du, wo er jetzt ist?«, fragte sie erneut.

»Klar, er muss ja bei mir telefonieren. Hat ein Maklerbüro angerufen und eine Hausbesichtigung klargemacht. Dabei hat der keinen Pfennig auf der Kralle, der Trottel.«

Johanna lief es eiskalt den Rücken hinunter. »Diebin«, hatte auf den Zetteln gestanden, die der Mörder seinen Opfern geschrieben hatte. Emilia Flores war auch an dem Verkauf der Finca beteiligt gewesen, die dann in Claudia Groths Besitz gewechselt war.

Johanna dankte dem verrückten Walter, stieg in den Wagen und fuhr den Schotterweg zurück auf die Straße.

Sie hielt kurz an und überlegte. Der geschundene Rosi war auf einem Rachefeldzug, so viel stand fest. Johanna musste handeln. Sie rief das Maklerbüro von Emilia Flores an und erhielt die Nachricht, dass Señora Flores außer Haus auf einem Besichtigungstermin sei.

»Es ist ein weiterer Interessent da für das Objekt, das Sie sich angesehen haben«, informierte die geschäftstüchtige Assistentin Johanna. »Vielleicht sollten Sie sich schnell für einen Kauf entscheiden, sonst ist es weg.«

Johanna startete wieder den Wagen, schaltete die Freisprechanlage ein und fuhr in Richtung Son Font. Auf dem Weg rief sie immer wieder die Mobilnummer von Emilia Flores an, doch die Maklerin meldete sich nicht.

Hoffentlich komme ich nicht zu spät, dachte Johanna verzweifelt.

Sie wollte gerade Héctors Nummer wählen, als ihr Mobiltelefon klingelte. Es war Héctor.

»Du glaubst es nicht!«, hörte sie ihn brüllen. »Daniela hat die Fingerabdrücke auf der Videothekenkarte untersucht. Und weißt du, wessen Abdrücke da drauf waren? Die von Menke! Von diesem Gärtner!«

»Schick sofort Streifenwagen nach Son Font!«, rief Johanna. »Ich habe Rosenmüller gefunden. Es ist Menke. Ich glaube, er will Emilia Flores ermorden.«

Dann gab sie Gas.

Als Johanna an der protzigen, unverkäuflichen Villa ankam, sah sie Emilia Flores' schicken BMW in der Einfahrt parken. Im Gebüsch davor stand Menkes rostiger Kombi. Sie stieg aus dem Wagen, nahm ihren Spazierstock und lauschte.

Totenstille über dem Anwesen. Die Villa lag wirklich sehr abgelegen.

Das Tor stand offen. Sie ging hindurch und blickte sich um. Emilia war nicht zu sehen. Johanna wählte noch einmal ihre Mobilnummer.

Auf der Terrasse summte einsam Emilias Smartphone. Wo war die Maklerin?

Langsam betrat Johanna die Villa und lief leise über die Marmorfliesen, den Stock fest in der Hand. Sie durchsuchte alle Zimmer, doch es gab keine Spur von Emilia Flores und Hans-Peter Rosenmüller alias Pit Menke.

Sie trat auf die Terrasse und sah unten im Garten, beim Pool, eine Bewegung. Sie erkannte Pit Menke, unter ihm lag ein regungsloses Bündel.

Ich komme doch zu spät, dachte Johanna entsetzt und wandte sich um. Von den Streifenwagen war weit und breit nichts zu sehen und zu hören.

Alles muss man selbst machen, dachte sie und setzte sich in Bewegung. Sie mied den Kiesweg und ging langsam über den Rasen den Hügel hinab bis zum leeren Pool. Sie konnte Emilia Flores' Gesicht erkennen. Sie lebte offenbar, stand aber unter Schock oder war verletzt. Die Augen hielt sie fest geschlossen. Über ihr stand Pit Menke und hielt die Waffe auf ihren Kopf gerichtet, seine Hand zitterte.

Johanna ging langsam näher. »Herr Rosenmüller?«, sagte sie freundlich.

Das Bündel wimmerte. Menke fuhr mit der Pistole in der Hand herum.

Eine Makarow, wusste ich es doch, dachte Johanna.

»Gehen Sie weg. Gehen Sie einfach weg. Sie haben damit nichts zu tun«, sagte Menke. Er atmete hörbar ein und aus.

»Ihnen ist Unrecht getan worden. Ich weiß das«, sagte Johanna ruhig.

»Ach, Sie wissen das, ja?«, höhnte Menke. »Und jetzt wollen Sie *was*? Mir helfen? Mir mein Haus zurückgeben? Mein Geld? Meine Frau?«

»Erst einmal wäre es schön, wenn Sie die Waffe nicht auf mich richten würden«, sagte Johanna langsam. Wo bleiben die nur?, dachte sie. Warum bringe ich mich in solch eine Gefahr? Allein loslaufen und einen Mörder stellen. Typisch Miebachs.

»Lassen Sie uns doch gemeinsam über eine Lösung nachdenken.«

»Eine Lösung? Was für eine Lösung denn?«, brüllte Menke. »Sagen Sie mir eine Lösung! Ich habe zwei Frauen getötet. Und ich muss noch mal zwei Frauen töten. Das ist es, was hier passiert.«

»Sie wollten sich rächen, ja? An Claudia Groth?«, fragte Johanna leise.

»Ach!«, spie er aus. »Nein. Ich wollte mich erschießen, ich konnte dieses Leben so nicht mehr ertragen. Im Inselradio hatten sie am Vormittag gesagt, dass der Prozess gegen Nadal um weitere acht Monate verschoben wird. Ich wollte zur Finca fahren, mich auf die Terrasse setzen und mich erschießen. Damit alle sehen, was sie mir angetan haben.«

Johanna war ein Stück näher gekommen und streckte Menke vorsichtig die Hand entgegen. »Und dann?«

Er wirkte unendlich erschöpft. »Ich kam an, und sie waren schon da. Die Groths. Ich dachte wirklich, die kommen erst am nächsten Tag. Aber sie waren schon da. Ich stand vor dem Tor und hörte, wie sich die Frau über mich beschwerte. ›Der Pool ist dreckig, wozu bezahle ich diesen Menke?‹«, äffte er Claudia Groth nach. »Sie raubt mir mein Leben und verhöhnt mich auch noch. Da bin ich irgendwie durchgedreht. Sie hatte mich wohl am Tor gesehen, also habe ich mich versteckt, bis der Mann weg war. Ich habe noch etwas gewartet, dann bin ich hinten über den Zaun gestiegen, habe mich zur Terrasse geschlichen und, na ja …«, er begann zu weinen, »geschossen.«

Das Bündel gab erstickte Laute von sich. Johanna hoffte, Emilia Flores würde einfach den Mund halten. Sie kam noch einen Schritt näher und streichelte Menkes Arm.

»Es war so furchtbar«, krächzte er. »Und gleichzeitig hatte ich das Gefühl, ich hätte mein Schicksal in der Hand. Verstehen Sie?« Er sah Johanna an. »Ich hatte plötzlich das Gefühl, ich könnte etwas bewirken. Etwas ändern, nicht immer nur alles hinnehmen und leiden.«

Es war zwar verrückt, aber Johanna verstand ihn tatsächlich. Sie streichelte ihn beruhigend. »Und die Frau im Rathaus?«

»Es war alles wieder hochgekommen. Nun wollte ich es einfach beenden. Es ist sowieso vorbei.« Er schluchzte. »Ich wollte mich stellen. Aber es kam keiner, verstehen Sie? Ich habe dagesessen und auf die Polizei gewartet, aber niemand tauchte auf, sie haben die Leiche gar nicht gefunden. Warum sind Sie hergekommen? Sie haben doch nichts damit zu tun.« Er schloss wieder die Augen.

Das war der Moment, in dem Johanna ihre Kraft zusammennahm, den Spazierstock umfasste und Menke mit voller Wucht auf den Kehlkopf schlug.

Sie hatte getroffen. Menke schnappte nach Luft und ließ die Waffe fallen.

So viel zum Thema »Was willst du denn mit dem Spazierstock, Oma«, dachte Johanna. Sie ergriff die Pistole und hieb sie Menke über den Kopf. Er ging in die Knie. Beim zweiten Hieb mit dem Knauf fiel er um.

Johanna kniete sich neben Emilia Flores. Sie hatte glasige Augen und schien unter Schock zu stehen, war aber unverletzt. Johanna zog ihre Jacke aus und legte sie über die verstörte Frau. In diesem Moment erreichte auch die Policía Local das Anwesen.

Die Polizisten untersuchten den bewusstlosen Menke und die schockstarre Emilia Flores kurz und riefen den Notarzt. Johanna Miebach setzte sich auf die Terrasse und blickte in die Ferne.

Claudia Groth und die Beamtin Gabriela Armengol waren tot. Emilia Flores war nichts nachzuweisen, und der Anwalt würde sich sicherlich herauswinden und mit seinen dubiosen

Geschäften weitermachen. Pit Menke würde den Rest seines Lebens im Gefängnis sitzen.

Es ist unvorstellbar, dachte Johanna, was Leute auf dieser Insel alles für Geld und Immobilien zu tun bereit sind.

39

Menke gestand alles. Er hatte sein Leben lang geschluckt, alles geschluckt. Und als er sich dann endlich einmal wehren wollte, wusste er nicht, wie man das macht. Sondern hatte einfach blindlings zugeschlagen. Und nur Trümmer, Tränen und Tote hinterlassen. Jetzt war er müde. Als Johanna ihn im Gefängnis von Palma besuchte, saß er mit grauem Gesicht und zitternden Händen da.

Sie hatte viele Männer und Frauen kennengelernt, die schlechte Lebensentscheidungen mit noch schlechteren Entscheidungen zu ändern versucht hatten. Aber die meisten waren nicht zu Mördern geworden.

»Wie geht es dir?«, fragte Johanna. Sie fand, dass sie jemanden, mit dem sie eine Konfrontation auf Leben und Tod gehabt hatte, ruhig duzen konnte.

»Ich hatte mal einen Sprüchekalender. Von Walter bekommen, zu Weihnachten. Da stand drauf: ›An Zorn festhalten ist wie Gift trinken und erwarten, dass der andere dadurch stirbt.‹ Ist von Buddha«, sagte Menke und sah auf seine Hände.

»Na ja. Du hast am Zorn festgehalten und zwei andere erschossen«, erwiderte Johanna. Sie hielt nicht viel von Kalendersprüchen. »Und beinahe noch einen dritten und vierten Mord begangen. Du hättest mal besser einen richtig guten Anwalt engagiert. Oder eine gute Ermittlerin.«

»Ja«, sagte Menke. Dann sah er hoch und blickte Johanna flehend an. »Willst du wissen, warum das alles passiert ist? Willst du wissen, wie das alles war?«

Johanna nickte.

Hans-Peter Menke hatte jung geheiratet, 1979 in Leipzig, als Zwanzigjähriger. Sie hatten entschieden, den Namen der Ehefrau zu wählen. Rosenmüller.

»Sie hieß Roswitha, weißt du? Genannt ›Rosa‹«, sagte

Menke und lächelte leise. »Rosa Rosenmüller. Das wollte sie nicht ändern. Und ich habe das auch verstanden, auch wenn meine Freunde sich über mich lustig gemacht haben. Haben mich dann Rosi genannt und gesagt, ich wäre ein Pantoffelheld.«

Er war tatsächlich bei der NVA gewesen, als Grenzer. Dort hatte er Walter kennengelernt, der war bei der Hundestaffel. Kurz vor dem Mauerfall hatte Rosa gedrängt, sie sollten rübermachen.

»Man wusste da ja nicht, dass die Mauer so schnell fallen wird, ne? Das konnte ja keiner ahnen.« Menke schüttelte den Kopf. »Ich wollte gar nicht, ich hatte einen ganz guten Job und alles, eine gute Wohnung, wir hatten sogar ein Auto.«

Rosa ließ sich nicht beirren und setzte sich durch. Wie immer. Also fuhren sie los, nach Ungarn in die Botschaft. »Die Waffe habe ich die ganze Zeit im Hosenbund mit mir rumgetragen. Das war ja so ein Durcheinander damals«, erklärte Menke. »Uns hat niemand durchsucht. Wir sind einfach in Züge gestiegen und losgefahren und irgendwie durchgekommen. Wenn es Probleme gab, hat Rosa das erledigt. Immer. Das konnte sie gut.«

Er hatte den Westen gewöhnungsbedürftig gefunden, Rosa war aufgeblüht.

»Ich meine, ich bin ja schon als junger Mann zur Armee gegangen, ich konnte nichts anderes. Bei der Bundeswehr wollten die ja garantiert keinen aus der DDR. Und ich war doch schon dreißig, als wir in der BRD ankamen, was sollte ich also machen?«

Rosa wusste, was sie machen sollten. Auf Betreiben seiner Frau gründete Rosenmüller in Kassel eine Firma, Wohnungsentrümplungen und Haushaltsauflösungen.

»›Alles raus mit Rosenmüller‹, das war unser Slogan«, sagte Menke.

Er fand die Arbeit bedrückend. Da hatten Menschen ein langes Leben hinter sich, hatten so viele kleine Schätze gesammelt. Lauter Dinge, die sie an etwas erinnerten, an schöne Tage, an liebe Menschen. Und wenn sie dann starben, gruben die Hinterbliebenen ein oder zwei Wertsachen heraus und warfen alles andere weg.

»Ein ganzes Leben, einfach weg, ab in den Müll«, sagte Menke leise. »Das konnte ich nicht gut ertragen.«

Vieles nahm er mit nach Hause, baute kleine Altäre für unbekannte Verstorbene. Ein Kinderzahn. Ein Babyschuh. Ein vergilbtes Foto. Rosa dachte, er hätte sie nicht mehr alle. Dabei wollte er nur bewahren. Den Besitz der Unbekannten ehren und ihr Andenken und ihre Würde erhalten. Wenn Rosa zu böse wurde, schaffte er ganze Wagenladungen in die Firma und lagerte die Sachen dort.

Johanna erinnerte sich an den zugemüllten Garten bei der kleinen Kate mit der grünen Tür. Er hat damit nicht aufgehört, dachte sie.

Die Firma lief gut, und die Kunden mochten den stillen Mann. Sie konnten sich ein bisschen was leisten. Eine Eigentumswohnung. Ein Auto. Kinder hatten sie keine. Ab und an eine Reise, manchmal nach Mallorca. Hier gefiel es Rosenmüller am besten. Die Sonne, die Luft, das Meer.

Warum nicht?, hatte er gedacht. Warum nicht hier den Altersruhesitz planen? Die ungeliebte Firma in Kassel verkaufen. Die Stadt, in der er nie richtig heimisch geworden war, verlassen. Und unter der Sonne des Südens eine neue Heimat finden. Jahrelang hatte er die Idee mit sich herumgetragen, während er Wohnungen ausräumte und das Leben der anderen in den Abfall entsorgte.

Rosenmüller wollte nicht, dass auch von seiner Existenz nur ein paar Kisten Sperrmüll blieben, ohne dass er jemals richtig gelebt hatte.

Er fuhr nach Mallorca, ging zum erstbesten Maklerbüro. Und nahm den erstbesten Anwalt. Nadal.

»Also war es deine Idee gewesen? Mit dem Auswandern?«, fragte Johanna.

Er sah sie traurig an. »Ja. Ich habe nur ein einziges Mal selbst etwas entschieden, einmal selbst etwas in die Hand genommen.

Und das ist dann so schiefgegangen. Ich habe zuerst überhaupt nicht verstanden, was da passiert. Ich hatte das Geld bezahlt. Das Haus gehörte mir. Die Maklerin hat es doch gesagt. ›Jetzt gehört die Finca Ihnen, Herr Rosenmüller‹, hat sie gesagt.« Er strich mit dem Finger über die helle Stelle, da, wo einmal der Ring gewesen war.

»Mein Besitz. Mein Leben lang habe ich dafür gespart und gebuckelt. Und dann …« Er brach ab.

»Ja?«, sagte Johanna leise. »Was war dann?«

»Ich bin nach Hause und habe Rosa geholt. Damit sie sieht, dass ich alles richtig gemacht habe. Die Finca war ein Traum. Wirklich ein Traum. Orangenbäume, Mandeln, Oleander. Und ein kleiner Pool. Vier Zimmer und ein kleines Nebengebäude.« Er wischte sich mit dem Ärmel über die Augen. »Ich dachte mir, wir bauen das Nebengebäude aus und wohnen da und vermieten Ferienzimmer im Haupthaus. Bis wir richtig in Rente gehen können. Da kommen doch immer die Radfahrer vorbei, dort bei der Finca. Der Randa-Berg. Da fahren sie gern hoch und runter. Eine Radlerherberge mit kleiner Fahrradwerkstatt. Ich kann gut Fahrräder reparieren. War Gerätewart bei der Armee.«

Johanna nickte.

»Ich habe also Rosa geholt, und ich wollte, dass alles seine Richtigkeit hat. Dass wir uns richtig auf Mallorca anmelden und so. Wir sind gleich aufs Amt, und da haben sie gesagt, ich stünde nicht in den Unterlagen. Nicht registriert. Das Grundstück würde einer Claudia Groth gehören. Ein Fehler, habe ich gedacht. Einfach nur ein Fehler. Kann ja passieren. Und dann habe ich die Maklerin angerufen.«

Johanna beugte sich vor und strich ihm über die schwielige Hand. »Das war bestimmt ein Schock.«

»Am Telefon hat sie sich verleugnen lassen, die Emilia Flores. Also bin ich hingefahren, hatte ja mein Auto dabei. War übergesetzt vom Festland, weil ich ja schon Hausrat geladen hatte.« Er hustete. »Ich habe sie abgepasst, zusammen mit Rosa, vor dem Büro. Und sie hat gesagt, das wäre meine

Schuld. Ich hätte den falschen Anwalt engagiert, der wäre kriminell, das wüsste doch jeder. Woher sollte ich das denn wissen?« Er sah Johanna verzweifelt an.

»Auf jeden Fall hatte der Anwalt, dieser Nadal, mein ganzes Geld genommen und keinen Pfennig der Verkäuferin überwiesen. Nichts. Das Schwarzgeld nicht und auch nicht das richtige Geld. Den Scheck hat er eingelöst, und dann sind seine Konten eingefroren worden und er ging in den Knast.« Menke zog ein Taschentuch aus der Hosentasche und sah es verzweifelt an. Dann zerknüllte er es langsam in den Händen.

»Die Flores hat dann wütend rumgeschrien. Ihre Kundin hätte ihr Geld nicht bekommen, und sie hätte ihre Provision deshalb auch nicht bekommen. Wie ich mir das denn vorstellen würde? Ob sie alle warten sollten, bis irgendwann in hundert Jahren die Konten des Anwalts wieder frei wären und der Typ aus dem Knast rauskäme?« Er gestikulierte, offenbar spielte er die wütende Emilia Flores nach.

»Sie hat dann gesagt, sie hätte das Haus jetzt ›richtig‹ verkauft, an jemanden, dessen Geld auch bei ihr ankommt. Sie sei aus der Sache raus, und ich sollte mir einen Anwalt nehmen und zusehen, wie ich selbst mein Geld zurückkriege.«

Er lachte bitter. »Einen Anwalt nehmen, um einen Anwalt zu verklagen, ja, ganz toll.«

Johanna wollte fragen, ob er dem Rat gefolgt sei, doch Menke kam ihr zuvor.

»Und dann hat Rosa meine Konten eingefroren.« Er lachte noch einmal. »Hat die Bankkarte genommen und alles abgehoben, was noch da war. Und hat die Scheidung eingereicht. Sie war so wütend auf mich, weil ich unser ganzes Geld verloren hatte, die Firma, die Eigentumswohnung in Kassel, alles.« Er sah Johanna an.

»Ich konnte dann keinen Anwalt mehr nehmen, weil ich nichts mehr hatte. Keinen Pfennig. Rosa war weg. Und da habe ich dann Walter getroffen. Der hat mir die Hütte gegeben, damit ich wenigstens irgendwo schlafen konnte.« Er räusperte sich.

»Ich war dann nur noch einmal in Deutschland, zum Scheidungstermin. Da habe ich dann auch meinen Namen zurückgeändert in Menke. Ich wollte mit diesem Rosenmüller nichts mehr zu tun haben.«

»Und Claudia Groth wusste das alles?«, fragte Johanna. »Dass das Haus schon jemand anderem gehörte? Dir?«

Menke sah traurig aus. »Ja, natürlich. Sie ist mit der Maklerin zum Amt und hat Schmiergeld gezahlt, damit die mich wegstreichen. Ich habe da immer wieder angerufen und Mails geschickt, bei Claudia Groth und bei Emilia Flores. Haben mich beide ignoriert. Und der Notar war da schon tot, der hatte einen Herzinfarkt kurz nach dem Kauf.«

Einer der Wärter kam vorbei und legte Johanna eine Hand auf die Schulter. »Die Besuchszeit ist gleich vorbei.«

Menke sah verängstigt aus, als wollte er hier an diesem düsteren Ort nicht allein bleiben, aber er fuhr fort. »Die Maklerin ging irgendwann ans Telefon und hat gesagt, sie jagt mir die Polizei auf den Hals, wenn ich nicht mit dem Anrufen aufhöre. Und dass es ihr jetzt reicht. Sie würde normalerweise nur Häuser für zehn Millionen verkaufen, und sie hätte keine Lust mehr, mit dieser Finca für ein paar Euro so viel Ärger zu haben.« Er riss die Augen auf. »Ein paar Euro, so hat sie das gesagt. Ich glaube auch, Claudia Groth hat viel mehr geboten als ich, deshalb war die Flores froh, dass mir das passiert ist.«

»Aber warum um alles in der Welt hast du bei den Groths als Handwerker angeheuert? Hat sie dich nicht wiedererkannt?«

»Nein, wir sind uns ja nie persönlich begegnet vorher. Sie kannte nur meinen Namen, nicht mein Gesicht«, erklärte Menke. »Und ich war mir ja sicher, dass irgendwann dieser Prozess gegen den Anwalt stattfinden wird und dann kommt bestimmt alles raus. Ich wollte in der Nähe des Hauses bleiben, wissen, was damit passiert. Den Garten in Ordnung halten.«

Johanna fand es zunehmend irre, was Menke von sich gab. Er hätte das Haus nie zurückbekommen. Und das Schwarzgeld auch nicht. Mit viel Glück und langem Warten eventuell einen Teil der offiziellen Kaufsumme, und selbst da war sie sich nicht sicher. Schließlich hatten alle Beteiligten, die Maklerin, die Beamtin und der Notar, ihn ziemlich erfolgreich aus allen offiziellen Unterlagen getilgt. Er hatte offenbar in der Einsamkeit seiner verwahrlosten Hütte den Verstand und den Bezug zur Realität verloren.

»Wenn dem Anwalt der Prozess gemacht wird, dann bekomme ich doch alles zurück«, flüsterte Menke resigniert. »Dann kann ich doch bezahlen. Aber niemand wollte warten, niemand. Sie haben so getan, als gäbe es mich nicht mehr.«

Die ersten Besucher im Raum standen schon auf und verabschiedeten sich von den Gefangenen.

»Ich komme gern noch einmal wieder«, versicherte Johanna, doch Menke hörte gar nicht hin. Sein Gesichtsausdruck hatte sich verändert. Er wirkte nicht mehr ängstlich, sondern vernichtet. Vollkommen und für immer vernichtet.

»Ich wollte, dass man mich kriegt«, wisperte er. »Deshalb habe ich auch ›Diebin‹ auf die Zettel geschrieben und die Handschrift nicht verstellt.«

Das klang zwar absurd, aber Johanna nickte trotzdem. »Das verstehe ich.«

Langsam verließ sie den Besucherraum. Sie wartete mit den anderen Angehörigen, bis die Türen aufgeschlossen wurden und sie wieder in die Freiheit treten durften, die Gitterstäbe hinter sich ließen.

Das Inselgefängnis, das Centro Penitenciario de Mallorca, lag im Norden von Palma an der Ma-11. Johanna stieg in ihren Wagen und schloss die Augen.

Das alles wäre nicht passiert, wenn … wenn was? Wenn Claudia Groth an diesem Februartag nicht auf den Gärtner geschimpft hätte? Wenn der Anwalt nicht kriminell gewesen wäre? Die Maklerin weniger geldgierig? Die Beamtin weniger bestechlich? Wenn Menke nicht den falschen Leuten vertraut hätte? Wenn seine Ehefrau treu zu ihrem unglücklichen Mann gestanden hätte, anstatt ihn zu verlassen? Wenn …

Es gibt Betrug, es gibt Gier, es gibt Wut, es gibt Verrat. Es gibt Hass. Und es gibt Liebe.

Johanna ließ den Wagen an, bog ab auf die Ringautobahn und fuhr nach Hause. Zu ihrer Enkelin.

40

Die arme, unscheinbare Luise Groth war exhumiert worden.
Die deutsche Rechtsmedizin fand eine tödliche Menge Thallium in den Überresten der Leiche. Das Gift hatte Matthias
Groth offenbar aus den Beständen des verstorbenen Großvaters der Frau besorgt. Der alte Recklinghausen hatte ein beachtliches Arsenal an Rattengift im Keller gehortet, denn er
hatte eine Bäckerei mit vier Filialen betrieben. Und er war der
Ansicht gewesen, dass dieses neumodische Zeug nicht wirke,
deshalb hatte er bis an sein Ende das gute alte Thallium(I)-
Sulfat in seinen Lagern ausgelegt, um den Mäusen und Ratten
den Garaus zu machen.

Wolfgang Recklinghausen rief nach der Exhumierung bei
Gemma an und berichtete ihr, dass sie im hintersten Winkel
des Hauses das vom Großvater gehortete Gift gefunden hatten. Lauter kleine Säcke. Mit lauter kleinen roten Kügelchen.
»Ich bin Ihnen sehr zu Dank verpflichtet«, sagte er etwas steif.
Dann räusperte er sich. »Ich habe jahrelang darunter gelitten,
dass meine Schwester sich selbst getötet hat und ich nichts gemerkt habe. Jetzt weiß ich, dass dieser Unmensch sie auf dem
Gewissen hat. Hört sich vielleicht blöd an, aber damit geht es
mir besser. Ich kann meinen Frieden damit machen.«

Emilia Flores war – wie Johanna schon vermutet hatte –
nichts, aber auch gar nichts nachzuweisen. Die einzigen Personen, die sie hätten belasten können, waren tot oder saßen im
Knast. Anwalt Nadal war vernommen worden und behauptete,
nie von einem Rosenmüller gehört zu haben. Der akribische
Héctor entdeckte jedoch auf einem der eingefrorenen Konten
des Anwalts eine Summe von dreihunderttausend Euro, eingelöst über einen beglaubigten Bankscheck, ausgestellt von Hans-
Peter Rosenmüller. Das Schwarzgeld blieb verschwunden.

Matthias Groths betagte, entsetzte Eltern stiegen das erste
Mal in ihrem Leben in ein Flugzeug, kamen nach Mallorca und

holten die Leiche ihres Sohnes heim. Johanna sollte das Paar als Dolmetscherin begleiten, doch die beiden sprachen nicht, kein einziges Wort. Sie erledigten alle Behördengänge, leisteten alle Unterschriften, schweigend und mit starren Gesichtern.

Als sie wieder am Flughafen standen, wandte sich Matthias Groths Mutter um und sah Johanna an. »Matti wollte Arzt werden, wissen Sie? Aber er hat doch das Studium nicht geschafft«, sagte sie hilflos, als könnte das Versagen des Sohnes vor vielen Jahren im Studium irgendetwas erklären.

Pit Menke bekam keinen Prozess mehr. Eine Woche nach der Festnahme erhängte er sich in seiner Zelle mit einem Handtuch, das er zuvor sorgfältig in Streifen gerissen und zusammengeknotet hatte. Unter ihm lag ein Zettel, auf den er »Mörder« gekritzelt hatte.

Niemand kam und holte ihn heim, bis sich ein gewisser Walter Becker meldete und sich erbot, die Beerdigung auszurichten.

An einem regnerischen Märztag standen Walter, Boris und Johanna einsam auf dem Friedhof in Llucmajor. Johanna hatte einen befreundeten Vikar gebeten, einige Worte zu sprechen. Sie warfen Lorbeerzweige in das offene Grab und schwiegen. Der sandfarbene Hund schnupperte an Johannas Hand. Sie streichelte ihn vorsichtig.

»Rosi, du verdammter Trottel«, sagte Walter, schob die groteske Brille hoch und wischte sich über die Augen.

Der Regen plätscherte friedlich auf den Sarg, als die Friedhofshelfer kamen und das Grab mit Erde füllten. Sie klopften den Boden mit Schaufeln fest, grüßten freundlich und gingen. Walter und Johanna wandten sich um und verließen den Friedhof. Hans-Peter Menke war jetzt daheim.

Héctor hatte das kleine Büro in Llucmajor geräumt und packte seine Akten zusammen, um alles ins Archiv der Policía Nacional in Palma zu schaffen. Der oberste Ordner fiel vom Stapel und klappte auf. Darin befanden sich, ordentlich abgeheftet, die beiden fehlenden Seiten aus Claudia Groths Roman »Mord in Llucmajor«. Seite 390 und Seite 391, aufgeweicht und beschädigt, aber lesbar. Und ein Vermerk von Arnau Álvarez.

»Fundstück im Zusammenhang Mord Claudia Groth« stand da.

Héctor las weiter.

»Alles nach fehlenden Seiten abgesucht. Noch mal bei McGregor gewesen, weil die Señora auch am Tatort war. Sie sagt, sie hat nichts weggenommen, aber Churchill kaut etwas. Im Körbchen von Churchill zwei Seiten gefunden. Anbei eingeheftet.«

Héctor begann zu schwitzen. Er las sich die Seiten durch. Dort hatte Claudia Groth beschrieben, wie die fiktive Thelma gemeinsam mit ihrer Maklerin eine Beamtin vom Katasteramt bestochen hatte, um einen gewissen Ralf-Dieter Obermeier wieder aus den Akten zum Hauskauf streichen zu lassen. Wie sie die E-Mails und Anrufe des Mannes ignoriert hatte. Die Finca am Randa-Berg war Thelma zur Obsession geworden. Sie musste das Haus kaufen, um die Geister der Vergangenheit zum Schweigen zu bringen. Doch es war ihr nicht gelungen.

»Ich weiß, dass Klaus mich vergiftet«, hatte Thelma auf Seite 390 in ihr Tagebuch geschrieben. »Und ich habe es verdient.«

Héctor drehte den Ordner um. Ein großes »C« war ordentlich daraufgemalt. »C« wie Churchill.

Epilog

Einen Monat später

Die Aprilsonne schien warm auf Johanna Miebachs Dachterrasse, der Puig de Galdent schimmerte im sanften Morgen-
licht. Johanna hatte sich einen Kaffee, einen Teller voll Oliven,
Tomaten und etwas Brot zurechtgemacht, nahm die neueste
Ausgabe der Mallorca Zeitung zur Hand und setzte sich an
den schönen Mosaiktisch.

Sie blätterte durch die Zeitung und aß hin und wieder eine
Olive, nippte am Milchkaffee. Ostern war gerade vorbei und
die Zeitung druckte eine recht traurige Zusammenstellung der
vielen Radunfälle über die Feiertage auf Mallorcas Straßen. Sie
blätterte weiter. In Santanyí hatte ein neues Restaurant aufgemacht, das ganz vielversprechend klang. Johanna nahm sich
vor, in den nächsten Tagen dort mit Gemma essen zu gehen, sie
könnten auch Héctor mitnehmen. Es war allerdings ein recht
schickes Lokal. Sie dachte mit leisem Schauder an die ewigen
Kapuzenpullis ihrer Enkelin und seufzte.

Die Zeitung vermeldete die traurige Nachricht, dass Sergio
Garcia seine berühmte Galerie in Palma zumachen und nach
Madrid ziehen werde. Die Autorin zeichnete noch einmal die
Geschichte des mallorquinischen *alta-sociedad*-Ehepaars Emi-
lia Flores und Sergio Garcia nach. Offenbar hatte irgendwer
die Computeranlage des Maklerbüros Flores gehackt und alle
Kundendaten inklusive Kaufsummen und interner Vermerke
öffentlich gemacht.

Die internen Vermerke, die Emilia Flores als Anweisung für
ihre Angestellten verfasst hatte, waren nicht gerade schmei-
chelhaft für die betuchten Kunden. »Stinkreicher Russe. Schlag
bei jedem Angebot mindestens vier Mio. drauf« oder »Deutscher Schauspieler. Strohdoof. Verkauf ihm die Ladenhüter«.

Die Kunden hatten das nicht witzig gefunden. Flores Real

Estate war pleite und sah einer erschreckenden Anzahl von Klagen entgegen. Sergio Garcia hatte die Scheidung eingereicht und wollte in Madrid neu anfangen. »Ich will junge Künstler fördern«, hatte der bekannte Galerist dem Blatt gesagt.

Johanna nahm einen Schluck Kaffee und blätterte weiter. Aha, die Scheidung von Teresa Martí und Esteban de Moyá war durch. De Moyás schönes Spa-Hotel hatte nie eröffnet, nachdem bei dem Kauf Unregelmäßigkeiten bekannt wurden. Jetzt lag die Sache vor Gericht, und die spanische Kirche hatte den Antrag gestellt, den Verkauf rückgängig zu machen. Der Bischof war ins Bistum Orihuela-Alicante versetzt worden.

Johanna runzelte die Stirn. Hoffentlich ist er nun von seiner Neigung kuriert, auf manipulative Frauen hereinzufallen. Als Führungskraft in einer solchen Position sollte man einfach nicht derart naiv sein, fand Johanna.

Ihr Blick fiel auf das Foto eines Mannes, der ihr bekannt vorkam. Dr. Gerd Bosbach. Sie las den Artikel.

Bäume gefällt: Bretlow verklagt Promidoktor
Nachbarschaftsstreit unter Promis: Weil der bekannte Schönheitschirurg Dr. Gerd Bosbach die unter Natur-schutz stehenden Seekiefern seiner Nachbarin Tanja Bretlow fällte, steht der 63-Jährige jetzt vor Gericht.

Cala Pi. Die deutsche TV-Moderatorin Tanja Bretlow hat den Arzt Dr. Gerd Bosbach auf die Zahlung von 500.000 Euro verklagt, da die uralten Seekiefern unersetzlich seien, so Bretlows Anwalt. Man sei sehr zuversichtlich, diesen Rechtsstreit zu gewinnen.
Auch das Rathaus in Llucmajor hat sich bereits einge-schaltet – das Amt fordert die Strafzahlung von über 600.000 Euro für das Abholzen von Bäumen, die unter Naturschutz stehen. Auch hier wurde bereits Strafantrag gestellt.
Dr. Bosbach war von einer Überwachungskamera dabei gefilmt worden, wie er eigenhändig die Bäume fällte, die

auf dem Grundstück seiner Nachbarin standen. Ob der Promidoktor im Fall einer Verurteilung die Strafsummen aufbringen kann, ist mehr als fraglich. Zugleich wurde bekannt, dass Dr. Gerd Bosbach wegen Spielschulden bereits kurz vor der Pleite steht.

Tanja Bretlow kündigte an, im Falle einer Insolvenz ihres Kontrahenten dessen benachbarte Villa zu kaufen, um dort ein Heim für Straßenhunde zu eröffnen.

Johanna schüttelte den Kopf. Manchen Menschen war eben einfach nicht zu helfen. Ein längerer Artikel auf der nächsten Seite behandelte den letzten Roman der Bestsellerautorin Tess Turner, »Mord in Llucmajor«. Das Buch verkaufte sich offenbar glänzend. Der Rezensent verwies ausführlich auf die vielen mallorquinischen Schauplätze, die die Autorin eingeflochten hatte. Und natürlich auf den spektakulären Mordfall, der sich im wahren Leben ereignet hatte. Allerdings musste der Rezensent feststellen, dass es trotz der aufsehenerregenden Umstände und der vielen Mallorca-Verweise doch bei einem eher schwachen Roman geblieben sei. Er fand ihn unglaubwürdig und fast banal.

Ob Literaturagentin Carmen Schuster das fehlende letzte Kapitel wohl selbst geschrieben hat?, überlegte Johanna. Sie griff nach ihrem iPad, kaufte den Krimi online als E-Book und öffnete das Buch. Sie wischte bis zu den letzten Seiten und las.

»Das war die Rache«, hatte da die fiktive Thelma in ihr Tagebuch notiert. Und dann beschrieb die Romanfigur detailliert, wie sie, tödlich vergiftet und schon halb wahnsinnig, ihren Ehemann zu einem Spaziergang am alten Leuchtturm von Santanyí überredete. Mit letzter Kraft stieß sie den ahnungslosen Klaus von der Klippe, um danach dem betrogenen Handwerker das Haus zu vermachen. Thelma starb in den Armen des freundlichen Geistes aus dem Meer, der sie mitnahm in sein feuchtes Reich. Mit ihrem letzten Atemzug beschrieb Thelma, wie der Geist »aus den Fluten emporstieg, um mich zur Ruhe zu betten«.

Johanna legte das Tablet weg und atmete durch. Realität, Wahnsinn und Fiktion lagen manchmal nah beieinander. Doch sie fand, dass das Leben immer die interessanteren, manchmal aber auch tragischeren Geschichten schrieb. Sie fragte sich, ob es so geendet wäre, hätte Menke nicht geschossen. Hätte Claudia Groth tatsächlich ihren Ehemann von der Klippe gestoßen und das Haus zurückgegeben? Das wird nun niemand je erfahren.

Drinnen polterte etwas, die Kaffeemaschine jaulte schrill auf, Gemma fluchte.

So klingt das Gerät nur, wenn jemand vergessen hat, Kaffeebohnen nachzufüllen, dachte Johanna mit einem Anflug schlechten Gewissens.

Gemma kam nach einer Weile mit dem Kaffee in der rechten und dem Smartphone in der linken Hand auf die Terrasse, sie trug ein Top und ihre Boxershorts, die sie statt Pyjamahose anzog. Um Hand- und Fußgelenke zogen sich dunkle Narben.

»Oma, sag mal, ist es dir irgendwie möglich, auch mal diese Kaffeebohnen nachzufüllen? Oder hast du da eine Phobie, von der ich nichts ahne? Eine Nachfüllphobie?« Gemma spielte dezent auf leere Autotanks, leere Regale im Laden und leere Haferflockenpackungen fürs Frühstück an. »Ich gehe gleich einkaufen im ›Mercadona‹. Laut meiner Statistik ist Donnerstagvormittag der ideale Termin.« Sie beugte sich über ihr Smartphone und betrachtete eine Tabelle.

Gemma versuchte seit Wochen, den perfekten Zeitpunkt für den stressfreien Wocheneinkauf zu ermitteln, aber irgendwie machte ihr die Launenhaftigkeit der mallorquinischen Konsumenten stets einen Strich durch die Rechnung. Die gingen offenbar nach Gusto shoppen, ohne sich an Gemmas Statistiken zu halten.

»Apropos einkaufen«, sagte Johanna und fand selbst, dass dies eine äußerst platte Überleitung war. »Du erinnerst dich doch an die schöne Finca dieser Autorin?«

Gemma saß stirnrunzelnd über dem Smartphone und machte nur »mmhmm«. Dann sah sie plötzlich auf. »Ach, du willst das Haus kaufen? Hervorragende Idee. Mach das. Gute Geldanlage. Aber nicht übers Ohr hauen lassen, ja?« Sie wandte sich wieder der Tabelle zu.

Da die Überraschung offenbar nicht wirklich geglückt war, wurde Johanna ärgerlich. »Du könntest wenigstens ein paar Fragen stellen. Von wem ich die Finca kaufe, für wie viel. Und immerhin müsstest du mit umziehen. Na ja, ähm, falls du magst.« Sie biss sich unsicher auf die Lippe. Sie hatte die Wohnungsanzeigen, die sie auf Gemmas Laptop entdeckt hatte, bis heute nicht angesprochen.

Gemma sah kaum vom Bildschirm auf. »Ist doch logo. Claudia Groths Schwester Tanja hat das Haus geerbt und verkauft es dir. Die hat doch eine Reisephobie oder wie das heißt, und wird eh nie herkommen. Der Preis wird in Ordnung sein, du bist Geschäftsfrau.« Sie schaltete das Smartphone aus. »Und natürlich wohne ich mit dir auf der Finca. Schon aus finanziellen Gründen ist das vernünftig.« Dann lächelte sie. »Außerdem sind wir doch ein tolles Team, Oma.« Sie streichelte mit ihrer vernarbten Hand über die faltige Hand ihrer Großmutter.

Johanna wertete das als Gefühlsausbruch. Ihr stiegen Tränen der Rührung in die Augen. Sie war über die Maßen erleichtert, dass Gemma weiter mit ihr zusammenleben wollte. Dann wagte sie es endlich. »Na ja, ich dachte, du willst vielleicht eine eigene Wohnung …?«

»Wie kommst du denn darauf?«, fragte Gemma brummelnd.

Johanna war unwohl. »Ich habe mal zufällig auf dein MacBook geguckt, und da waren Wohnungsanzeigen …«

Gemma lachte. »Ja, weil Héctor eine Wohnung sucht. Ich wollte ihm helfen. Haben wir dir das nicht erzählt? Oma, bitte. Warum sollte ich denn ausziehen wollen?«

Johanna atmete auf. Da konnte sie wunderbar die Probleme anderer Leute lösen und machte sich selbst wegen eines Missverständnisses wochenlang unnötig Sorgen. »Übrigens, Héctor kommt heute Nachmittag mit zur Vertragsunterzeichnung. Ich dachte, mit einem Inspector im Gepäck traut sich keiner, noch irgendwelche krummen Dinger zu drehen.«

Gemma nickte. »Sehr klug von dir, Oma.« Dann lachte sie. »Ach, deshalb will er heute mit uns essen gehen. In dieses neue Restaurant in Santanyí. Er denkt vermutlich, dass wir den Hauskauf feiern sollten.«

Sie verschwand kurz in der Wohnung und kam mit einer schicken Papiertüte zurück. »Du fällst gleich um, ich habe mir sogar dieses Kleid gekauft. Das ziehe ich heute an.« Gemma zog das feenhafte weiße Kleid aus der Tüte, das Johanna so lange im Schaufenster von Christines Boutique bewundert hatte, und hielt es sich vor die Brust. »Sieht ganz okay aus, besser, als ich erwartet hatte«, sagte sie leichthin, drehte sich um und verschwand wieder in der Wohnung. Johanna sah ihr staunend nach.

Einige Stunden später war Johanna Miebach stolze Besitzerin einer Finca. Sie war freudestrahlend heimgekehrt und hielt Gemma die Kaufurkunde entgegen. Héctor holte Großmutter und Enkelin am Abend ab, um das Ereignis zu feiern. Ihm blieb der Mund offen stehen, als er Gemma in dem neuen Kleid sah.

Gemma lachte ihn an, dann ging sie geradewegs auf Héctor zu und küsste ihn, einfach so.

Ohne jede Vorwarnung, dachte Johanna, hoffentlich kommt der Junge damit zurecht. Sie verdrückte sich unter einem Vorwand in die Küche und wartete ab, bis Gemma um die Ecke lugte. Sie strahlte wie selten, hob übermütig ihr vernarbtes Handgelenk in Agentenmanier zum Mund und tat, als spräche sie in ihre Armbanduhr. »Check! Alles klar, Oma. Roger! Lass uns gehen.«

Die drei Ermittler rumpelten mit dem Lift nach unten und schritten gemeinsam über den Marktplatz von Llucmajor: der hübsche, pummelige Polizist, die freundliche Großmutter und das seltsame Mädchen.

Danksagung

Besonders bedanken möchte ich mich bei meiner Freundin C., die ich immer wieder auf ihrer schönen Finca bei Llucmajor besuchen darf. Allerdings muss ich mich auch gleichzeitig bei ihr entschuldigen, habe ich doch ebendiese Finca im Roman zum Schauplatz eines Verbrechens gemacht.

Dank auch an meinen Mann Thomas Schildmann und seine Kollegen Matti Kamlage und Wolle Lenzen, die mich bei allen Fragen zur praktischen Polizei- und Ermittlungsarbeit, Diensthunde-Ausbildung, Waffenkunde und Waffenkalibern beraten haben.

Ein weiterer Dank geht an meine Freundin Sybille, die mir an einem sonnigen Februarmorgen unter blühenden Mandelbäumen von ihrem Hauskauf auf Mallorca erzählte und mir so das Thema des Krimis lieferte.

Und nicht zuletzt möchte ich mich natürlich auch bei der Jury des Mallorca-Krimiwettbewerbs bedanken, die meinen Beitrag zum Gewinnerkrimi kürte, beim Emons Verlag, meiner Agentin Lianne Kolf und meiner Lektorin Susann Säuberlich.